千金好本事 3 完

青杏 著

風文創 1243

目錄

第五十一章

趙懷淵和沈溪往宮門走，沈晞察覺到那隊侍衛明顯放鬆了些。

她邊走邊低聲道：「懷淵，這事很古怪。你先冷靜一下，將前因後果說給我聽。」

趙懷淵腳步微頓，點了點頭，忽然反手抓住沈晞的手，側過頭，雙眸定定地看著她。

「溪溪，今後再有類似的事，妳不要出頭，會被牽連的。」

沈晞挑眉。「只許你為我撐腰，不許我為你出頭，這叫朋友？」

趙懷淵蹙眉，滿臉認真。「這不一樣。我是仗著皇權才能為妳撐腰，可今日我觸犯的正是皇權。」

謀害皇子，這是多大的罪名，皇兄卻沒有深究，這不恰恰說明皇兄對他的好嗎？可他寧願不要。他希望皇兄深究，抓出藏在背後的小人，而不是在他和皇兄之間留下一根刺。

沈晞凝視趙懷淵，這個看起來任性妄為的小王爺，十分清楚自己的倚仗是什麼，絕不可觸及的又是什麼。或許他平常與皇子不親近，正是為了避嫌。

可惜，天不從人願，他還是被人陷害，跟大皇子扯上了關係。

沈晞沒跟著趙懷淵的思路走，而是說：「既然你知道一切的根源，還不趕緊說出前因後果。弄清楚是怎麼回事，是誰陷害你，怎麼解釋以消除你皇兄的誤會，才是當務之急。」

趙懷淵急道：「溪溪……」

沈晞豎起食指貼住他的唇，阻止他再提不相干的事，正色道：「別說廢話了，快。」

趙懷淵看看沈晞，敗下陣來，低聲道：「宮宴快結束時，有人找我，說是趙王府來人，有急事稟報。」頓了頓，解釋一句。「我母親一向不喜我與皇兄親近，每年的萬壽節宮宴，哪怕攔不住我進宮，總要找點事，因此我並未懷疑。」

沈晞點點頭，眼神沈靜，示意他繼續說下去。

趙懷淵道：「我出來後，還在想今日該如何哄我母親，緊接著就聽到有人喊大皇子落水了。我沒有多想，趕過去時，大皇子已被救上來。那內侍是在大皇子身邊伺候的，起先並無異樣，可皇兄趕來後，便說是我非要帶著大皇子來附近玩耍。」

很簡單的計策，但只要算計好了，趙懷淵就躲不過。聽見大皇子落水，與宴平帝親近的趙懷淵怎麼可能無動於衷，只怕當時根本不會想到，居然有人在他皇兄的地盤上陷害他。

沈晞忽然蹙眉，問道：「趙良呢？」

方才趙懷淵帶著她遊覽皇宮時，她就沒有見到趙良，只當是今日宮宴，再加上趙懷淵不想讓趙良跟著，遂沒多問。但這會兒發生了大皇子落水一事，難免心生疑惑。

趙懷淵腳步微頓。「今日晨起，他便吃壞了肚子，我讓他好好歇息。因是在皇宮內，我沒讓替換他的人跟著。」

趙懷淵說著，望向沈晞，沈晞也定定地望著他。

趙懷淵神情變幻，張了張嘴，似乎想辯駁，但神情隨即變得蒼白，說不出話。

沈晞明白過來，心中生出憤怒，又忍不住心疼他，深呼吸片刻，才壓下惱怒。

剛才她感覺到的異樣，這樣便說得通了。

一大早就能讓趙良吃壞肚子，多半是趙王府的人動的手。先把趙良這個厲害的人支開，之後買通大皇子身邊的內侍……不，那個內侍很可能是早就埋下的棋子，今日才特意啟用。至於大皇子，或許不是意外落水，而是被人按在水裡。畢竟臨水河太淺了，對一個九歲的孩子來說，沒那麼容易淹死。

倘若沒有她橫插一手，那事情會怎樣呢？

宴平帝痛失愛子，因為內侍的指認而對趙懷淵生出懷疑。但這指認非常容易推翻，一看就有鬼，一查就能還趙懷淵清白。可是，宴平帝不信任趙懷淵產生的隔閡，已無法消除了。

這一招一箭雙鵰，既除掉大皇子，又離間了趙懷淵和宴平帝，卻未對趙懷淵的王爺之位造成太致命的打擊。

是誰如此憎惡宴平帝，也憎惡宴平帝與趙懷淵親近？

沈晞頭一個想到的就是太妃。太妃沒了兒子，便要讓她心中的仇人也嚐嚐失去兒子的痛。太妃還痛恨宴平帝，從某種意義上來說，搶走了她的另一個兒子。

而且，她幾乎能想到太妃在做這一切時的篤定。太妃一定認為，哪怕趙懷淵發覺其中的貓膩，也不可能向宴平帝告發自己的母親，只能吃下這啞巴虧。

太妃隱忍這麼多年，偏偏選在今日動手，很可能是因為趙懷淵為了她這個外人，多次忤逆太妃。太妃感覺到母子離心的強烈危機，因此動手，想先離間趙懷淵和宴平帝，接著大概會輪到她和趙懷淵。

甚至，太妃可能認為不需要親自動手，因為趙懷淵失了聖寵之後，她這個得罪眾多權貴的人，自然失去庇護，會有別人摁死她。

如今，她插了手，大皇子暫時活下來，身體卻很可能難以復原。趙懷淵跟宴平帝之間也生出了嫌隙，太妃達到一大半的目的。

不過，她還有些想不通宴平帝的態度。只因想逃避真相，而不肯調查清楚嗎？

沈晞回想宴平帝當時的語氣神態，覺得或許不只是如此。或者說，可能不是如此。

這時，趙懷淵悵然道：「溪溪，今後我怕是不能在白日帶妳來皇宮玩了。」

沈晞心中嘆息，這種時候就不要說這個了，湊近趙懷淵，低聲道：「你說，有沒有一種可能，你皇兄說的相信你，是真的相信你？」

趙懷淵心中驀地拾起希望，不敢相信又期待地望著沈晞。

沈晞道：「他或許知道背後之人是誰。」

她只見過宴平帝兩次，但有種感覺，這個皇帝沒那麼容易糊弄。倘若大皇子歿了，宴平帝驟然沈浸在失子之痛中，可能不及細想。如今大皇子沒死，他應當還保有足夠的理智，以發現今日事件的種種微妙之處。

那麼，宴平帝能當著趙懷淵的面說，是他母親陷害他，只為了離間他們兄弟嗎？

如果宴平帝只是在捧殺趙懷淵，完全可以借用這次的事件，把罪名丟到趙懷淵身上，反正動手的不是他，而是懿德太妃。與其捧殺趙懷淵留下變數，不如直接殺了，以絕後患。

可宴平帝沒有，他把事情帶過去了。再加上宴平帝給沈晞的感覺，她認為宴平帝確實真心疼愛這個差了快二十歲的弟弟，不忍心讓趙懷淵面對被母親陷害的事。

哪怕做了萬全的措施，萬一中途出意外呢？哪個母親能這麼狠心，藉由陷害兒子來算計他人？對趙懷淵來說，知道這個真相，只怕更殘酷。

沈晞自覺沒那麼善良，而且不覺得瞞著趙懷淵是好事。這次不說，下回他再被如此利用，該怎麼辦？

因此，她一語道破，在趙懷淵茫然無措時，又道：「而你母親也非常清楚，你皇兄不會藉機對你如何。」

哪怕事情有貓膩，宴平帝不肯聽、不肯查，那就沒用。太妃膽敢如此設計，是因為非常清楚宴平帝在意兄弟之情，絕不會對趙懷淵不利。

由此也可以看出，當年先太子之死，怕是真有複雜的隱情。

趙懷淵身為局中人，先前因大受打擊而暫時沒想通關節，但經沈晞這麼一提醒，便全都明白了。

明白是明白了，他卻接受不了。倘若不是沈晞冒險出手，大皇子就死了，他母親怎麼能那麼狠心？

趙懷淵忽然俯身抱住沈晞，在她有所反應之前，極輕地在她耳旁道：「有一回，我母親太激動，說漏了嘴，二十年前章德殿大火，我的兄長便是死在那場大火裡。她一直認定，是皇兄放火燒死了我兄長。」

這樣的皇家秘聞，確實不好讓旁人聽到，沈晞遂靜靜地站著，沒有阻止趙懷淵過於孟浪的舉動。

趙懷淵繼續輕聲道：「兄長去世之前，皇兄與兄長的感情極好，時常與兄長抵足而眠。皇兄很少提起兄長，但我小時候聽他說過，若非兄長，他還是個頑劣之徒。皇兄曾想過，將來要一輩子輔佐兄長清吏治、撫萬民，但我母親認定皇兄是自小狡詐。」

沈晞忽然明白過來，太妃提起宴平帝時，為何會是那樣憤恨、被辜負的表情。太妃定認為宴平帝是為了打消先太子的懷疑，才故作親近，尋到機會便除了這個奪位路上的絆腳石。

宴平帝對趙懷淵和懿德太妃的縱容，可能是因為他搶了本該屬於先太子的皇位。

趙懷淵鬆開了沈晞，低頭望著她。「溪溪，我先送妳回家吧。我要回去找我母親。」

沈晞見他眉眼間帶著陰鬱之色，卻沒什麼好辦法。這是他跟他母親的事，她能支持他，但終究還是要他自己解決。

沈晞語氣柔和。「好。你隨時可以尋我。」

趙懷淵點頭，慶幸這種時候有沈晞站在他身邊，讓他不至於因母親的狠辣而茫然無措。

沈晞在宮門處跟趙懷淵分開時，才發覺沈成胥沒有先走，而是一直在等她。

不過，沈成胥大概不是在擔心她的安危，因為他見到她的第一句話是：「晞兒，妳做了什麼，不會是觸怒了皇上吧？」

這會兒沈晞的心情不太美好，上馬車時冷冷丟出一句。「我弄斷了大皇子的肋骨。」

沈成胥瞪大了眼，回沈府的路上，他時不時看看沈晞，一副欲言又止的模樣。

因為沈晞過往的「戰績」，她說弄斷了大皇子的肋骨時，沈成胥幾乎沒有懷疑。但就算她真做出這種事，宴平帝怎會讓她全身而退？哪怕她有趙王保駕護航也一樣，大皇子可是宴平帝的親生兒子。

沈成胥想問清楚，見沈晞面色沈鬱，怎麼都開不了口。

沈晞是成心讓沈成胥提心吊膽，自然不會多解釋，馬車在沈府停下後，便回了桂園。

不知現在趙王府是什麼情形，也不知趙懷淵能不能從被母親設計的衝擊中恢復過來……

這一晚，沈晞沒睡好。

第二日一大早，皇宮裡的大太監上門，是替宴平帝送賞賜的，表彰沈晞對大皇子救治有功，闔府上下喜氣洋洋。

沈晞藉機問了大皇子的情況，大太監客氣地說，大皇子已醒，只是還很虛弱，需要休養一段日子。

沈晞稍稍安心，能醒來便好。

不知趙懷淵那邊的情況如何了，她要不要上門幫他助助陣？

趙王府內，趙懷淵已在長安院外等了一整夜。

他匆匆從皇宮趕回趙王府，然而趙王府早已得知了皇宮內的變故，在他趕來時，花嬤嬤說太妃已經休息，請他早些回去安歇。

趙懷淵不信母親能睡得著，哪一次萬壽節宮宴，母親不是等他回來哭一場，才肯罷休？

不見到母親，他便不走了。

不承想，這次母親心狠，硬生生讓他在外頭等了一夜。

這一夜，足以讓趙懷淵洶湧澎湃的情緒沈澱下來，開始認真地重新審視他與母親的關係，以及母親對皇兄的恨意。

過去二十年來，自從記事開始，他聽著母親對皇兄的怨恨長大，已經習慣了，覺得母親只是在嘴上說說，不會做出更可怕的事。

今日之事，令他陡然清醒，母親有那樣大的怨恨，怎會什麼都不做？是他太幼稚了。

對他來說，母親和皇兄都是重要的親人，很難在兩人之間取捨。但他們之間的心結，又是無法解開的。

他想了一夜，是該面對過去逃避的一切了。他想知道，當年兄長究竟是怎麼死的，唯有弄清楚前因後果，他才能做出最恰當的決定。

然而，要從皇兄和母親那裡問出真相，非常困難。在徹底了解真相之前，他們都是他應當提防的人。

趙懷淵沈默良久，昨天半夜便趕來的趙良，面色也不太好看。他已謝過罪，但趙懷淵揮了揮手，似乎連說話的力氣都沒有了。

這時，趙懷淵忽然看向趙良，以前所未有的嚴肅神情問道：「趙良，你忠於我，還是皇兄？」

趙良微驚，想起了剛到趙懷淵身邊時的事。那時候，主子只是個少年，聽說他來自詔獄，十分新奇，每日纏著他問詔獄裡的事，甚至想讓他帶路，去詔獄玩。

他是宴平帝派到主子身邊的，當時宴平帝說，此後他便是趙王的人，必須效忠趙王。這麼多年來，他一絲不苟地執行了宴平帝的命令，只效忠主子。那這算是忠於皇帝，還是忠於主子？

趙良很清楚，主子這樣問，代表今後有事不能讓宴平帝知道，遲疑片刻，道：「小人從未向皇上透露任何關於主子的私事。」

趙懷淵笑了一聲，沒說什麼。

他過去仰仗的一切都來自皇兄，從未有過真正屬於他的人，是依賴，也是不想讓皇兄有疑心。這會兒，他想私下查些什麼便難了，身邊沒人。

他忽然想到了沈晞。

如今他能信任的，除了自己，唯有沈晞了吧？但他不知道，是否該將她扯進這樣的事。

這時，長安院的院門終於打開，神情木然的花嬤嬤走出來。「殿下，您回去吧，這會兒娘娘並不想見您。」

趙懷淵不硬闖，卻也不肯離開，笑道：「母親不見我一日，我便在這兒待一日。」

他枯坐一晚，面色蒼白，眼中還有血絲。絕色面龐上的憔悴，任何人看了都覺得不忍。

花嬤嬤看著趙懷淵長大，更是心疼，嘆口氣進去了。

片刻後，花嬤嬤又出來道：「殿下，娘娘請您入內。」

趙懷淵並不意外，抬腳進去，而趙良則被攔在院外。

趙懷淵見到太妃時，她正坐著，像雕像一樣一動不動。看見趙懷淵，抬了抬眼皮，忽然落下淚來。

「我只是想讓那人也嚐嚐失去兒子的滋味，我有錯嗎？」太妃哽咽。「你這樣逼迫我，是不想要我這個母親了？」

以往趙懷淵聽到這樣的話，總會想，是不是他太過任性，太過自私，而不夠體諒母親？可如今他知道，無論如何總有人站在他身後，哪怕面對可怕的皇權，也會毫不猶豫出頭，便不會像過去般軟弱了。

沈晞告訴他，他值得旁人對他的好。她覺得他很好，她看到的他只是他。

趙懷淵凝望著太妃。「母親，如果皇兄真是您說的白眼狼，您這樣設計我，就不怕他乘機坐實我的罪名？您是不想要我這個兒子了嗎？」

太妃驀地站起來，赤紅著眼，激動道：「你在胡說什麼？你是我兒子，我自會救你。」

趙懷淵緩聲道：「可我原本不必遭受這些。」眼神慢慢冷下來。「母親，如果您不想要我這個兒子，當初便可以掐死我，讓我陪兄長一起走。」

太妃僵了下，隨即別開目光，哭道：「我早知你遲早被旁人騙得與我離心。我是你母親啊，你怎麼能如此懷疑我？」

趙懷淵一直看著太妃，沒錯過她那一瞬間的不自然。

當年，她可能真的因為遷怒，想過要殺了他。

當年，他剛出生不久，她的心思都在他身上，才讓兄長慘死。

趙懷淵壓下窺見這一絲真實而生出的痛苦，緩聲道：「是，我說錯了，不該是掐死，而是燒死。」

大兒子被燒死，是太妃這二十年來無法擺脫的夢魘，聽到趙懷淵驟然提起，死死瞪著他，崩潰地大喊。

「你住口！你兄長慘死，他該多麼痛苦，你怎能如此輕描淡寫地提及此事？我的文淵那麼俊秀孝順，到頭來，卻連具完整屍首都沒留下……」

太妃哭到不能自已，腦子裡浮現那一日看到漆黑焦骨被抬出來時的情景。那具焦屍只有一小半還算完好，因為那一小半被壓在倒塌的橫梁下。她親手為大兒子縫製的香囊也在，於涼風蕭瑟中輕輕晃動，帶走了她所有的希望。

趙懷淵上前扶住太妃，紅著眼睛道：「母親，我知道您很痛苦，但兄長究竟是怎麼死的，您真的都查清楚了嗎？」

沈浸在悲痛中的太妃驀地抓緊趙懷淵的手臂，指甲幾乎隔著衣服嵌入他的肉中，眼中滿是怨毒之色。

「你想為那白眼狼開脫？不是他，還能有誰?!」

趙懷淵不理會手臂上的痛楚，飛快問道：「有人看到了嗎？」

太妃張嘴，似乎想說什麼，但隨即又以痛苦的目光望著趙懷淵。「你早對那人死心塌地了是不是？你想從我這裡問出什麼？你想做什麼?!」

趙懷淵知道，這下很難問出真相了，但仍抱著最後一絲希望道：「我只是想知道，兄長到底是怎麼死的？」

太妃使勁推開趙懷淵，冷笑著說：「不，你只是想知道，當年的事我知道多少，有沒有人看到了什麼，好替那人脫罪。那人可以給你榮華富貴，但你死去的兄長什麼都給不了，你自然是要站在那人那邊。」

趙懷淵被推得踉蹌，望著太妃，半晌後道：「母親，您真是這樣看我的？」

太妃別開目光，滿臉冷漠。

趙懷淵忽然跪下，重重地磕了三個響頭。起身時，額頭已是通紅一片。

他沈聲道：「感謝母親這麼多年來的養育之恩，是兒子不孝，不能如您的期望，當一個像兄長一樣的好兒子。兒子有愧，不敢再讓母親見了心煩，今日便搬出去，望母親保重。」說罷，轉頭離去。

太妃怔怔望著他的背影，在他快走出門時，慌忙喊道：「懷淵，你當真不要母親了？」

趙懷淵頓住，低聲回答。「是母親不要兒子。」大步出門，再沒有因太妃的呼喊而停下腳步。

出了長安院，他聽見花嬤嬤焦急喊人去找馮太醫的聲音，只頓了頓，沒有回頭。

趙王府有那麼多下人能照料好他的母親，不缺他這個總是惹怒她的不孝子。

趙良跟上趙懷淵，低聲道：「主子，沈二小姐來了，在外頭。」

趙懷淵眼睛驀地亮起來，丟下一句話，快步往府外走去。

「收拾東西，我們今日搬出去！」

第五十二章

趙懷淵沈重的腳步逐漸變得輕快，跑出趙王府時，好像逃離了牢籠似的輕鬆。

熟悉的馬車停在不遠處，他嘴角揚起笑，幾步上前，掀開車簾，看見端坐著的沈晞。

他抬腳跨進馬車，因小翠在場，沒像昨晚一樣失禮去抱沈晞。

沈晞打量他此刻的模樣，忍不住蹙眉。「你怎麼這樣憔悴？」發現他的額頭有些紅腫，上頭還有灰塵，隨手撈出一塊帕子，輕輕擦去他額上的髒污。

趙懷淵聞到了淡淡桂花香，熟悉的香味令他胸中彷彿找不到出路的爆裂心情逐漸平靜。

他閉著眼，享受著沈晞的輕柔觸碰。

等沈晞收回帕子，說聲好了，他才睜眼，用平靜的語氣道：「我跟母親鬧翻了，今日就會搬離趙王府。」

沈晞點點頭，並未多評論。「也好，各自冷靜一下。」看著趙懷淵似是一夜沒睡的憔悴和額上的狼狽，便知道兩人談得並不愉快。雖然太妃挺可憐，但趙懷淵又做錯了什麼呢？有這樣一個母親，他也是不容易。

趙懷淵看著沈晞，一絲遲疑再次湧上心頭，終於道：「溪溪，倘若我說，我們暫時不要來往了……」

沈晞瞬間明白了他的用意，挑眉道：「王爺這是打算跟我撇清關係，將來不肯為我出頭了？」

趙懷淵急切地說：「我不是這個意思。」

他只是不想牽連溪溪，可他知道，要是這樣說，沈晞是不可能答應的。意識到這點，他既心焦又愉悅，不管遇到什麼事都有人陪伴的感覺，令他割捨不下。

他再一次肯定，將來哪怕沈晞不會喜歡他，嫁給其他人，他也要永遠跟她做朋友。

沈晞側頭，吩咐小翠下車守著，待車內只有她和趙懷淵時，才道：「你母親跟你說了什麼？」他再次提起不想讓她受牽連，定是他做了什麼決定，或者他母親說了些什麼。

趙懷淵沈默著，一旦開口，便是真正將她牽扯進來，她與他從此是一條繩上的螞蚱。到底私心作祟，他不想推開沈晞，一邊唾棄自己的自私、一邊低聲道：「我向母親追問兄長的死因，她卻懷疑我是為皇兄打探……我想查出真相。」

二十年前的事，調查起來有多難，沈晞已有所體會，王不忘的女兒至今依然下落不明，更何況這是皇家秘辛。皇帝、太妃這些當事人只怕不會實話實說，要查出真相何其不易。

可是，趙懷淵願意什麼都不問，替她去查二十年前的舊案，甚至以身涉險去會永平伯。她投桃報李，也為他涉一回險又如何？

「倘若你願意相信我，我願陪你一起去查。」

趙懷淵眼睛微亮。「真的？」

哪怕沈晞什麼都不做，只是陪著他，他便覺得渾身充滿了力量。更何況她聰明，很多事情，他尚未發覺，她就有了想法。有她在，定能事半功倍。

沈晞笑道：「你都哭哭啼啼來找我了，我能不管你嗎？」

趙懷淵臉一紅，他一個大男人，怎麼可能為這點事哭鼻子。但對上沈晞清澈動人的目光，不但沒否認，反而還得寸進尺。

「妳管了，便要管到底。我跟母親大吵一架，這會兒好難受，妳可以安慰安慰我嗎？」

沈晞似笑非笑。「你要我如何安慰你？」

趙懷淵被沈晞盯得臉更紅了，他怎麼好意思說出他想抱抱她這樣無禮的話呢？

他驀地低頭，吶吶道：「妳陪在我身邊，便是在安慰我了。」

玩笑間，見趙懷淵的心情逐漸恢復，沈晞繼續道：「說說看你目前了解的事。」

趙懷淵精神一振，不再想那些有的沒的，思索片刻，將目前知道的線索毫無保留地告訴沈晞。

當年，先太子趙文淵與宴平帝趙文誠的感情很好，兄弟倆時常一起讀書、一起喝酒玩樂。然而，二十年前，太和三十年十月初六晚上，章德殿燃起大火，趙文淵死於火中。當夜，本就病重的先皇得知消息後，太過悲痛，吐血而亡。太子和皇帝接連去世，國不可一日無君，群臣推舉當時的二皇子趙文誠為皇帝，第二年改元宴平。

趙懷淵補充道：「母親認定是皇兄害死了兄長，但我問母親有沒有人證，她卻反問我是否在為皇兄打探消息。我想，當日應是有人目擊，才讓母親如此篤定。章德殿是兄長治學之所，他和皇兄時常抵足而眠，說不定，那一夜皇兄也在，否則母親的反應說不通。」

沈晞皺眉。「章德殿大火，除了你兄長之外，沒有別的死者？」

趙懷淵一愣，他沒問到這麼細。「未聽說過有別人。」

沈晞道：「這很奇怪。當時你兄長是太子，身邊怎麼會沒有伺候的人？不管有人放火，還是半夜失火，應該有人及時發現才對。」

趙懷淵瞬間被點醒。當年之事哪怕不似母親說的，看起來也不像意外，而是有人蓄謀。

沈晞繼續道：「你母親不肯多說，皇上那邊也不好問，那只能從當年伺候你兄長的人入手了。」

趙懷淵說：「我也是這樣想。只是我身邊無人，不知道趙良是否可信。」

沈晞想了想，道：「試試吧，先讓他查些別的。對了，你今日可要去見見你皇兄？你要去的話，帶上我。」

趙懷淵思索片刻後，點頭道：「不如這會兒就去。」

既做了決定，他當即跳下馬車，回去讓趙良把收拾的活計交給別人，陪他和沈晞入宮。

沈晞也找好入宮的理由，她剛得了皇帝的賞賜，豈不得去謝恩啊？

兩人到了宮外，皇宮守衛並未阻攔，趙懷淵被母親傷透的心總算有了些許寬慰。

他跟過去一樣，來到太和殿偏殿。

這會兒宴平帝還在議事，昨夜的變故不可能打斷朝政，當皇帝的總有許多政務要處理。官員來去，看趙懷淵的眼神隱秘而充滿評判，昨夜大皇子落水一事，早已傳遍朝堂。同樣地，沈晞救人之舉也是，她就看到她的父親被眾多官員簇擁著，面上滿是得色。

沈成胥看到了沈晞，發現她竟然陪在有暗害大皇子嫌疑的趙懷淵身邊。本來他該提醒沈晞一下，但他不敢，趙王會不會自此地位一落千丈還是未知數，最終只當沒看到沈晞，與同僚們離去。

趙懷淵與沈晞在殿外等著，直到何壽走出來，看到兩人，面露驚詫地上前。

「殿下，您來了怎麼不讓人通報，久等了吧？」

趙懷淵笑道：「沒等很久，我不想打攪皇兄議事。何公公不用告訴皇兄，我再等會兒也無妨。」

何壽心想，趙懷淵何時這樣小心謹慎過，這是昨夜被傷了心了。

他勸慰道：「殿下，您是皇上的親弟弟，他不會與您生分的。」

趙懷淵勉強露出一絲笑。「我覺得對不起皇兄。」哪怕他不知情，事情到底是他母親做的，差點害死了皇兄的兒子。

何壽嘆息一聲，不好多說什麼，遂道：「皇上要是知道您來了，哪會讓您等。今日無甚要緊事，您隨奴婢來吧。」

何壽沒提有人連夜寫了參趙懷淵的摺子，今日上奏的事。之前這類事多著呢，只是這回比以往稍微多了些，宴平帝全都擱著，跟過去一樣。

沈晞見何壽沒問她，樂得不用多說，跟在趙懷淵身後，進了太和殿偏殿。

宴平帝見到趙懷淵和沈晞，先讓官員們下去，這才笑道：「小五來得正好，朕正想讓人告訴你，瑞兒已經無礙，多休養些日子就好。」這態度好似昨夜的事真的只是意外，且與趙懷淵無關。

見宴平帝的目光從趙懷淵轉到自己身上，沈晞恭敬地低下頭。「臣女謝皇上賞賜。」

宴平帝笑著說：「幸虧妳果斷，才救了瑞兒一命，是朕要謝妳才是。瑞兒醒過一次，說是見到了仙女姊姊。妳對他來說，就是救他性命的仙人。」

沈晞道：「謬讚了，臣女也是僥倖。大皇子能醒來是老天保佑。」

不知是大皇子胡說還是宴平帝胡說，大皇子在施救的過程中沒清醒過，不可能知道是她救了他。

但既然宴平帝願意抬舉她，沈晞自然不會掃興。

宴平帝笑著說：「待瑞兒再醒來時，妳去看看他。總要讓他認認，救他的仙女姊姊是何模樣。」

沈晞應道：「臣女遵旨。」

自見到宴平帝後，趙懷淵還未開口，這會兒恰好誰也沒說話，遂道：「皇兄，我已經知道是母親……我該怎麼辦？」

宴平帝面上的笑容淡下來，嘆口氣。「你還是知道了。」望著趙懷淵，神情似有些空茫，半晌才道：「瑞兒沒事了，朕也不想再追究。小五，這不是你的錯。」

趙懷淵心裡被親生母親割出的傷痕似被輕輕撫慰，但仍堅持追問道：「倘若再有下次怎麼辦？倘若下次沒那麼幸運，又該怎麼辦？」

在場的人都清楚，太妃偏執那麼多年，不可能一朝一夕有所改變。

宴平帝道：「不會再有下次。」

可能是他的溫和態度給了趙懷淵底氣，趙懷淵忽然問道：「皇兄，您能告訴我，兄長是怎麼死的嗎？」

這一句話，讓宴平帝陡然變色，甚至不願讓旁人看到他的神情，轉過身，聲音威嚴。

「此事，今後不要再問了！」

趙懷淵知道多半無法從宴平帝嘴裡問出什麼，卻沒料到宴平帝的反應會這樣大，簡直就像是心虛或惱羞成怒。

趙懷淵並不願如此想他。宴平帝從不是心慈手軟之人，這麼多年來，宴平帝的耐心和容忍都給了他和他母親。倘若當初宴平帝能心狠手辣殺害兄長，如今又怎會如此？

他跟皇兄來往十幾年，更願意相信皇兄是真心待他，也是真心為兄長的逝去而痛惜，因而寬待他母親。

今日皇兄如此反常，不肯提及兄長的死因，其中又有什麼隱情呢？

宴平帝已擺明了拒絕交談，趙懷淵自然不可能再糾纏下去。幸好早在來之前，他便有了心理準備，沒有太失望。

沈晞上前一步，扯了扯趙懷淵的衣袖，在他側頭看來時，見他神情平靜，才放下心。

對方畢竟是皇帝啊，逼問皇帝不是自尋死路嗎？反正如今也不是沒有調查方向，暫且先緩緩好了。

趙懷淵微微頷首，他明白沈晞的意思。

不過，不等趙懷淵再開口，先緩和氣氛的人，竟是宴平帝。

他似是已調整好心情，轉身望向趙懷淵。「小五，過去的事便不要再提了。瑞兒無事，一切到此為止。今日起，我依然是你的皇兄。」

趙懷淵對宴平帝到底還是有著亦兄亦父的感情，壓下所有紛繁思緒，露出笑容。「好，皇兄，我什麼都不問了。」

宴平帝點點頭，卻見沈晞不知何時牽住了趙懷淵的衣袖，覺得這兩人怎麼看怎麼般配，卻想起答應趙懷淵不過問，只好衝他點了點頭，揮手讓他回去。

趙懷淵和沈晞離開太和殿偏殿後，宴平帝坐在御案後頭，彷彿老了好幾歲。

何壽勸慰道：「這麼多年，殿下能明白您對他的疼寵，必定不會聽信旁人讒言。」

許久後，宴平帝才道：「沒有旁證。」

何壽心中微嘆，不再說什麼了。

趙懷淵和沈晞安然離開皇宮，趙懷淵才想起，他要搬出趙王府的事，得跟宴平帝說一聲，遂派趙良回去找何壽。

提到要搬去的地方，趙懷淵難得多了幾分興致，對沈晞道：「我要搬去的地方，離妳家也就一條街，妳來尋我不必通報，直接進來便好。」

之前他對母親磕頭說要搬離時，心情不可謂不沈重，然而此刻想到與沈晞住得近，來往可以更方便，這一刻的開心也是真的。

兄長的死因要查，但日子照常要過。他被母親控制了二十年，見證只為一個死去的人而活是多麼可怕。

死去的人不如活著的人重要，如今聽宴平帝的意思，依然會像過去那樣待他，那他還是可以替沈晞保駕護航，她愛如何折騰都行。

「不管你母親了？」沈晞問道。

趙懷淵搖搖頭。「也不是不管，只是我不願再被母親箝制。」眉毛一揚。「我堂堂一個親王，老是受母親的管束像什麼樣子？我早該搬出來，過自己的逍遙日子了。」要是新的府邸裡有個女主人就更好了，但他不敢說。

沈晞笑道：「恭喜王爺重獲新生。」

趙懷淵心中微動，他喜歡這個形容。從今日起，一切都是嶄新的，將由他親手打造，誰也別想干擾他。

當然，沈晞除外，她對他做什麼都可以。

這個想法一冒出來，趙懷淵不知怎的，想到某幾個夜晚做的、不可對他人道的夢，耳尖一點點泛紅，眼神飄忽，不敢看沈晞。

兩人出了宮，趙懷淵跟在沈晞身後，上了沈家馬車。等趙良回來，一行人便離開。

馬車先回沈府，趙懷淵沒進去，離開前對沈晞道：「等我安頓好了，再帶妳去認門。」

因為離得不遠，趙懷淵很有興致地打算走路回去，沈晞目送他離開，回了桂園。

趙懷淵到新住處不久，宴平帝就派人敲鑼打鼓地送來禮物，說是因趙王對大皇子的救助而賜下賞賜。

大皇子落水的事，不是每個人都清楚來龍去脈，只是從隻言片語，以及當時兩邊劍拔弩張的情況，判斷趙王要倒大楣了。

於是，參趙王的摺子雪片似的飛向宴平帝，官員們覺得這次總該有效了，可偏偏和過去一樣，宴平帝根本不理。

他們等啊等，等到了宴平帝嘉獎趙王的聖旨。

有些人氣急敗壞，不禁大逆不道地暗暗嘀咕，到底誰才是皇帝的親兒子啊？

其中最生氣的，大概是榮華長公主。她見趙懷淵好像要失聖寵了，差點高興得一整個晚上沒睡著。她兒子的婚事是趙懷淵的推波助瀾，如果他失去宴平帝的寵愛，她就不用管他，自然可以悔婚。

孰料，她已經想好退婚時要親自去看看沈晞那臭丫頭哭喪著臉的模樣，就得知了趙懷淵被嘉獎的聖旨。

榮華長公主當即摔了不少瓷器，氣得失了儀態大罵。當然，她不敢罵宴平帝，只能指桑罵槐。

然而，榮華長公主猶不甘心，好不容易有了這樣的機會，趙懷淵怎能毫髮無傷？他要是沒事，那她豈不是永遠拿沈晞沒轍？

因此，她打著探望大皇子的名義進宮，想挑唆大皇子的母親賢妃，讓賢妃去找宴平帝鬧，不能就這麼算了。

賢妃是個溫柔的女子，將將三十歲，容貌卻依然如同少女，面對榮華長公主再明顯不過的挑撥，似乎完全不明白，只紅著眼哭。

「瑞兒能活過來，我便滿足了，其他的自有皇上作主。」

榮華長公主怒其不爭，勸道：「皇嫂，妳可是做母親的，孩子受了這樣大的委屈，怎麼能就這樣算了？」

賢妃淚眼婆娑地看著榮華長公主，滿臉迷茫。「可是，長公主不是也沒能為自己的兒子主持公道，不得不娶一個賤奴之女嗎？」

榮華長公主要氣炸了，又不能罵賢妃，只得氣哼哼地走了。

待榮華長公主離開，賢妃才慢條斯理擦去眼淚，啐道：「想讓我當出頭鳥，想得美！」

她的貼身宮女道：「娘娘睿智。」

賢妃道：「瑞兒受的苦，將來自有回報。」頓了頓，吩咐道：「明日下帖子給沈二小姐，後天請她入宮來看看瑞兒。雖是皇上發話，我也想見見她。」

她撫著胸口，流露出幾分後怕。「聽說當時瑞兒都沒氣了，多虧沈二小姐救下他。往日總聽聞她張揚粗鄙，今日才知她有一副好心腸。」

因為大皇子已醒來，賢妃沒有時刻守在他身邊。見過長公主後，她才回去，坐在床邊看著兒子的睡姿出神。

是誰害了她兒子，她心裡多少有數。

這個仇，她先記下，今後總有清算的時候！

大皇子落水引發的風波，在眾人的不解中悄然消弭，沒人受到懲罰，外人也只知大皇子是自己不慎落水，被趙王和沈晞所救。

沈成胥在同僚間很風光，但他只敢在衙署得意，不敢將這樣的得意帶回家。他多少有點感覺，沈晞好似見不得他高興，什麼把大皇子的肋骨弄斷了，明明是救了大皇子一命，非要如此嚇他。

哪怕腹誹再多，沈成胥見到沈晞時總是帶笑。他這個女兒真有點本事，他看著都覺得完蛋的局面，竟被她盤活了。

倘若大皇子死了，趙王也會受牽連，她失去靠山，可不會有如今能橫行的痛快。

第二日，沈晞收到來自宮裡的請帖。因宴平帝之前提過，並不覺得意外。

當日下午，趙懷淵興匆匆地來了沈府，請沈晞去他的新府邸坐坐。沈晞在徵得趙懷淵的同意後，也將沈寶嵐帶上。

以前沈寶嵐覺得沈晞真厲害，能令趙王傾心。但經過大皇子的事後，她卻覺得，趙王真幸運，竟然能得到她二姊姊的青眼。大皇子的事，沈晞不肯多說，但她不是沒聽到外面的傳言，若非沈晞將大皇子救活，趙王只怕也沒有如今這樣的好日子過。

即便如此，她還是願意認趙王當姊夫，誰叫二姊姊自己喜歡呢？

因此，在沈晞饒有興致地爬上假山遠望時，沈寶嵐湊到笑著看沈晞的趙懷淵身邊，低聲表忠心。

「姊夫，二姊姊嘴上不說，可對您跟旁人不一樣，我只認您一個姊夫的。」

趙懷淵冷不防聽到這話，頓時心花怒放，擺出姊夫的姿態道：「寶嵐妹妹，妳今後有什麼事，只管來尋我……來尋姊夫，姊夫什麼都能擺平。」

他唸著「姊夫」兩字，只覺得滿心甜蜜，又不敢大聲說讓沈晞聽到。因此，遠遠看去，兩人就像在私下說什麼悄悄話一樣。

見沈晞望過來，趙懷淵才察覺到不對勁，趕緊跳開，飛快解釋。「溪溪，我與妳妹妹在說妳呢！」

耳力好而聽到全部內容，因此很無語的沈晞冷漠道：「哦。」

趙懷淵見狀，心想沈晞該不會是見他跟旁人說話，吃醋了吧？這是不是說明，沈晞也有點喜歡他了？

趙懷淵蠢蠢欲動，但他不敢繼續嘗試，怕沈晞真的生氣不理他了。

趙懷淵的新宅子自然沒有趙王府大，但已比許多官員的宅子大了，且景致風雅，令人賞心悅目。

參觀完，趙懷淵又留沈晞和沈寶嵐吃過晚飯，才送她們回去。

第五十三章

沈晞與沈寶嵐下了馬車，剛要入府，有一人忽然快步過來道：「沈二小姐。」

沈晞轉頭看去，竟是賀知年，沒想到他這麼快就上門了。

不等賀知年再開口，趙懷淵已上前攔在沈晞面前，不悅地打量著賀知年，表情很冷。

「你是什麼人？找沈晞做什麼？」

他見賀知年容貌英俊，身上有一種溫雅的書生氣，不覺心生酸意。

什麼嘛，模樣比他差得遠了，一身窮酸氣，不知此人有什麼底氣來找沈晞。等等……沈晞不會喜歡讀書人吧？

趙懷淵轉頭去看沈晞，卻聽她道：「他是我認得的人，王爺不必擔心。」

趙懷淵心中一緊，沈晞居然在他不知道的時候，認識了他不認識的人。他記得沈晞的房間裡有很多話本，那些話本最喜歡寫書生和小姐的故事，她該不會是看上了這個窮書生吧？

雖然他曾經認真想過，哪怕沈晞不喜歡他，哪怕她將來嫁了人，他也想繼續跟她做朋友。但這個人真的出現時，他根本沒那麼大方。

去他的嫁給別人，沈晞就該是他的王妃，哪怕如今她不願意，以後她一定會願意的。要是她怎麼都不願意，他就……跪下來求她！

趙懷淵連跪地姿勢都想好了，要是沈晞不願意，他就跪到她願意為止，便聽沈晞道：「王爺，你先回去吧。賀先生，請隨我來。」

賀知年拘謹地跟隨沈晞入府，趙懷淵覺得他現在就想跪了。

他本該掉頭回去的，但他做不到，頂著門房詫異的眼神，厚著臉皮跟在沈晞身後，一邊悄悄跟著、一邊聽他們說話。

沈晞很困惑，好好的王爺，怎麼作起賊來了？她總不能真讓趙懷淵偷偷跟進去，那也太不像話了，站定轉身，無奈道：「王爺，您這是做什麼呢？」

趙懷淵愣在原地，表情帶點被抓包的無措，但他一向臉皮厚，很快便理直氣壯道：「最近我聽聞有些窮酸書生藉故接近權貴家的未婚女子，騙財騙色，妳可要小心啊。」

至於在哪裡聽聞的，當然是他編的啊。誰接近沈晞，他就編排誰。

沈晞反問道：「倘若是我主動接近人家呢？」

趙懷淵一愣，隨即道：「那一定是他設了陷阱，讓妳以為是妳主動的。」

沈晞看了賀知年一眼，他已經被趙懷淵說得坐立不安，無地自容，但想來知道趙懷淵是誰，並未出聲替自己辯解。

知道趙懷淵不好打發，沈晞只好說：「我找他有正事。假如你待會兒可以不說話，就在旁邊聽好了。」

趙懷淵立即答應下來。「好！」他只是不想讓此人單獨跟沈晞在一起。既然沈晞鬆口，他當然要答應。

沈晞轉頭對賀知年道：「賀先生，讓你見笑了，不必理會他，這邊請。」

賀知年不敢吭聲，他雖自詡是清高讀書人，但不是傻子，不可能在名聲赫赫的趙王面前找事。目光無意間與趙懷淵對上，當即被其中的冷厲敵意戳得渾身一顫，趕緊跟上沈晞。

沈晞帶著一行人來到堂屋。

沈寶嵐本來想走的，但她想知道沈晞跟這書生有什麼事，還想繼續看趙懷淵吃醋，遂也厚著臉皮跟來了。

一行人落坐，賀知年將提在手中的方籃放在桌上，取出用木盒裝著的布包，再打開靛藍色布巾，裡面是一疊寫滿了字的紙。

不怪他如此小心，這些最多值二十兩呢。讀書人再清高，也得為五斗米折腰。

賀知年恭敬地把東西交給小翠，溫聲道：「學生已按沈二小姐的吩咐寫好，請驗看。」

沈晞接過小翠拿來的紙，讓小翠去準備茶水點心送來，她看話本也需要時間。

趙懷淵坐在沈晞身邊，見好奇地探過頭。「這是什麼？」

沈晞瞥他一眼。「窮書生和富家小姐的故事。」

趙懷淵心中一緊。沈晞看那些話本還不夠，竟讓別人寫？而且，為何偏偏要這書生寫？

他腦中頓時閃過許多念頭，沈晞是喜歡此人的樣貌嗎？可她明明看他看呆過，是他最近精神不好，睡不好，變醜了嗎？不行，他得趕緊把容貌養回來，可不能讓唯一的優勢沒了。

他邊想邊伸手道：「哦，能不能讓我看看寫得怎樣？」

他懷疑這個書生在話本裡偷偷引誘溪溪，說不定會寫富家小姐跟窮書生在一起後，日日風花雪月，窮書生還考上了狀元，替富家小姐掙個誥命回來。

溪溪，妳別信，那全是假的，妳如此有錢，窮書生是想要妳的銀子補貼他啊。只有我對妳是真心的，我貪圖的是妳這個人，錢權地位我自己都有！

趙懷淵心中吶喊，但他不敢說，只敢搶先去要這話本，然後把它批判得一文不值。

沈晞縮回手，沒讓趙懷淵拿走，微笑道：「若沒有超出我說的梗概，應當是不錯的。」

趙懷淵心癢，不覺低聲道：「給我看看好不好？」口氣裡多了幾分撒嬌的意味。

沈晞感覺耳朵好像被羽毛撩了下，輕咳一聲，轉開目光，妥協了一點點。

賀知年忙道：「學生是按沈二小姐說的寫。」

「等我看完。」她說完，低頭看起來，看完幾頁就丟給趙懷淵。

全部看完後，沈晞確信賀知年是按照她所說的寫，且能從一些描述中判斷出，他批判男主角，對女主角則充滿了同情。

不能據此判斷他本人會怎麼做，但三觀好歹是正的。文字雖能矯飾，卻不可能完全不洩漏執筆者的意圖，要是他不贊同這個故事，落於筆下自然會彆扭。

沈晞看完了，趙懷淵也看得差不多，覺得跟他想像的不太一樣，怎麼有點慘……

沈寶嵐好奇死了，見他們看完，小小聲地說：「二姊姊，也可以給我看看嗎？」

沈晞從趙懷淵手裡取回所有紙張，讓小翠拿給沈寶嵐，沈寶嵐便興奮地低頭看起來。

趙懷淵終於從結局中回神，不解道：「那位小姐沒變成女鬼？」

沈晞說：「變成鬼有什麼意思，多少惡人並無天收，我要讓書生自取滅亡。」

就像褚芹，因為心虛，所以覺得處處都能看到鬼，可這世上哪來的鬼，反正她是半個都沒見過。受害者變鬼害人，是惡人自有天收的變種，她不喜歡。沒有那麼多所謂的報應，她更喜歡親自給予惡人懲罰。

趙懷淵道：「那起初書生看到的鬼魂是什麼？」

沈晞道：「是忠心耿耿的丫鬟在小姐死後打扮成小姐的模樣。書生拋棄小姐，有愧疚，但不多，可讓他親眼看到死去的小姐變成冤魂，那就不一樣了。」

趙懷淵用書生的角度想了想，頓時一個激靈。人是很容易疑神疑鬼的，只需要一次的假扮，便能引導本就有那麼點心虛愧疚的書生自尋死路。

趙懷淵豎起大拇指。「這是妳想的故事？很好！」這不僅僅是誇情節安排得好，更是在誇書生和小姐的結局好。書生和小姐是沒有好下場的，沈晞就該跟他在一起才對嘛。

於是，趙懷淵看賀知年的眼神柔和了幾分，隨後好奇道：「妳讓他寫這個做什麼，自己看嗎？」

沈晞反問道：「不行嗎？」

要是趙懷淵沒有恰巧出現，她真想親自試探賀知年。她的身分地位比鄒楚楚高，要是她主動示好，賀知年會是什麼反應？

但趙懷淵在，而且她和趙懷淵的關係已不是秘密，賀知年傻了才會心動。

所以，她只能放棄，正好藉著趙懷淵在，換更直白一點的問法。

趙懷淵道：「妳喜歡的話，我可以找人幫妳寫個千八百本的。」

沈晞面無表情。「不需要。我看那麼多做什麼？一本就夠了。」示意小翠掏錢，對賀知年道：「賀先生果然大才，我很滿意，這二十兩是潤筆。」

賀知年接下，沈晞瞧見他眉目間的喜悅，像是不經意地問道：「賀先生，接下來你可是要考科舉？倘若我將來還有什麼想看的，是否就不方便麻煩你寫了？」

趙懷淵側目，剛剛不是說一本就夠了嗎？

賀知年忙道：「不麻煩的。我按照您說的寫，並不花太多工夫。」

沈晞點頭。「那便好。對了，不知賀先生家中可有娶妻？」

趙懷淵眼睛一瞪。沈晞問這個做什麼！

賀知年也一驚，甚至不敢去看趙懷淵，忙道：「雖然不曾娶妻，但學生已心有所屬。」

沈晞心中暗笑，趙懷淵在的效果確實不錯，瞧瞧賀知年撇清得多乾脆啊。如果只有她一個還算是陌生人的女子，問他有沒有娶妻，他甚至不一定會說出有心上人這種私密的事。

沈晞面露遺憾。「是嗎？那你們幾時成親啊？」

趙懷淵大驚失色，賀知年的額頭冒出些許汗水，他到底還是太年輕，心神緊張之下，編不出什麼話來，照實道：「尚未……尚未定下。學生是想等後年的秋闈高中後，再去求親。」

沈晞飛快道：「還有兩年？你心上人等得起嗎？若你兩年後考不上，她能再等三年？」

賀知年被沈晞問得緊張，而在一旁聽著的趙懷淵也好不到哪裡去。

如果這書生的心上人等不起，是要他換一個嗎？換誰？沈晞該不會想說她吧？

趙懷淵正要開口，手上忽然一熱，低頭一看，竟是沈晞捉住了他的手。她白皙嬌嫩的手心蓋在他手背上，讓他覺得整個手背好似燒了起來，連剛剛要問的話都燒光了。

溪溪……溪溪牽我的手了！

與此同時，賀知年在沈晞的逼視下，結結巴巴道：「學生尚未考慮得如此長遠。」

賀知年到底年輕，哪裡是沈晞的對手，讀了幾年書的書生氣在她的逼問下七零八落，顯露出稚嫩的少年本色，張惶恐慌。

在沈晞看渣男的目光下，他的解釋越發凌亂。「學生是想在下次的科舉中全力以赴，不辜負她的一片心意，並沒有想讓她再等那麼多年。」

沈晞哂笑。「秋闈三年一次，考試的那麼多，你怎麼就這麼肯定你能考上？都是讀書人了，不該像沒讀過書似的目光短淺。只孤注一擲，不考慮失敗的可能了？」

賀知年被沈晞說得無地自容，他確實沒想過失敗，一是對自己有幾分自信，二是不敢想失敗之後會如何。他家家境清寒，最多再堅持兩年，再久，便難以維持了。到頭來，讀書和生計只能選一樣，否則兩樣都抓不住。

賀知年有種醍醐灌頂之感，羞愧地低下頭，對沈晞道：「多謝沈二小姐教我。學生會跟她說清楚，倘若她願意，請她等學生兩年；倘若她不願，就此各自嫁娶，學生絕無怨言。」

沈晞說：「那你可會給她承諾？如果她等你，你一定會高中？」

賀知年怔了怔，搖頭道：「學生不敢。」

沈晞仍不滿意，緩聲道：「或許你還能讓她清楚，哪怕之後高中，你也未必會娶她。」

賀知年驀地抬頭看向沈晞，不知她是何意。

沈晞道：「人心善變，你今日愛她，或許不假，但你能保證中了三甲，權貴對你拋出橄欖枝時，你還能愛她？」

賀知年張了張嘴，想說他不是那樣的人，但沈晞漆黑雙眸定定看著他，讓他忽然想起筆下的書生。

起初，書生難道不愛小姐嗎？可後來還是變了。因此，他無法輕易反駁沈晞。

賀知年沈默許久，才道：「多謝今日沈二小姐提點，學生會與她說清楚。今日學生與她是兩情相悅，可未來會如何，學生說不準，請她再仔細斟酌我們之間的事。」

沈晞不置可否地說：「賀先生想明白便好。」

賀知年離開時，心事重重，哪怕兜裡多了對他極有幫助的二十兩銀子，也高興不起來。

他今日不會辜負她，可將來呢？過去與鄒楚楚通信的甜蜜，都成了他不負責任的證據。

沈晞見賀知年像是被打擊到似的，蔫蔫地走了，卻沒什麼罪惡感。讓賀知年早點成長，做個目光長遠而有責任心的男人，對鄒楚楚和他都有好處。

沈晞想到，鄒楚楚是想讓她幫忙牽線，結果她牽著牽著，差點把線牽沒了。

一番接觸下來，她感覺賀知年是個不錯的少年，難題便到了鄒楚楚身上。如果鄒楚楚在賀知年說清楚之後，依然願意等，那她就幫忙，她還是想見到有情人終成眷屬的。

賀知年的文筆不錯，而她腦子裡多的是故事，合作出書賣錢，他很快能富起來。至於還要等兩年的事也簡單，鄒楚楚尚未及笄，那麼小結婚做什麼，願意等的話，再好不過。

沈寶嵐也看完了話本，等賀知年走後，小聲道：「二姊姊，他是楚楚的……」

鄒楚楚請沈晞幫忙那日，她也在，只是一時沒記起名字。那名字聽著聽著便覺耳熟，她才恍然大悟，此人是鄒楚楚心上的書生。

二姊姊這哪是讓楚楚如願啊，分明是在勸退賀知年。她決定了，要替二姊姊保密。

沈晞道：「噓，別跟楚楚說。」

沈寶嵐立即大義凜然道：「誰也休想從我嘴裡問出一個字！」

沈晞失笑，指指沈寶嵐手裡的話本原稿。「我花的銀兩可得賺回來。記得韓姨娘幫我代管的鋪子裡有書肆，讓書肆刊印這本話本，看能賣掉多少。寶嵐，此事交給妳可好？」

沈寶嵐聽到沈晞如此信任她，肅然道：「二姊姊放心，我一定不會令妳失望的。」以她的眼光來看，這故事很新奇，跟市面上的話本不太一樣，小姐們可能不愛看，但夫人們可以買來提醒她們啊。

沈寶嵐不想打擾沈晞和趙懷淵的相處，得了任務便告辭，飛奔去找韓姨娘。

剛才沈晞為了不讓趙懷淵插嘴，握住他的手，等賀知年走後便鬆開來。

等沈寶嵐也離開，憋了一肚子話的趙懷淵立即開了口。

「我人生的前二十年沒有喜歡過誰，倘若我有心上人，定會對她一心一意，這輩子只有她一人。」

他聽到沈晞說人心善變，心中暗驚，因為被她握住手而暈乎乎的腦子瞬間清醒過來。

沈晞握住他的手，是想讓他閉嘴罷了，如今她待他還是跟以前一樣，只當朋友。或許她是覺得，他今日愛她，明日便會不愛，故而不必多說什麼，等待就好。

趙懷淵怎麼想怎麼不舒服，可沈晞沒明說，他也只能用倘若來表態。

沈晞看看趙懷淵，在他滿懷期待的目光下道：「你想知道，我為何找上賀知年嗎？」

趙懷淵心道，他不想知道，只想讓沈晞明白他的心意，想讓她說一句，她願意相信他。但他到底不想讓她為難，也確實有點好奇賀知年的事，遂從善如流地回答。「想。」

沈晞道：「我在為好友試探此人。」

趙懷淵明白了。「他口中的心上人，是妳的好友？」

沈晞點頭。「是。目前看來，此人還算不錯，且看以後。」

趙懷淵覺得沈晞這話好像不僅僅是在說賀知年，也在說他。她是不是在提點他，她覺得他也不錯，看看今後他是不是會一如既往？

趙懷淵心潮澎湃，瞬間被哄好了，又覥著臉問：「那我跟那個姓賀的，誰更好？」

沈晞面露詫異。「你跟他比什麼？」

趙懷淵道：「說說嘛！」

沈晞無語。「他哪一樣比得上你？」

趙懷淵笑開了花，不打算再問賀知年的事。反正賀知年是別人的男人，而且在沈晞眼裡，他是最好的，便帶著滿心的喜悅回去了。

沈晞則準備第二日進宮的事。趙懷淵想陪她去，她沒答應，畢竟她是去探望大皇子，而且趙懷淵這個男人去後宮，多少有點不合適。

沈晞沒想到的是，當她準備睡覺時，趙懷淵居然又來了，而且還是敲窗。

她打開窗戶，看著笑得一臉燦爛的趙懷淵，沒好氣地說：「我家大門是有惡犬不讓你進來嗎？」

趙懷淵面上的笑容一點沒變。「這不是太晚了嘛。我剛得到妳故人女兒的消息，怕妳急，便趁夜來了。」

沈晞眉頭微挑，她倒不急，但見趙懷淵惦記這事，無法將他拒之窗外，側身讓他進屋。

趙良默默地站在不遠處，沈晞看了一眼便關上窗。

見到沈晞，趙懷淵表現得很愉悅，可話要說出口時，還是遲疑片刻，才從頭說起。

「妳不是說妳故人之女叫王岐毓嗎？她被賣掉時已改姓秦，之後數次被人轉賣改名，最後一次是賣給一個男人為妻，那男人名叫姜義，五年前死了。一年前，王岐毓也病死了。」

沈晞從趙懷淵的表情裡多少察覺出了結局，因而已有準備，只是沒想到她要找的兩人全歿了。王不忘去世之前心心念念的妻女，竟一個都沒留在世上，他妻子甚至比他死得還早那麼多年，不禁有些感傷。

趙懷淵的話並未說完，道：「他們還有個女兒。」

沈晞驀然抬頭看他，趙懷淵沒再賣關子。「她叫姜杏兒，一年前被韓王納為侍妾。目前查到的便是這些。」

沈晞皺眉，久遠的記憶開始復甦。當初她們一家子女眷被叫去韓王府，有個姓姜的侍妾病了，她的丫鬟來求韓王妃……該不會正好是姜杏兒吧？

姜杏兒是王不忘僅剩的血脈了，她得確保姜杏兒過得好。但想到當日所見，姜杏兒身為侍妾的日子，著實不怎麼樣，也不知身子好了沒有。

沈晞決定，無論如何都要去見姜杏兒一面，確認姜杏兒是否真是王岐毓的女兒。倘若是的話，問清楚姜杏兒的打算。

有王不忘才有她的今日，不管姜杏兒想要如何，她都會竭盡全力達成。

正好，她還未上門感謝趙之廷的救命之恩，正好順便打聽姜杏兒的情況。

當日在韓王府，姜杏兒的丫鬟來求救，她不是恰好碰上了嗎，多問一句不過分吧？雖然時間確實有點久了……

趙懷淵不是很想讓沈晞跟韓王府扯上關係，一邊觀察著沈晞的神情、一邊道：「姜杏兒是受地痞糾纏時，被韓王救下，才成了韓王的侍妾，當時多半是自願的。」

雖然他不喜歡趙之廷，也看不上趙文高，但趙家人的模樣確實都很好。酒色沒讓趙文高的身形太過走樣，被人欺凌的少女得這樣英俊的中年人搭救，難免會心生愛慕。

既然姜杏兒已有歸宿，沈晞自然不必再掛心了。

沈晞卻輕輕搖頭。「第一次去韓王府時，遇到丫鬟因姜侍妾病重去求韓王妃，我懷疑姜侍妾就是姜杏兒。若真是，不管姜杏兒是不是自願為妾，如今她過得不好，我就要幫。」

趙懷淵不知還有這件事，正想說些什麼，卻聽沈晞道：「麻煩你幫我查到了這麼多，之後我自己來吧。」

趙懷淵一愣，這是什麼意思，她不需要他了，決定找趙之廷嗎？姜杏兒畢竟是韓王府的人，找趙之廷確實比他更方便，可是她還沒喜歡上他，要是因為姜杏兒的事，她多跟趙之廷見了幾面，被趙之廷勾走了怎麼辦？

如果他沒有弄錯的話，趙之廷看沈晞的眼神也不對。他這大姪子對其他女子都不假辭色，一副矜貴模樣，怎麼就偏偏對沈晞和顏悅色的，沒有貓膩才怪。

趙懷淵心中頓時生出嚴重的危機感，雖然他嘴上不肯承認，心底深處卻知道，不管他母親還是京中貴女，都認為趙之廷比他好多了。他和趙之廷之間，所有人都會選擇趙之廷。

趙懷淵心中十分忐忑，生怕一個錯眼，沈晞就被別人勾走，那他可真是要氣死了。

可他又有什麼辦法？沈晞心中自有決斷，不會輕易受人影響。她既已決定要親自去查，便不會再把事情交給他，而且他確實也不方便繼續查韓王府。

於是，趙懷淵只好壓下心中的所有不安，道：「溪溪，那妳會為此去見趙之廷嗎？」

沈晞挑眉，說了實話。「之前他救過我，我還沒有正經向他道謝，可以順便問問他關於姜杏兒的事。」

趙懷淵心道果然如此，一邊覺得惴惴不安、一邊又欣喜於沈晞並未瞞他。

他心中有百般愁緒，沒再多說什麼，懨懨地離開了沈府。

第五十四章

第二日，沈晞在韓姨娘的敦促下換上盛裝，坐馬車去了皇宮。

守衛驗明她的身分後，賢妃派來的宮女便領著沈晞和小翠進去。

上次宮宴只看了個大概的後宮，慢慢展現在沈晞面前。

夜裡和白日看起來感覺是不同的。夜裡，後宮顯得十分神秘危險，像是深淵。然而白天褪去了一切危險，變得平和寧靜。

沈晞跟著引路宮女，很快就見到了大皇子的生母賢妃。

賢妃年近三十，卻依然像是妙齡少女，神情柔和，面上帶著親切笑意，令人心生親近。

一見到沈晞，賢妃便熱切地說：「沈二小姐，我可把妳盼來了。待會兒與我一道去看瑞兒，他早就想見妳了。」

沈晞行了禮，笑道：「今日我正是來探望大皇子的。當日救人心切，我的力氣有些大，不知他有沒有受傷？」

傷自然是有的，大皇子身上有瘀青，且一動胸口就疼，這會兒還臥床休養。可賢妃並非不明事理之人，與小命相比，才受這點傷算什麼。

「只是些小傷罷了。妳能將他從鬼門關拉回來，已是萬幸。」

沈晞見賢妃如此通情達理，面上的笑真切了幾分。

賢妃跟沈晞聊了些家常，便帶她去見大皇子。

大皇子躺在床上，聽聞救命恩人來了，在宮人的攙扶下坐起，眼神灼灼地望向沈晞。

他聽宮人們說，當日他都沒氣了，是沈晞不怕惹麻煩，出手救他，不然他早去投胎了。

大皇子才九歲，在名師教導下一向沈穩，但畢竟還是孩子，面對自己的救命恩人，難免多了幾分期盼之色。

今日沈晞好好打扮了一番，面容明豔，身姿挺拔。且她不像普通貴女總是小步走路，也不像一般男人一樣大大咧咧的，步伐穩定，瀟灑自然。

大皇子忽然覺得，這正是他腦中仙人的模樣。

賢妃在床旁坐下，沈晞便站在一旁，打量大皇子的面色。

那日她用內功做的心臟按摩，看來效果很不錯。大皇子眼神清明，只是有些憔悴而已，不是什麼大問題。

賢妃笑道：「瑞兒，這便是你心心念念的救命恩人。如今見了，怎麼反倒不吭聲？」

大皇子有些羞赧，像大人似的正色道：「多謝沈二小姐救我一命。我會銘記在心，永不相忘。」

若不出意外，大皇子應該就是未來的皇帝，得他這樣的承諾，哪怕他如今還是個孩子，依然令沈晞動容。

不過，宴平帝年富力強，退位還早著呢，等大皇子當上皇帝，她早不知去了哪裡逍遙，這種承諾對她來說沒有用。

沈晞從容道：「這是天佑大皇子，才讓我恰好在那時出現，且剛好知道如何救溺水的人。」前世學的急救知識，算是派上用場了。

沈晞的話說得好聽，賢妃面上浮現幾分笑意。「那也要沈二小姐肯出手才行。沈二小姐不知，那些太醫一個個怕招惹麻煩，要是他們來醫治瑞兒，不肯下重手，我兒不知會如何。」似是將沈晞當成了自己人，批評起太醫來。

沈晞笑道：「我也只是恰好知道這些。讓我治病，我是不會的，還要靠太醫們。」

沈晞和賢妃說話時，大皇子在一旁默默看著沈晞，眼中有幾分好奇。

沈晞只當沒有看到，她不好直接問大皇子，他究竟是怎麼溺水的？如果真是被人謀害，他的父皇卻沒有幫他討回公道，他不覺得委屈嗎？

在賢妃不經意間提及趙王時，沈晞忽然笑道：「其實，那日我有勇氣出手，也是為了趙王爺。他幫我良多，當日見他為大皇子擔憂，我便什麼都顧不上了。」

在未來皇帝面前替趙懷淵講兩句好話，總沒錯吧？

賢妃的神情似有片刻凝滯，隨即笑道：「早聽聞妳與趙王爺交好，原來是真的。」

沈晞說：「當初我入沈府並未受委屈，是因為趙王爺主持公道。」

賢妃不怎麼願意談論趙懷淵，幾句便岔開了話，說她與沈晞投緣，讓沈晞以後多進宮。

沈晞嘴上應下，但心裡怎麼想的，就沒必要說出來了。

大皇子坐一會兒便累了，沈晞乘機告辭，賢妃派宮人送她離開。

皇宮到底是是非之地，哪怕沈晞非常想去章德殿遺址看看，也不願意多停留。

離開後宮後，便是前朝。

沈晞走著，忽然見到前方有個熟悉人影，不由緊趕幾步，略提高聲音道：「世子爺。」

正在往外走的人腳步一頓，回身望來，正是趙之廷。

沈晞轉頭對賢妃派來的宮人道：「您請回吧，後面的路我知曉如何出去。」

這兒離宮門很近，宮人低眉順眼地應下，好似不關心沈晞跟趙之廷的關係，轉身走了。

沈晞領著小翠上前，面上帶笑。「世子爺，好巧，竟然在這兒遇到。」

趙之廷見沈晞今日的態度似比以往熱情，有些詫異。「沈二小姐這是……」

沈晞道：「奉皇上的命來探望大皇子，正要出宮。世子爺也是要出宮吧？不如我們邊走邊說。」

趙之廷自無不可。之前宮宴時，他早一步離開，後來才得知發生大皇子落水的事。

他微微蹙眉，想著沈晞主動尋他是為何事，便聽她開口道：「前些時候有事耽擱了，今日恰好遇上，我便問問，不知世子爺何時有空，我好上門拜訪，感謝您幾次的救命之恩。」

之前沈晞說改日登門致謝，都是隨口一提，如今才要去，到底有些晚了。但她臉皮厚，滿臉誠摯，好像之前真是被什麼了不得的事絆住手腳。

趙之廷道：「不必客氣，舉手之勞罷了。」

沈晞斂了笑。「世子爺，你該不會是看不起我的謝禮吧？」

趙之廷疑惑。「何出此言？」

沈晞蹙眉。「那就是世子爺看不起我，不肯讓我踏入韓王府一步？」

趙之廷頓了頓，道：「我自不是此意。」他不明白沈晞想做什麼。那日沈家女眷上門，鬧得並不愉快，他以為她不想再進韓王府了。

沈晞立即露出笑容。「太好了！明日你有空吧？那我明日上門。哎呀，我家車夫要等急了，我先走一步，明天見。」

沈晞速戰速決，揮揮手快走兩步，小翠見狀連忙小跑著追上。

趙之廷越發困惑，他自然不可能攔著沈晞，不讓她來。可是她過去時常避開他，今日卻忽然要來韓王府，究竟是為了什麼？

沈晞強行決定了要去韓王府拜訪的事，便飛快逃離了現場。

明天她非見到姜侍妾不可。哪怕她身為客人，想見趙之廷父親的妾室極為不合理，但只要臉皮夠厚就行了。

到了宮門外，沈晞見到的不只是她家車夫，還有眼巴巴站在馬車旁邊等著的趙懷淵。

趙懷淵看到沈晞，揮了揮手，快步走向她。

起初他確實在家裡等著，但等一會兒便坐不住了，擔心沈晞在宮中被陷害，就像他上次一樣，因而還是趕了過來。

這會兒見沈晞好好的，他放了心，問道：「可有人為難妳？」

沈晞道：「倒是沒有。」

不過，賢妃似乎在拉攏她，但賢妃話裡話外好像不怎麼喜歡趙懷淵。如今誰都知道她跟趙懷淵關係匪淺，賢妃該不會是想離間她和趙懷淵吧？

可是，她要是離了趙懷淵，便是孤立無援，連她親爹都不會給她好臉色看，她不可能跟趙懷淵劃清界線的。失去趙懷淵庇護的她，在外人看來，應當沒有利用價值才對。

沈晞心中有幾個猜測，卻都沒有證據，遂先拋諸腦後。真有什麼事，到時候再說。

趙懷淵安了心，又問：「大皇子如何了？」

沈晞說：「休養些時日，應該便好了。」

趙懷淵點點頭，他為了避嫌，不能去探望。得知大皇子沒事，心中安定了幾分。

趙懷淵的馬車停在不遠處，但他偏不坐自己的，跟在沈晞身後，等她上了馬車，就連忙跟上去。

在車簾拉上之前，趙懷淵瞧見從宮門走出來的趙之廷。趙之廷也看到了他，兩人隔空對視了一瞬。

因距離遠，趙懷淵看不清趙之廷的神情，挑眉一笑，鑽進馬車內。

趙之廷一定認得沈晞家的馬車，他偏要讓趙之廷看到他跟沈晞有多親近，是可以同乘一輛馬車的親近。

趙之廷確實看清楚了趙懷淵和他上的馬車，停頓一下，抿唇騎上馬離去。

車廂內，趙懷淵托著下巴，糾結了一會兒才道：「溪溪，妳方才碰到趙之廷了嗎？」

沈晞沒隱瞞他。「碰到了，說好明日我去韓王府拜訪。」

趙懷淵那一句「我也想去」卡在喉嚨中，說不出來，他知道沈晞不會答應的。

唉，昨日見到賀知年，沈晞也讓他不要說話，可他偏忍不住，還要沈晞抓他的手提醒。有這樣的前車之鑑，沈晞自然不准他跟去，而他若是見到趙之廷，多半又要陰陽怪氣。

他只好安慰自己，沈晞接近趙之廷，是為了找她故人的血脈，跟趙之廷本人無關。

如此多重複了幾遍，趙懷淵才勉強說服自己。

陪著沈晞回到侍郎府後，趙懷淵不好多留，坐上跟在後頭的自家馬車，懨懨地離開了。

沈晞請韓姨娘幫著備了一份禮，第二日帶上禮物，大大方方去了韓王府。

小翠上前說明來意，門房並未為難她們，讓人帶她們去見趙之廷。

沈晞很滿意。以感謝救命之恩的名頭來拜訪，趙之廷總不好拒絕，自然會提前吩咐好。

不過在見到趙之廷之前，沈晞便先跟曹嬤嬤撞上了。

沈晞記性好，還記得諷刺過她的嬤嬤，露出了意味深長的微笑。

曹嬤嬤看到沈晞，確實大吃一驚，她還是第一次吃了那樣大的虧。世子爺親口說要罰她半年例銀，牆倒眾人推，她這幾個月來吃盡了苦頭，不知暗地裡罵了沈晞多少回，今日可謂是仇人相見，分外眼紅。

在腦子反應過來之前，曹嬤嬤已脫口而出。「妳怎會來我們王府？」

不用沈晞回答，領著她的僕從便道：「世子爺吩咐過，今日沈二小姐會來。」意思是，這是主子們的事，下人少多管閒事了。

曹嬤嬤望著似笑非笑的沈晞，忽然想起那一回被完全壓制的恐懼，驀地後退幾步，強忍著不再吭聲。

等到沈晞離開，曹嬤嬤才不安地看著她離去的背影。

那一日，沈晞曾說過，她想成為韓王府未來的女主人。

這段時日，曹嬤嬤只聽說沈晞與趙王不清不楚，卻沒想到，沈晞不知何時跟世子爺有了來往。

看見沈晞是往世子爺的院子走，曹嬤嬤頓覺大事不妙，連忙去找周嬤嬤。

她早已跟沈晞結怨，要是沈晞當真入了韓王府，那還了得！

在曹嬤嬤心急火燎去找周嬤嬤時，沈晞已經在門房引導下，到了一處幽靜的院子。

院子整潔空曠，只在角落擺了幾件兵器，大概是想簡單鬆快身體時用的。

院內的小廝先去通報一聲，便來請沈晞入內，帶她去了趙之廷的書房。

書房內除了趙之廷，還有他的侍從俞茂。而沈晞帶著小翠，書房的門也開著，便不算孤男寡女了。

當然，就算是，沈晞也懶得計較。趙之廷要是在意，換個地方見好了。

趙之廷的書房跟他的人一樣簡單硬氣，沒有多餘裝飾，僅有桌椅筆墨與書架書籍。

沈晞見到趙之廷，便露出微笑，套近乎道：「早聽聞世子爺文武雙全，今日一看這院子，果然如此，難怪那麼多妙齡少女為您癡狂。」

站在一旁的俞茂無言了。這樣的話，不是一個貴族小姐該說的吧？

趙之廷跟沈晞來往過數次，早知她的行事作風不同，但依然為她的話頓了頓，才道：「沈二小姐謬讚。」

沈晞笑了笑，慢慢拉入正題。「這還是誇得輕了。就憑世子爺救我的恩情，我可以誇上一天一夜。」

俞茂嚇死了，差點以為沈晞的「救命之恩」後頭，是要接以身相許。

趙之廷顯然不太擅長應對沈晞這樣直白的作風，沈默一下，道：「只是舉手之勞。」

沈晞見狀，不再反覆誇他，露出回想的神色，生硬地岔開了話。「上回來韓王府後，我原以為會跟韓王府老死不相往來，沒想到後面還會有那樣的交集……對了，那位生病的姜侍妾如何了？」雖然轉得硬了些，但也不是完全沒有聯想關係嘛。

趙之廷沒想到沈晞會突然提起她第一次來韓王府的事，思索一會兒，才記起沈晞說的是誰。他讓人找了大夫，自然不會再過問，那畢竟不是他的侍妾。

「應當是好了。」畢竟是他叫人去治的，若治不好，應當會有人回報。既然沒人來說，那多半是治好了。

沈晞一臉懷念之色。「上回我來此地，與世子爺劍拔弩張，不承想今日故地重遊，已是物是人非。那位姜侍妾算是見證呢，我能不能去看看她？」

趙之廷語塞。他讀了多年的書，從來沒想過，有一天會有人問他「我能不能去看看你父親的侍妾」這樣失禮的事，默認的答案自然是不可以，也根本不會有人問。

他想到了昨日沈晞非要來韓王府時的殷切，不禁陷入困惑。難不成，她特地攔著他以感謝救命之恩的名義上門，便是為了見一個侍妾？

這個答案太過荒謬，以至於一出現就被趙之廷否決了。

但他一抬眼，看到沈晞期待的神情，似乎是非常想見那侍妾，不由蹙眉。

「沈二小姐，妳為何想見她？」

沈晞面露羞赧，話說得很委婉。「不是我不相信韓王府，是怕我那日的作為會讓姜侍妾被遷怒。我知道世子爺光明磊落，但小鬼難纏，萬一因為我的緣故而令姜侍妾受害，那我可真是要睡不著覺了。」

時隔兩個月，沈晞才說睡不著覺，多少有些牽強吧。

但趙之廷並不點破，只歉然道：「那是父親的侍妾，我不方便帶妳去看她。」

沈晞忙道：「沒關係，你幫我指個路，找丫鬟帶我過去就行。」

趙之廷抿唇不語。

沈晞見狀，長長地嘆了口氣，一臉懊喪。「世子爺，若不能親眼看到姜侍妾無恙，我真會愧疚到睡不著覺。」

見趙之廷沒有鬆口的意思，沈晞坐下，道：「沒睡好，我的腿都軟了。見不到姜侍妾，消不掉心中的愧疚，我連韓王府都走不出去了。」

俞茂滿臉震驚，沈晞這是在威脅他主子嗎？不讓她見姜侍妾，她便不肯走了，哪有這樣賴皮的官家小姐啊！

第五十五章

趙之廷無言片刻，才道：「沈二小姐，這不合適。」

沈晞當然明白，這個理由太奇葩，但她用真正的理由，就能見到人嗎？她說姜侍妾可能是她故人的外孫女，也改變不了姜侍妾是韓王侍妾的事實，趙之廷不好讓她去見人的。

而且，她對趙之廷總有那麼點忌憚，擔心說得太多，會讓人查到姜杏兒的外祖父就是王不忘，從而洩漏她的底牌。

她相信趙懷淵，且當時也只能請趙懷淵查，但趙懷淵並未提過王不忘，不知是沒查到，還是根本沒去查。不過對尋人這件事來說，王不忘的身分根本不重要，不問很正常。

但趙之廷不一樣，萬一他追根究柢呢？萬一他發覺王不忘是武林高手，進而懷疑她的底牌呢？

她會武功的事，誰也沒說，這會兒自然還是要繼續隱瞞。

於是，沈晞誠懇地提議。「不然這樣，您假裝不小心洩漏了姜侍妾的住處，是我強行闖過去，與您無關，如何？」

趙之廷終於察覺到，沈晞非要見到姜侍妾不可，遂問：「沈二小姐，妳要見她的真正理由是什麼？」

沈晞一臉正直。「真的是因為愧疚。不信的話，您領我去，看看我會不會做些別的事，我總不可能當著您的面刺殺她吧？」

俞茂心頭一跳。倘若沈晞不說，他還不會多想，但她這麼一提，他就覺得也不是沒有可能，沈晞可是連救皇子這種事都敢貿然插手的狠角色。

這邊還在糾纏，卻有小廝匆匆來稟。「世子爺，周嬤嬤帶人過來了。」

沈晞驀地站起身。「一定是來找我的，怕我對世子爺做什麼。」

路上，她可是見到曹嬤嬤了，對方不添油加醋打點小報告才奇怪。周嬤嬤是韓王妃的心腹，她記得趙之廷對周嬤嬤還挺恭敬的。她來韓王府的事，韓王妃應當知道了，只是不好親自來，便派了周嬤嬤吧。

趙之廷不知道能說什麼，沈晞這話怎麼聽怎麼彆扭。

不等他開口，沈晞抓緊機會，飛快地道：「世子爺，求您了。我來一趟不容易，您就行行好，讓我去見見姜侍妾吧，不然我今後可每天纏你了。」

旁人若說這話，趙之廷只會覺得厭煩，但這話是從沈晞嘴裡說出來的，對他來說毫無威脅，哪怕腦中閃過她每日糾纏他的模樣，他都不覺得為難。

此刻，她說話間透露出的些許親近，讓他不覺開了口，下令道：「俞茂，你帶沈二小姐去找姜侍妾。」

沈晞頓時一笑。「謝謝您，好人一生平安！」

周嬤嬤快來了，沈晞不跟趙之廷多廢話，示意俞茂趕緊帶她離開。

俞茂覺得自家世子爺是被不按照常理出招的沈晞弄糊塗了，才會答應這樣奇怪的請求。

既然是世子爺的命令，他只好領著沈晞離開。

沈晞走出趙之廷的院子，即聽到周嬤嬤一行人趕來的聲音。

看來，趙之廷跟他母親之間，也不是全然的信任。若非提前安了眼線，他怎能那麼早就得知周嬤嬤要過來？

周嬤嬤進了院子，見到趙之廷，卻沒看見沈晞，乾脆直接問了。

「世子爺，奴婢聽聞沈二小姐來了，娘娘也聽聞此事，卻好奇她怎麼不去見娘娘，反而來見您？」

趙之廷道：「她已經走了。」沒回答周嬤嬤的問題，直接點明沈晞的去向，不再多談。

周嬤嬤覺得奇怪，人不是剛來嗎，怎麼這麼快就走了？但見趙之廷不欲多言的面色，只好先告退。

但她還是不能放心，甚至有些懷疑，世子爺該不會是把人藏在院子裡吧？

這個想法一冒出來，便嚇了周嬤嬤一大跳。她看著長大的世子爺，怎麼會做出這種事？可是，他從前也不會請女子來他的院子啊。

周嬤嬤匆匆派了個小廝去大門口打聽，不一會兒，小廝氣喘吁吁地跑回來道：「周嬤嬤，門房說沈二小姐並未離開。」

周嬤嬤面色發白，人還在韓王府，可世子爺卻說人走了，該不會真被他藏起來了吧？世子爺藏沈二小姐幹什麼？

周嬤嬤本來只是想看看情況，並不擔心，但事態的發展已大大超出她的預料，遂匆匆往回趕。

這件事，必須告訴韓王妃！

此時此刻，被惦記著的沈晞已到了姜侍妾住的院子。這裡是韓王府最偏僻的地方之一，院子看起來也是冷冷清清，毫無人氣。

俞茂想上前敲門，卻被沈晞攔住，一副為他和他的世子爺著想的模樣。「說好是我亂闖的，與世子爺無關，我自己來。」

俞茂一頓，沈晞已將他推開，上前敲門。

門很快就開了，一個眼熟的小丫頭走出來，正是那日替姜侍妾求醫的丫鬟。

小丫頭一怔，顯然沒認出只見過一面的沈晞，怯怯道：「您是……」

沈晞問她。「姜侍妾在嗎？」

小丫頭愣愣道：「在的。」

沈晞便抬腳走了進去，順手將門關上。

被關在門外的俞茂來不及反應。
小翠見狀，立即盯住俞茂。她跟在小姐身邊幾個月，知道小姐獨自進去，一定是有什麼要緊的事，她得在外頭把風，盯住世子爺身邊的人，不讓他知道小姐在做什麼。
俞茂一轉眼，便對上小翠的灼灼雙目，不由退了一步。這小丫頭怎麼回事，看起來瘦瘦小小的，眼神為何這麼凶？
他轉開目光，看向緊閉的門扉。沈晞是為了不讓他聽到她與姜侍妾說了什麼，還是真如同她所說，讓他連面都不要露，好徹底撇清？
院內，小丫頭阻攔不及，沈晞已逕自往裡面走去，便見一個身形孱弱的女子扶著門框而站，面上帶著些許期待。
只一眼，沈晞就知道眼前的女子是王不忘的外孫女。女子大約十四、五歲的樣子，容貌跟王不忘有幾分像。王不忘曾吹噓他年輕時多麼風流瀟灑，當時的他雖已滿面滄桑，但撇開歲月痕跡來看，他並未說大話。
這女子的容貌神似王不忘，且青出於藍，精緻小巧的五官我見猶憐。
看到沈晞這個生面孔，女子面上的期待凝住，靜靜地望著沈晞。
沈晞道：「姜杏兒？」首先還是要確認這個姜侍妾就是趙懷淵幫她查出來的姜杏兒，再加上容貌的相像，便能確認身分。

姜杏兒微微一怔，臉上露出困惑。「妳是誰？我從沒見過妳，妳怎麼知道我的名字？」

時間不等人，且這是初見，沈晞不想洩漏太多，取出一張百兩銀票，拉起姜杏兒的手塞給她。

「我叫沈晞，是沈侍郎的二女兒，幾個月前我來韓王府，遇見妳的丫鬟去求韓王妃。」

小丫頭聞言，想起了那日的事，只是她滿心都是快要病死的姜杏兒，沒有多餘心力注意其他人。

沈晞說得飛快。「說來話長，現在妳只需知道，我對妳沒有惡意。這是一百兩，妳要過得好些。我會想辦法再來看妳，如果妳能出去，請妳來沈府找我，我有重要的事跟妳說。」

她說完，鬆開姜杏兒，如同來時一樣，匆匆地離開了。

姜杏兒和小丫鬟面面相覷，有些茫然。

姜杏兒攤開掌心的紙張細看，真是一百兩銀票。

小丫鬟也湊過來看，嚇了一跳。「那位小姐竟然真的白送了您一百兩。」

姜杏兒微微點頭，感到十分不可思議，如同死水般的心有了微瀾。

她手上似還殘留著沈晞的手溫，竟是她多日來唯一感覺到的溫暖。

另一邊，周嬤嬤將自己得知的消息和猜測告訴韓王妃，一向覺得自家兒子很省心的韓王妃震驚了。

那個不近女色到她暗地裡擔心他是不是哪裡有點問題的兒子，接待了女子不算，居然還為了不讓對方受委屈，把人藏起來。

韓王妃對沈家人有偏見，對沈晞這個粗俗之人更是，無法想像兒子跟沈晞攪和在一起。她坐不住了，親自帶人去找趙之廷。甚至恨恨地想，倘若沈晞真被她兒子藏起來，事情鬧大之後，她要讓沈晞沒臉做人，省得沈晞再糾纏她兒子。

至於榮華長公主府的前車之鑑，她是嗤之以鼻。如果她不願意，誰也休想嫁給趙之廷！

韓王妃氣勢洶洶趕去趙之廷的院子時，沈晞已帶著小翠跟俞茂分開，正要走出韓王府。今日見了姜杏兒，確定她就是王不忘唯一在世的血脈，沈晞自然不會不管。

剛才時間緊迫，她來不及多說多問，但她觀察力驚人，已能猜測到姜杏兒的境況。

按照趙懷淵所說的，姜杏兒自願做韓王侍妾的事，多半是真。趙家人都長得好看，哪怕成了中年大叔，比如宴平帝，那也是美大叔，有足夠魅力勾得小姑娘心動。

她敲門進去時，姜杏兒期待地站在門邊，大概以為她是韓王那邊派來的人。姜杏兒住的小院偏僻又寒酸，再加上上回病重都沒人管，可見最近過得並不好。

剛成為侍妾時，姜杏兒應該是有過一段好日子的，但韓王好女色，又喜新厭舊，寵了一段時日便丟下她。可姜杏兒動了真情，還在等韓王回心轉意。

雖然姜杏兒是王不忘的外孫女，但沈晞不可能對姜杏兒洩漏底牌，而且韓王府有趙之廷在，她也不願冒險，半夜偷偷溜進去找姜杏兒。

剛才她先給錢留了引子，就是要取得姜杏兒的初步信任。今後她要再見姜杏兒，還是得從趙之廷這邊入手，只要她臉皮夠厚，完全可以說她一開始是愧疚，怕姜杏兒被她牽連，後來見了一面就一見如故，想跟姜杏兒當朋友……

沈晞在為為難無辜的趙之廷而生出些許不那麼真心的愧疚時，聽到有人在叫她。

「沈二姑娘！」

沈晞回頭，發現有人正氣喘吁吁地朝她跑來，而更遠處則有一大群人，一眼便看到了中央的韓王妃。

好大的陣仗啊！

沈晞一邊想著不能再給趙之廷惹麻煩了，她已經因為姜杏兒替他帶來困擾，一邊又興致勃勃地期待對方出招。

她是個善良的人，看到有人對她心懷惡意，就忍不住想給對方機會。

幸好那人跑得夠快，已到了她面前。

她遺憾地想，不是她不想給趙之廷面子，是此人跑太快了，她來不及躲呢。

來人正是方才遇過的曹嬤嬤，曹嬤嬤跑得直喘粗氣，額頭冒汗，臉上卻帶著暢快的笑，似乎認定今日能看到沈晞的笑話。

曹嬤嬤揚聲道：「沈二小姐，我們王妃有請。您來韓王府一趟，卻不去拜見女主人，有些失了禮數。」

曹嬤嬤知道沈晞不要臉，但因為她是下人，話不能說得太難聽。要是沈晞對上韓王妃，多半討不了好，如今韓王妃厭棄沈家人，若直接把沈晞趕出去，可真是鬧了大笑話啊。

曹嬤嬤暢想著，臉上多少帶了點看好戲的惡意，沈晞只當沒看到，笑咪咪道：「世子爺不也是韓王府的主子？我都見過他了，還不夠嗎？」

曹嬤嬤心中呸了一聲，不要臉！非親非故，未婚女子怎能直接上門拜訪未婚男子？她訕笑著說：「沒有這樣的道理。女眷間的來往，與男人是不同的，沈二小姐還是要注意些，老往男人堆裡湊，只怕將來名聲不好。」

沈晞笑容不變。「世子爺都不在意，妳替他擔心什麼？」

沈晞這話說得曹嬤嬤心驚肉跳，世子爺是跟沈晞有了什麼嗎，否則說什麼「世子爺不在意」？沈晞的名聲，跟世子爺有什麼關係？

不遠處匆匆趕來的一行人也恰好聽到兩人最後一段對話，當先的韓王妃臉便綠了。

韓王妃看不起沈晞，也沒打算給沈晞面子，冷冷一笑。「妳的名聲，與我兒又有什麼關係？妳不要女兒家的臉面糾纏男子，壞的只會是妳自己的名聲。」

曹嬤嬤見韓王妃終於趕過來了，連忙退到一旁，等著看好戲。當日她所受的恥辱，今日非要還給沈晞不可。

沈晞望向韓王妃，慢吞吞又客客氣氣地行了一禮，悠然笑道：「您要不要去找世子爺問問，是誰纏著誰？」

她面色鎮定，當然是她纏著趙之廷非要來韓王府不可，但這又不妨礙她問這個問題。她只是讓韓王妃去問，又沒說是趙之廷纏著她。

至於韓王妃怎麼誤解，就不關她的事了。

此話一出，韓王妃果然臉色鐵青，不敢置信，她那天仙般的兒子，怎麼可能做出沈晞所說之事？

「不可能！」韓王妃脫口而出。

沈晞面帶微笑，端莊得如同仕女圖中的仕女。

韓王妃想到周嬤嬤猜測之事，再見沈晞正要離開韓王府，料定周嬤嬤過去時，趙之廷將沈晞藏起來，待周嬤嬤走了，便讓沈晞離開，就是為了避開她這個母親。

她定了定神，沈著臉道：「不管妳想做什麼，若我沒答應，誰也別想進韓王府的門。」

沈晞卻故意曲解韓王妃的話，一臉困擾。「既然您不歡迎我上韓王府拜訪，我也不好令您生氣，今後我會與世子爺在韓王府外見的。」

頭一次跟沈晞正面對上的韓王妃簡直不敢相信自己的耳朵，她見多了一句話繞三繞的貴女，卻是第一次見到這種不要臉的。不似榮華長公主的任性囂張，沈晞說話看似客客氣氣，可每一句話都往人心窩上戳，氣死人不償命。

「妳……妳休想再見我兒！」韓王妃氣惱道。

沈晞輕咳一聲，做出回憶的樣子。「上一個這樣跟我說的人是懿德太妃，後來……趙王殿下就搬出趙王府啦。」她只是訴說一個事實罷了，可沒有在暗示什麼。

不少人知道趙懷淵搬出趙王府的事，但很少有人知道是為了什麼。

懿德太妃是韓王妃的親姑母，因而韓王妃是知道原因的，聽到沈晞這樣一說，面色微微一變。

這會兒，她望著沈晞的樣子，像是在看一個惡魔，忌憚又厭惡，卻拿她沒有辦法。

周嬤嬤扶著韓王妃，幫她順氣，韓王妃終於緩過來，冷冷地看著沈晞。「妳不怕懷淵知道妳來糾纏我兒之事？」

沈晞語出驚人。「昨日我跟趙王殿下說過了，他還想陪我一起來。」

韓王妃滿臉震驚，覺得沈晞在說謊，可面前的少女神色過於鎮定，而且她是光明正大來韓王府，怎麼可能瞞過趙懷淵？

在場的人也沒想到沈晞會說出這樣的話，好似趙王明知沈晞在勾三搭四，還心甘情願，十分支持……怎麼會有這樣的男子，瘋了嗎?!

韓王妃指著沈晞，指尖微顫。「怎會有妳這般水性楊花的女人！」

這樣的指責，但凡換個人都能羞愧地掩面離去，可沈晞卻露出了微妙的笑容，道：「您這話的意思，是覺得我跟世子爺不清不楚嗎？上一個跟沈家姑娘不清不楚的人，已經跟我家訂下婚約了呢，不到半個月便要成婚。」

韓王妃變了面色，想起要娶賤奴之女為媳的榮華長公主，冷道：「別將我兒與旁人混為一談。妳逼得了旁人，卻逼不了我兒。」

沈晞忽然看向另一邊，揮揮手道：「世子爺，您總算來了。您快來跟您母親解釋清楚，她非要覺得我們不清不楚。」

韓王妃一愣，扭頭見趙之廷大踏步走來。

趙之廷面色沈鬱，眉頭微微蹙著，走近後，揚聲道：「母親，我與沈二小姐並非您想的那樣。」

韓王妃有口難言，冷眼看向沈晞，覺得此人果真嘴皮子厲害，竟能如此顛倒黑白。偏偏她兒子還為沈晞說話，這才是最讓她窩火的。

沈晞嘆道：「王妃娘娘，您看，您早去問世子爺，而不是纏著我問，事情不就真相大白了？是不是有人在您面前嚼舌根啊？曹嬤嬤，是妳吧？」

曹嬤嬤早在中途便覺得不對勁了，偏偏溜又溜不得，聞言忙跪下。「老天在上，奴婢並無挑撥的心思啊。」

趙之廷向曹嬤嬤看來，目光一頓。「又是妳。」他記性不錯，記得上回罰了曹嬤嬤的例銀，哪知對方不悔改，今日依然興風作浪。

不等韓王妃開口，趙之廷便冷聲道：「母親，這種挑撥的下人不能留了。」

曹嬤嬤連忙磕頭，不敢再辯解，求饒道：「求求娘娘，世子爺，奴婢下次不敢了。」

韓王妃也不願在下人面前讓兒子沒臉，道：「那就依廷兒的，送到莊子去。」

莊子清苦，哪有京城的日子好？可不等曹嬤嬤再求情，便有人強行堵住她的嘴，把她帶下去。

沈晞望著曹嬤嬤，對上她的目光，微微一笑。

曹嬤嬤瞬間驚恐地別開頭，終於後悔了跑來招惹沈晞。

沈晞道：「既然作祟的小人已經解決，誤會解除，我便告辭了。」

這一回，沒人再攔沈晞，她帶著小翠大搖大擺地離開。

第五十六章

「廷兒，你跟沈晞究竟是怎麼回事？你見她便見她，為何要騙母親？」

驅散眾人後，韓王妃才在自己的院中詢問趙之廷，語氣急切。

趙之廷道：「之前我救過沈二小姐，今日她上門道謝。」

韓王妃狐疑。「沒別的了？」

趙之廷說：「沒有。」

韓王妃蹙眉。「那周嬤嬤去找你，你為何騙她說沈晞早走了？」

趙之廷一頓，到底還是用上了沈晞給他的理由。「周嬤嬤問時，她確實已經走了。我派去送她的人說，他們不知為何走散了，許是她迷路，才沒能及時離開。」

韓王妃覺得迷路簡直是匪夷所思，而且引沈晞出去的下人，怎麼會跟沈晞走散？

可是，兒子多年來讓她很省心，已習慣了不去懷疑他的話，遂點頭道：「那是母親誤會了。只是沈晞著實可恨，母親問她時，她非但不說清楚，還故意引我誤會。」

趙之廷了解自己的母親，料想母親口中所謂的「問」並非那麼簡單，想到沈晞不肯吃虧的性子，多半是讓他母親吃了癟。

韓王妃看著兒子，半晌才道：「廷兒，懷淵為沈晞與姑母鬧翻了，你不要摻和。」

韓王妃明明在告誡他，趙之廷卻不知為何有些走神，想起了當時沈晞為見姜侍妾時的無賴模樣，靈動又帶有幾分可愛，是他不曾見過的。

「廷兒，你聽到了嗎？」韓王妃發覺兒子心不在焉，蹙起眉，沈聲道：「是母親的錯，不該那麼早幫你訂親。我本以為沈寶音懂事，勉強配得上你，偏偏出了這種事。母親想，你還是莫被這些兒女情長分去心思，今後有的是身分、才情配得上你的貴女。」

趙之廷沈默一下，分散的心神硬生生被拉扯回來，眼中那瞬間的輕鬆光芒消散，抿緊唇，沈聲道：「我明白。」

沈晞離開韓王府之後，去平安街找王五。

兩人見了面，沈晞低聲道：「我要你去搜集跟韓王相關的消息，並找人盯梢，韓王每日做什麼，都要記下來。遠遠盯著就好，不方便盯的，就不要跟，安全為上。」

王五連連應是，他早當自己是沈晞的人，恨不得她經常找他辦事，有任務自然開心。當然，沈晞給他的銀票，他都收下了，他和他的小弟們也是要吃飯的。

沈晞吩咐完之後，坐上馬車回侍郎府。姜杏兒的事，是個長期任務，但好歹找到人了。

晚些時候，不放心沈晞的趙懷淵找上門來，見到沈晞，故意不問她去韓王府的狀況如何，反而說近日悶得慌，邀她出去玩。

沈晞欣然答應，也想叫上朋友們一起熱鬧熱鬧。

趙懷淵雖然不太願意，但還是應下了。

這一鬱悶，便鬱悶到離開之時，他還是沒能問出沈晞見到趙之廷後如何了。

回去路上，趙懷淵悶悶不樂，趙良也不敢出聲。

半晌後，趙懷淵突然道：「我是不是真的比不上趙之廷？」

趙良忙道：「主子何出此言？您比韓王世子強太多了。」

趙懷淵追問道：「強在哪裡？」

趙良閉眼吹牛。「您比他長得俊俏，平易近人，樂善好施……」瞅著趙懷淵的臉色，最後道：「您跟沈二小姐關係更親近！」

趙懷淵果然轉憂為喜，但這喜色只維持了片刻，便幽幽嘆道：「溪溪與我更親近，是因為我們認識得早，來往多。可溪溪若是為了姜杏兒的事，時常與趙之廷見面，她遲早會與趙之廷熟絡起來。」然後發覺他比不上趙之廷。

趙懷淵為這可見的未來揪心，又不可能阻止沈晞，因而陷入惶惶不安。

趙良見趙懷淵著實擔憂，提議道：「既然沈二小姐是為了姜杏兒與韓王世子來往，只要姜杏兒不在韓王府，那她就不會再見到韓王世子了。」

趙懷淵眼睛一亮，這確實是個釜底抽薪的好主意。但問題是，看沈晞的意思，似乎是不想讓他再插手，他自作主張，會惹沈晞不快。

他想了想，道：「等我問過溪溪再說。」

趙良默然不語。如今他已經習慣了，幾個月前還任性瀟灑、我行我素的主子，如今已是滿嘴的溪溪長、溪溪短，一點讓沈二小姐不高興的事都不敢做了。

聚會的事訂在兩日後，因為天冷，也不好折騰，還是選在翠微園。

此次參加聚會的有沈晞、魏倩、陶悅然、鄒楚楚、沈寶嵐，還有隔幾日就給沈晞寫信抱怨見不著她的陳寄雨；男方那邊則是趙懷淵、奚扉、任泓義。

鄒楚楚一看到沈晞，便欲言又止，趁著旁人在說話時，悄悄湊到沈晞身邊，低落道：「沈姊姊，前幾日賀郎給我信了，說待他高中才能提親。而且，兩年後他不一定能高中，因而讓我自己決定，是等他還是另尋良緣，他都不會怨懟。」

沈晞一聽，覺得賀知年還算實誠，沒有當面一套、背後一套，打量鄒楚楚的神色道：「那妳的想法呢？」

鄒楚楚茫然。「我不知道……兩年後我都快十七歲了，我父母不一定能讓我等兩年。」

沈晞循循善誘。「可妳如今跟父母說，也無法如願啊。」

鄒楚楚不太明白沈晞的意思，不解道：「沈姊姊的意思是……」

沈晞道：「反正無法在今時今日嫁給想要嫁的人，那就拖著，拖到不能拖了，或拖到讓妳父母明白妳的心意。或者，拖到妳遇見想嫁而又願意馬上娶妳的人。」

她托著下巴，笑道：「比如我，沒遇到想嫁的人，便一直等到現在，不也很快樂嗎？很多事，只要妳不去在意，就沒人能藉此傷害到妳。」

鄒楚楚不禁想到了沈晞往日的風采，面對各種各樣的諷刺嘲弄，沈晞卻大方自然地回應，從不會自卑自憐。

是沈晞的父親寵她嗎？不是的，是沈晞自己想辦法做到了，讓她的父親不敢逼迫她。

鄒楚楚心想，她的父母會願意讓她再等兩年嗎？倘若她照實說，她父母一定不肯，甚至會覺得賀知年心機重，要吊著她。

對於這麼早就要嫁人，還是嫁給不認得的人，鄒楚楚不由心生恐懼，因此意外結識了賀知年，又與他心意相通。她是慶幸的，偏偏他家太過窮苦，與她家門不當、戶不對。

鄒楚楚仔細考慮過她是否能說動父母讓她晚點再嫁，心中漸漸有了底，終於舒展眉眼，對沈晞笑道：「謝謝沈姊姊，我已經明白該怎麼做了。」

沈晞沒有多問，那畢竟是鄒楚楚的人生。

鄒楚楚卻低聲問道：「沈姊姊，妳見過賀郎之後，覺得他如何？」面上有些許羞窘，還是大著膽子問沈晞。

沈晞想，鄒楚楚確定今後如何做之後，才問她對賀知年的印象，可見對賀知年很有信心，問這個大概是想聽點好話。

她想了想，道：「寫話本很有一套，將女子的心事拿捏得十分準確。」

鄒楚楚一愣，不解其意。

沈晞哈哈一笑，揮揮手招來沈寶嵐。「妳來說說，賀知年寫的話本好看嗎？」

沈寶嵐連忙點頭。「好看！我的心情也隨著人物的遭遇而起伏，尤其是小姐死的時候，我差點哭了。」

賀知年顯然沒提過寫話本的事，鄒楚楚依然有些茫然。

沈晞笑咪咪地說：「說不定是妳與他的通信，才令他對女子如此了解，妳可真是他的貴人啊。」

沈寶嵐附和。「對啊對啊，他寫的話本，我已經拿去書肆，掌櫃也說好看，付梓後說不定會大賣。到時候，他便能趁著名氣多寫幾本，能賺不少錢呢，還是楚楚的眼光好。」

雖然聽了個大概，但仍不明所以的鄒楚楚道：「是、是嗎？」

沈晞和沈寶嵐對視一眼便笑了，沈寶嵐才說了事情經過。鄒楚楚終於明白，沈晞得知她的事情之後，並不是什麼都沒做，還變相給了賀知年生財之道。

鄒楚楚不禁抱住沈晞的胳膊，低喃道：「沈姊姊，能遇到妳，真是太好了。」

沈晞抬頭看著在場的男男女女們，各自歡笑玩鬧，也不禁心生感慨。能遇到這些人，真是太好了。

「好啊，妳們在說什麼悄悄話？」

魏倩湊過來，目光在沈晞和鄒楚楚身上打轉，又落在鄒楚楚抱著沈晞的手上，語氣有那麼一點微妙的妒意。

「楚楚，妳幾時和沈姊姊如此親近了？」

鄒楚楚臉紅一下，認真道：「我第一次見到沈姊姊，便覺得一見如故。先前只是臉皮薄，不好意思與沈姊姊親近罷了。」

魏倩坐在沈晞另一邊，將沈寶嵐擠到另一張椅子上，貼著沈晞道：「凡事都有個先來後到。沈姊姊，等會兒可要玩射箭？趙王殿下說這裡也佈置了靶場，我們去玩吧。」

沈寶嵐猝不及防下被推開，瞪圓了眼睛。「倩倩，二姊姊是我親姊，妳搶我位置做什麼？我才是二姊姊最親愛的妹妹！」

一旁有人冷不防地插進一句。「溪溪姊當我姊的時候，她還不認識妳呢。」陳寄雨微抬下巴，一臉驕傲。「我與溪溪姊是一起長大的情分。」

沈寶嵐聞言，心中酸得很。沈晞明明是她親姊，她卻沒能跟沈晞一道長大。

「那又怎樣，她跟我是親姊妹，親的！」沈寶嵐不甘示弱道。反正在場眾人裡，只有她跟沈晞是血脈相連，她們怎麼都越不過她去。

陳寄雨短促地笑了聲。「親的又怎樣？反正妳們都沒我認識溪溪姊久。我見過溪溪姊十二、三歲時的模樣，妳們見過嗎？」

沈寶嵐面露好奇，想要問問，但又不想對陳寄雨示弱，惱怒之下，乾脆轉向沈晞。

「二姊姊，妳說，妳跟誰最親近？」

沈晞本來靜靜地看著熱鬧，不想火燒到了自己頭上，頓了頓，祭出典型的渣男發言。

「大家都是我的好妹妹。」

鄒楚楚不愛爭寵，滿足地笑了；魏倩雖有不滿，但想到她跟沈晞有一樣的喜好，旁人都沒有，便暗暗得意。

沈寶嵐不滿地叫道：「明明只有我是二姊姊的妹妹！」

陳寄雨也很不高興。「我才不要跟她一樣呢。」

陶悅然在一旁看著幾人吵鬧，掩唇輕笑。

不遠處的男人堆裡，趙懷淵目不轉睛地看著沈晞，忽然感慨道：「我也好想跟她們一起笑鬧啊。」

奚扉無語。

今日是出來放鬆的，很不正式，想自己玩自己的可以，想一起玩遊戲也行。身為未婚夫妻的魏倩和奚扉，陶悅然和任泓義兩對，也找了機會說悄悄話。

令趙懷淵鬱悶的是，沈晞身邊總有人纏著，害他找不到機會跟她說上兩句，只能像偷窺似的遠遠看著沈晞。

聚會尾聲，客人們都玩得很開心，只有趙懷淵這個主人不盡興。

於是，在趙懷淵黏黏糊糊的目光中，沈晞帶著沈寶嵐回家了。

時間很快過去，沈晞本想再去韓王府看看姜杏兒，孰料最近卻下起雨來。

冬日的雨濕冷黏膩，沈晞有內功，沒那麼怕冷，可看著濕漉漉的地面，也不太想出門。

於是，接下來的日子，沈晞窩在桂園，偶爾接待韓姨娘、朱姨娘和沈寶嵐的到訪。

趙懷淵來找過沈晞一次，約她出去玩，她不想去，他只好懨懨地離開了。

然後，趙懷淵開始寫信給沈晞。

他在信中寫，最近又得到了什麼有趣的寶貝，或者哪家發生什麼好玩的事，同時問沈晞最近過得如何。

沈晞捧著厚厚一疊信看完，本想回一句挺好，但眼睛一掃趙懷淵這疊信紙的厚度，到底沒好意思，遂認真回了封信，寫滿一張信紙，吹乾後讓人送去。

隨著沈寶音婚期將近，侍郎府哪怕再不重視，也要擺出喜慶的樣子，開始掛上紅燈籠，貼上紅囍字。

自從談嫁妝的事被敷衍過後，沈寶音便像過去一樣，待在院子裡不出來了，直到快要成親前，才去拜見沈成胥，表達離情。

沈寶音也去了桂園，不過沈晞稱身子不適，沒讓沈寶音說兩句話，便把人請走了。

沈晞沒什麼可說的，她已給沈寶音設下障礙，今後能過成什麼樣子，就看沈寶音自己的本事了。

十二月十二，陰雨連綿多日後終於放晴，一大早侍郎府便熱鬧起來。沈晞也被吵醒，在床上賴了一會兒才起身。

婚禮的事怎麼都輪不到她這個未嫁女幫忙，她便躺在屋中的躺椅上，聽著外頭的熱鬧。中午，侍郎府宴客，沒來什麼人，因為沈成胥也沒發太多帖子。但趙懷淵肯定不會放棄這個光明正大上門的機會，來就算了，還先來找沈晞，磨蹭了許久才入席。

沈晞沒去湊熱鬧，自己在桂園裡吃飯。到了傍晚，男方來接人，才打起幾分精神出門。

兩家間的齟齬，圍觀的百姓是不知道的，在府外看熱鬧看得很開心。不出沈晞意料的是，竇池沒親自來迎親，說是身子不適，請表弟代迎。

這結親本就差不多是結仇了，沈家並不意外，沈元鴻揹著沈寶音上了花轎，沈家參加婚宴的人便坐馬車跟在後頭。

沈晞自然在其中。因為天氣不好，她在家裡待了許久，如今能去郡王府逛逛，再搞點事，那多開心啊。

竇池的封號是雁門，郡王府比長公主府小了不少，但他跟母親親近，平時多住在長公主府。今日娶親，自然是要娶到郡王府。

沈家人到了郡王府外，剛好跟柳家送親的隊伍撞上。

沈晞很難不懷疑，榮華長公主是故意如此安排來氣人的。

沈寶音是郡王正妃，自然應該先進門。柳家不搶著進去，卻不肯讓。

兩邊膠著著，沈晞津津有味地看熱鬧。反正誤了時辰，也不關她的事。

趙懷淵騎馬跟在沈晞馬車旁，其實他更想跟沈晞共乘，可人多眼雜，乾脆棄了馬車，騎馬跟著。

見沈晞掀開車簾看得津津有味，趙懷淵湊過來道：「溪溪，妳想讓誰先進？」

沈晞瞥他一下，瞧見他眼中的幸災樂禍，笑了笑。「看長公主吧。」

沈成胥就在車隊裡，卻沒有出聲。柳家似乎跟沈家槓上了，不吵不鬧，但就是不讓開。

於是，兩方人馬在郡王府門口排開，安安靜靜等待著，氣氛頗為詭異。

最終，還是榮華長公主先沈不住氣，她本是想看兩邊打起來，哪知他們按兵不動，如此拖延下去，連她都要被指責不知禮數，只好派人出來，讓沈寶音這個正妃先入內。

接著是拜堂，這堂拜的也是難得一見，滿臉不情願的新郎左右手各牽一位新娘，三人一起拜了天地。拜高堂時，兩邊是輪著來的。等到夫妻對拜，新郎跟左邊的新娘拜一次，又跟右邊的新娘拜一次。

沈晞聽到附近竊竊私語的聲音，發現大家挺喜歡看這種熱鬧。

之後，沈晞跟趙懷淵分開，女客有女客的去處。雖然榮華長公主不滿意兒子的婚事，但好歹面子要做足，請了不少有頭有臉的女眷。

可能是看在婚宴的分上，沈晞感覺到一些不友善的目光，但沒人上來找事。

被送入洞房、喝了交杯酒的竇池出來招待客人。原本他不需要去向女客們敬酒，可他喝了兩杯酒後，酒意上頭，越想越氣，趁著沒人拉他跑過來了，死死盯住沈晞。

當時，他雖昏迷不醒，但後來聽人說了事情經過，便知道沈晞摻和其中。若非沈晞，他不必娶兩個不喜歡的女人回家！

他自詡看得清，從不招惹貴女，也不招惹不能解決的麻煩，無權無勢的女子多好玩，隨他擺弄，都不會有人來找碴，卻沒想到在陰溝裡翻了船。若非他母親一直拘著他，不讓他再隨意出門，他可能早就去找沈晞的麻煩了。

他沒有招惹沈晞，她搞他做什麼?!

酒壯慫人膽，竇池多喝了幾杯酒下肚，什麼趙王不趙王的全被他拋在腦後。今日好不容易見到沈晞，若是不能給她一點顏色看看，他就不姓竇！

於是，竇池在女客們略顯驚詫的目光中，大步向沈晞走去。

沈晞見竇池目標明確地來找他麻煩，面上露出淺笑。

今天她可是很乖巧的，竇池自己非要找不自在，她有什麼辦法？佯裝好像沒看出竇池的惡意，面帶笑容等著竇池走到跟前。

竇池盯著沈晞的眼神裡，有不加掩飾的惱怒，揚聲道：「這不是我那好王妃的姊姊嗎？我們的婚事，妳可是大功臣。今日高興，妳不如寫首詩慶賀吧！」

他自然不能打人，還是打一個女人，但他可以叫她丟人！

沈晞覺得很失望，她以為竇池的手段會更有新意，沒想到還是拿才學來羞辱她的鄉野出身。她猜竇池不知道當初她在榮和長公主的百花宴上回孔瑩的話，才以為這能羞辱到她。

見沈晞不說話，竇池以為捏到了她的軟肋，更大聲道：「怎麼，妳是不願意嗎？沒想到妹妹結婚，當姊姊的連首詩都不肯作。」

他的聲音引來幾個方才起鬨的狐朋狗友，這會兒大致聽明白怎麼回事，喝多的幾人便圍過來，七嘴八舌地拱火。

沈晞等到他們說夠了，才慢吞吞地道：「我不是不肯，而是不會。」

竇池見沈晞承認了不學無術，頓時來勁，笑道：「不會作詩，那琴棋書畫呢？總有一樣會的吧。」

一夥人都在看沈晞笑話，而同桌的夫人們全默默地讓開了，她們可不想惹上這幾個明顯喝多了的渾小子。

有人趕緊去叫榮華長公主，就怕這邊的事不好收場。

第五十七章

沈晞見這群人期待著她繼續出醜，遂如了他們的願，搖頭道：「全都不會。」

竇池還沒發話，便有人大笑起來。「什麼都不會，也虧妳好意思說出口。」

這幾人喝了不少酒，一時間得意忘形，跟著竇池羞辱沈晞，忘了她背後站著誰。

竇池雖知道，這會兒卻顧不上了。他鬱悶了好多天，全都是因為沈晞，自然是能報復回來就報復回來。至於報復之後會如何？反正還有他母親在，他既沒打人，也沒害人，只說了幾句實話而已，覺得羞恥就不要出來啊。

竇池大笑。「身為三品官員嫡女，卻什麼都不會。我要是妳，早尋個地方上吊了，哪有臉出來見人。」

他的同伴們笑嘻嘻地附和，沈晞卻面容平靜，等他們笑夠了才說：「有一樣是我會，但你們不會的。」

這話果然勾起了幾人的興趣，以為是女紅之類，正要出聲嗤笑，沈晞立即擲地有聲地道：「種地！」

幾人一愣，隨即笑得更大聲。

「種地？哈哈哈，我們用得著會這個嗎？」

「就是啊，從鄉下來的，才會覺得種地有多了不起。」

「貧賤的下等人才會去種地，妳說的這個，我們是真不會，哈哈哈……」

竇池跟夥伴笑得前仰後合，沒見沈晞微勾唇角，抬手朝斜上方拱手，義正詞嚴地接話。

「皇上重農事，輕徭薄賦，每月必有一日在田地裡躬耕，以身作則，要百官不得忘記本朝根基。」

感謝趙懷淵，他跟她說了不少宴平帝的事呢。

這些人是喝醉了，但沒完全醉，聽沈晞提起皇帝，就跟被掐住脖子的鴨子一樣，沒人敢再出聲。

他們剛說下等人才種地，沈晞就提起宴平帝也種地，這不是在說他們罵皇帝嗎?!

幾人的臉色一陣青、一陣白，酒都醒了大半。

下完套，引幾人上鉤後，沈晞終於露出一抹笑來。「不是吧，你們連種地都不會，這不是廢物嗎？我可是三歲起就能下地了。」

其實她只是在菜地裡澆澆水，真正繁重的農活，爹娘沒讓她幹。但種菜也是農活，她說這話完全不心虛。

這會兒，完全沒有人敢反駁沈晞。剛才她提起宴平帝，就已經立於不敗之地，誰也不敢再出聲，怕真的惹來殺身之禍。

這時，得知竇池居然去找沈晞麻煩的趙懷淵趕了過來。

竇池見到他，到底不甘心，冷不防道：「舅舅，沈二小姐罵不會種地的都是廢物！」

趙懷淵一怔。

竇池見狀，心中得意，誰叫沈晞非要罵得那麼難聽，這不是連她的靠山都罵進去了嗎？但跟竇池所想的不同，趙懷淵停頓，是因為疑惑。竇池跟他的關係又沒多好，上趕著叫舅舅也罷了，怎麼還一副小輩來告狀的樣子？他們熟嗎？還是告沈晞的狀，竇池是瘋了吧？

趙懷淵冷哼。「她哪裡說錯了嗎？不會種地，不是廢物又是什麼。」沈晞說的都對，哪怕連他都罵進去了，也完全不要緊。

在場的人全說不出話來。

有了沈晞的話，再加上趙懷淵的虎視眈眈，竇池的酒全醒了，只能附和著「舅舅說得對」，然後以喝多了為由，飛快溜走。

趙懷淵見沒他的事，不好待在這裡，對沈晞眨了眨眼，也離開了。

接著，沒人敢用奇怪的眼神打量沈晞，當然也沒人敢跟她說話，怕被扣上廢物的帽子，讓沈晞覺得很遺憾。

第二日，侍郎府竟得了宴平帝給沈晞的賞賜，誇她身在錦繡，卻重視農事，十分難得。

昨夜得知沈晞罵了竇池卻毫無反應的沈成胥，接了賞賜後，立刻稱讚沈晞察言觀色著實厲害，能摸準皇帝喜好。越發覺得，這女兒沒生成兒子，沒能進入廟堂，真是可惜了。

後來，竇池幾人被罵廢物卻不敢回嘴一事，傳遍了整個京城。提到竇池，誰不比個大拇指，道一聲「好廢物」？

把沈寶音送出沈家之後，沈晞便徹底不管沈寶音的事了，只從韓姨娘與沈寶嵐口中聽一聽八卦。

比如說，成婚當夜，竇池共同娶進門的兩個女人，他一個都沒碰，睡在別的地方。第二天，他也沒有待在郡王府，跟娶了兩個擺設差不多。

沈寶音畢竟在沈家當了十幾年的千金小姐，而且對韓姨娘和沈寶嵐也稱不上壞，因此兩人提到此事時，並沒有幸災樂禍，沈晞也只是當個八卦聽聽。

沈寶音回門那天，沈晞沒有等在家裡，一大早就出門堵趙之廷了。

畢竟有求於人，再想到韓王妃對她的敵意，沈晞便不直接上門，而是在趙王府外守著。

沈晞運氣不錯，沒等多久，就見趙之廷與侍從俞茂騎馬出府，喊了一聲，攔下趙之廷。

趙之廷聽到聲音後，騎馬靠近，有些驚訝。「沈二小姐，妳找我？」

沈晞道：「是這樣的，那日我與姜侍妾一見如故，很想再見她一面。我知道她境況不好，沒辦法出府，不知世子爺能不能再幫我一次？絕不讓您白忙，之後只要有我能幫的事，我一定不會推辭。若是您不介意的話，想要銀子或鋪子也可以。」

不等趙之廷發話，一旁的俞茂皺眉道：「沈二小姐，不是世子爺不肯幫妳，姜侍妾乃是韓王的人，實在不太方便。」

沈晞當然知道，但她又不好對還不熟悉的人暴露底牌。為了見姜杏兒，只能拜託比較熟一點的趙之廷了。

她誠懇道：「我明白自己是在強人所難，但姜侍妾過得那樣淒涼，我看著很是心疼。相較於請求世子爺幫忙照看他父王的侍妾，還是我自己進去看看，比較沒那麼不妥吧？」

這是在說兩害相權取其輕是吧？俞茂覺得沈晞說話總有她自己的一套，可她就沒想過，她要是不提出這種不合適的要求，就完全不會有任何一害了嗎。

但在俞茂開口前，趙之廷問道：「沈二小姐非見姜侍妾不可？」

沈晞捏了捏自己的臉，嘆道：「這些時日，我因想著姜侍妾的事茶飯不思，您看，我都瘦了。要是不能再見到姜侍妾，我可能會瘦死。」

俞茂無語，趙之廷嘴角溢出一絲笑，頓了頓才道：「沈二小姐已想好，這回如何去見姜侍妾？」

沈晞當然是想好才來的，總不能把難題都丟給別人，忙道：「我可以扮成貴府的侍女，只要讓我進門，就可以自己找路，儘量不給您添別的麻煩。」

趙之廷覺得沈晞確實不拘小節，輕笑道：「倒也不必如此。俞茂可以帶妳避開旁人。」

沈晞聞言，知道趙之廷答應了，心道趙之廷為人真不錯，願意幫她。

下一刻，她聽他道：「不久後是我母親的生辰，不知可否請沈二小姐幫忙參詳一二？」

沈晞知道這就是作為答應幫忙的條件了，趙之廷是不想讓她感覺欠人情，故意挑了個簡單且沒必要的事，自然滿口答應。

「當然可以，我隨時有空。」

「那先謝謝了。」趙之廷頷首。「我尚有公務，先行一步，沈二小姐跟著俞茂就好。」又轉頭叮囑俞茂。「如何帶沈二小姐進去的，便如何帶她出來。」

俞茂心中還在吶喊著韓王妃的生辰不是明年中嗎，聞言立即肅容道：「是。」

趙之廷走了，俞茂對沈晞客氣道：「請沈二小姐隨我來，我們從韓王府後門入內。」

沈晞不介意從哪裡進，哪怕俞茂這會兒墊幾塊磚說要翻牆也行，令車夫跟上，繞了一大圈，到了韓王府後門。

俞茂上前敲門，守門人見是他，退到一旁，低著頭，一副什麼都沒看到的樣子。

沈晞讓小翠和車夫等在外頭，跟著俞茂入內。大概走了一炷香工夫之後，到了有些熟悉的地方，停下腳步道：「前面的路我知道怎麼走，不用麻煩你啦。」

俞茂也知道他身為世子的貼身侍從，幾次三番靠近姜侍妾的院子很不妥當，只猶豫了一下，遂順從沈晞的意思，留在這裡等了。

沈晞小心地來到姜杏兒院子外，輕輕敲了敲門。

開門的還是那個丫鬟，見到是她，登時瞪圓了眼睛。等沈晞往屋裡走去，小丫頭才回過神來，像作賊似的四下望了望，趕緊關上院門。

這次，沈晞依然在房門邊見到姜杏兒，她好像很在意院外的動靜，抑或仍心存幻想。

姜杏兒認出了沈晞，卻沒像之前一樣失望，側身請沈晞入內。

這回沈晞沒那麼急，跟著走進去，而小丫頭機靈地守在外頭。

沈晞掃視一圈，覺得這屋子陰暗逼仄，瀰漫著死氣沈沈的絕望。

她隨姜杏兒落坐，姜杏兒替她倒了茶，羞窘道：「沒有好茶招待您，請見諒。」

她在當韓王侍妾之前，只是平民，侍妾的地位也沒多高，面對侍郎府的嫡女，顯得拘謹又自卑。

沈晞道：「沒關係。我恰好渴了，好茶壞茶無所謂，能解渴就行。」說著，渾不在意地喝了一口，茶水是涼的，入嘴苦澀，但未表現出來。

姜杏兒怔怔的，突然想起一事，連忙去床頭翻找，隨後快步走回來，道：「這是您上次給我的一百兩，當時您走得急，我沒來得及還。」

沈晞沒接，按住姜杏兒，讓她坐下。「我並非無事獻殷勤。妳知道妳外祖父是誰嗎？」

姜杏兒輕輕點頭。「我外祖父姓秦……不過我母親不愛提及他，她和外婆便是被外祖父賣掉的。」

沈晞微微鬆了口氣，姜杏兒不知她親外祖父其實是王不忘這個武林人士，那便很好。

「秦越是妳的繼外祖父，親外祖父另有其人。我是受了妳親外祖父的恩惠，為完成他的遺願，才千方百計找到妳這個唯一的後人。」

姜杏兒愣怔許久，沒想到還有這樣的事。但不管繼外祖父還是親外祖父，她都沒有見過，聽聞此事也沒多少感觸。對她來說，全是陌生人罷了。

沈晞道：「妳親外祖父給我的恩惠極大，因而我費盡心機都要找到他的後人報恩。這一百兩只是先給妳用的，我願付出的絕不只這一點。」

到底是跟王不忘朝夕相處了幾年，沈晞依然常常想念他。如今姜杏兒在前，她便覺得自己的思念好像有了寄託。

明知談判時提前拋出底牌是不智的，沈晞依然道：「妳親外祖父給了我在這個世道自由選擇的權利，我也願護妳一生。」

姜杏兒怔怔看著沈晞，或許是因為沈晞能隨隨便便給她一百兩，或許是因為此刻沈晞的神情格外認真誠摯，她沒懷疑沈晞的話。

片刻後，她忽然落下淚來，紅著眼哽咽道：「要是……我能早些遇見您就好了……」

沈晞靜靜看著姜杏兒哭泣，沈默地遞上了帕子。

她來到這個時代後，運氣還不錯，有對她很好的養父母，又遇到教她武藝、傳她內功的師父，從未有過要是怎樣就好了的時候。

但她對姜杏兒的悲嘆有些許感同身受，這種命運完全不受自己掌控的陰差陽錯，總教人無法釋懷。

姜杏兒接過了沈晞的帕子，默默拭淚，半晌才道：「我怕是要讓您失望了。」

當日見過沈晞之後，她從旁人的私下議論中拼湊出沈晞的為人。沈晞明媚張揚，不畏強權，比眾多男兒還瀟灑俐落，是她這輩子都無法企及的。她相信，沈晞說要護著她，便一定會兌現承諾。

但是，她卻要辜負了沈晞的好意。

姜杏兒深深地垂下腦袋，不敢去看沈晞，低聲道：「母親去世後，有登徒子想調戲我，是韓王救了我，我從未見過如此英俊又溫柔體貼的男子……」

姜杏兒長了一張楚楚可憐的臉，此刻模樣，更令人心生憐愛。

沈晞心想，當初韓王應該不會想管這種閒事，是見到了姜杏兒的容貌，才會裝出翩翩佳公子的模樣，騙得姜杏兒死心塌地。

她又怎麼會不明白，姜杏兒說這些，是在委婉地拒絕她給出的另一種選擇。要護住一個人，自然是要將其納入自己的羽翼之下，而姜杏兒的話表明，她並不願意離開韓王府。

沈晞見姜杏兒臉色泛紅，面露羞愧，知道姜杏兒大概是覺得愧對她的善意，顯得很不識抬舉。

但她哪會因此怪姜杏兒。既然要報答王不忘的恩情，自然不可能全依自己的想法來做。

沈晞伸手抬起姜杏兒的下巴，接過姜杏兒攥在掌心的帕子，輕柔地替姜杏兒擦去眼淚。

「我雖不贊同妳的想法，卻不會強迫妳按照我的意思來。他救了妳，妳因而喜歡上他，再正常不過。」

姜杏兒怔怔地看著沈晞。

沈晞見她臉上的淚水被擦乾淨了，才放開手，望著她的眼睛道：「我將來可能會離開京城，但這兩年應當還在。我會時不時找時間來看妳，妳可以隨時改變主意。哪怕將來我要走了，也會想好如何安置妳。」

沈晞的話說得很寬容，不過她清楚，可能用不著兩年，姜杏兒便想離開韓王府了。

韓王有權勢地位又有錢，韓王妃又跟他各過各的，完全不管他，他自然是放飛自我，喜新厭舊得極快。據沈晞所知，韓王府中有韓王膩了的女人，其他的宅子裡也有。對韓王來說，多養一個女人不費多少錢，丟在那兒又如何。

可是，姜杏兒一個人被關在小小的院落裡，每日等著韓王到來，這種期待總有一天會變成絕望。

姜杏兒從小在困苦中長大，對於窮人來說，只要活著就好，她娘親為了賺錢養家，早已耗盡心力，哪會像沈晞一樣溫言細語？而沈晞沒有批評她，也沒有催促她，甚至給了她一條退路，一個承諾。

姜杏兒已經止住的淚水再度潸潸而下。她曾沈迷於韓王的體貼溫柔，但她如今也明白，那是因為韓王能從她這裡得到什麼。可沈晞不一樣，她根本沒有什麼可以給沈晞的。

沈晞見姜杏兒突然哭得更凶，嚇了一跳，她有說什麼能弄哭人的話嗎？

長年身處黑暗的人極為渴求陽光，姜杏兒心中裂開了一道縫，讓這點溫暖可以照進去。

要是她能跟在沈晞身邊，會過得非常好。

可是，如今她是韓王的侍妾，若說想跟著沈晞走，不是在給沈晞添麻煩嗎？

姜杏兒對韓王還存有希望，忘不了先前受寵時的幸福，也不想讓沈晞為難，最終沒讓自己動搖，只是含淚笑著，搖了搖頭。

「有您念著我，我已經很高興了。以後您還是少來看我吧，我怕會給您添麻煩。」

沈晞照實道：「麻煩是有些麻煩，但也不是辦不到。妳不用多想，我想幫妳，也是為了報恩，讓我自己心裡好過。」

姜杏兒點點頭，但心裡還是惦念著沈晞的好。她不覺得未曾謀面的外祖父能對沈晞有多大的恩情，沈晞明明可以不管的，她外祖父已經去世，她也不知道她外祖父的事。可沈晞重諾，千方百計找到了她。

沈晞不好在這裡待太久，得知姜杏兒的態度之後，便打算離開。

她取出一些碎銀和小張銀票，遞給姜杏兒。「之前是我考慮不周，大張銀票不方便用。妳們拿著這些，讓韓王府的下人多弄點好吃的來補補身體。多吃點肉和雞蛋，妳太瘦了，容易生病。」

姜杏兒不肯接，沈晞硬塞過去，沈著臉道：「妳這是想讓我不能安心嗎？」

姜杏兒聞言，不敢再推回去。

沈晞說：「我走了，妳一定要保重。」

姜杏兒送沈晞到院門口，直到看著沈晞的背影消失，還不肯回去，覺得心中空落落的。人與人之間的緣分真是奇怪，哪怕只是跟沈晞見了兩次面，她卻覺得好像認識了對方很久似的。

小丫頭湊過來，小聲道：「姜侍妾，我們快關上院門吧，被別人看到了不好。」

姜杏兒點點頭，關上院門後，又靜靜站了一會兒，才拿出一小粒碎銀給小丫頭。

「青青，去廚房買些好吃的。」

青青知道沈晞大方，前陣子就留了一百兩給姜杏兒，這會兒也不奇怪，高興地接過，偷偷摸摸地跑了出去。

姜杏兒心想，沈晞說她太瘦了，下回沈晞再來見她，她一定要胖一些才好。

沈晞很快與俞茂會合，又在俞茂的引導下，離開韓王府。

她看得出來，俞茂不喜歡她給他主子添麻煩，她也覺得不好意思，但這不是沒辦法嘛，大不了之後幫趙之廷挑禮物時，她付錢好了，反正她現在是富婆。

回去的路上，沈晞琢磨著，姜杏兒大概還對韓王抱有希望，但她不會苛責姜杏兒。人是社會動物，在什麼樣的社會環境下成長，就有怎樣的性格想法，像她這樣的，在這個時代才是少數。

眼看就要過年，她決定年前先不去看姜杏兒，給出去的那些銀錢，也夠姜杏兒好吃好喝很久了。

沈晞以為跟趙之廷的交易要在年後才會履行，沒想到第二天就收到拜帖，邀她出行。拜帖不是來自趙之廷，而是一位她從未打過交道的女子，對方在信裡隱晦提及壽禮，她就知道對方的拜帖是來自趙之廷的授意。

以他們的關係，確實不方便大張旗鼓地相約。沈晞便送了回帖，表示願意前去。

第五十八章

第二日，沈晞帶著小翠來到跟女子約好的酒樓，卻發現那位女子連面都沒露，來的只有趙之廷。

趙之廷起身邀沈晞落坐。「這裡是以送帖之人的名義訂的。」

沈晞心想，倒也不必多解釋這一句，顯得他們兩人有多不正當似的。

本來沈晞是很坦然的，但這一刻不知怎的想起了趙懷淵，莫名多了那麼點不自在。

好巧不巧的是，外頭傳來一聲不耐煩的喝斥。「滾開，少擋本王的道！」

她要是沒聽錯的話，這是趙懷淵的聲音。

沈晞不覺看向趙之廷，他正好將目光從門上收回，兩人對視的這一刻，她心底生出了一種荒謬感。

她怎麼莫名有種跟姦夫見面，恰好被丈夫撞到的感覺？

不管沈晞還是趙之廷，在這一刻都沒有出聲。

外頭的趙懷淵顯然是路過，並非來找沈晞或趙之廷，因而腳步聲很快遠去。

趙懷淵的人是走了，但他帶來的尷尬還在，尤其是在趙懷淵出聲的那一刻，兩人都選擇不說話。這種莫名其妙的默契，更顯得他們見面有種上不得檯面的感覺。

沈晞在心中勸慰自己，雖然她能感覺到趙懷淵對她的不同，但他們之間又沒有挑明什麼，她不需要向趙懷淵解釋。

如此，她感覺自在許多，直接對趙之廷道：「世子爺，你對禮物有什麼比較大的要求嗎？比如想買什麼類型的？首飾、古董，還是別的？」

趙之廷見沈晞不提趙懷淵的事，便也不說，只道：「先吃飯吧，吃完再說。這裡的大廚幾代都是名廚，沈二小姐好好嚐嚐。」

沈晞也覺得要等趙懷淵走之後再離開，撞上總歸尷尬，因此不拒絕趙之廷的提議。

「好，那就嚐嚐。」

趙之廷讓沈晞看菜單，沈晞聽說趙之廷已經提前點了一些招牌菜，遂只多加了一、兩道，便將菜單還給趙之廷。趙之廷又加了兩道，就讓人去準備了。

此時不說話頗為尷尬，沈晞想到今後還繼續麻煩趙之廷帶她進韓王府，開玩笑道：「世子爺，我與姜侍妾見了兩面之後，覺得投緣，今後怕是還要麻煩你帶我再去看看她，不知下回我該以什麼來交換？」

趙之廷輕輕一笑。「下回就不用了。」頓了頓，道：「其實另有一法。我父親已很久未見姜侍妾，哪怕她病逝了，也不會追問。」

這種辦法，只能靠韓王府的人來做。沈晞很是心動，但姜杏兒已經表態，所以她暫時用不了。

「可不可以先存著？我也問過姜侍妾願不願意跟我走，但她不願意，大抵救命之恩值得她湧泉相報、以身相許。」

趙之廷挑了挑眉，沈晞想起她表面上也受了趙之廷幾次稱得上是救命之恩的恩惠，遂故作自然地接話。

「我就不一樣了。我這人沒良心、俗氣，只願意以金錢衡量。」除非她自己樂意，否則誰也別想用救命之恩來裹挾她。

聽到沈晞自損的話，趙之廷露出了一個堪稱愉悅的笑容。

趙之廷一向端肅，如今神情柔和下來，似是冬去春至，大地回暖，連一旁伺候的俞茂都看愣了。

沈晞想，不愧是父母雙方各有血緣關係的親叔姪，往常趙之廷不笑時，跟趙懷淵只有四、五分相像，一旦笑起來，整張臉染上明亮色彩，這四、五分便陡然提高到了七、八分。

她連忙收回目光，不讓自己再去想趙懷淵，也不知趙懷淵來這裡做什麼，聽聲音好似不怎麼高興的樣子。

趙之廷出聲道：「應該的，救命之恩本就不該與婚事對等。」

沈晞覺得趙之廷挺會說話，稍稍放開了些許束縛，對趙之廷眨眨眼。「那我便謝過世子爺了。我這人愛玩，還沒玩夠，可不想因為被人救過而被婚姻綁住。」

趙之廷自然不是用恩情裹挾他人之人，聽到沈晞還沒玩夠，想來不會立即訂下婚事，心中某個地方好似安定了些許。

他岔開了話。「沈二小姐曾經生活在何處？我時常在外遊歷，或許去過。」

這也是個安全的好話題，沈晞道：「濛北縣，旁邊有一條濛溪。可惜我過去十七年並未去過別的地方，不如世子爺見多識廣了。」

藉此為開端，趙之廷便說起了之前遊歷時所經之處的風土人情，氣氛頓時好了許多。

因為沈晞時不時發出捧場的回應，趙之廷一直說到了上菜，兩人才停下交談。

沈晞嚐了幾道菜，讚嘆道：「不愧是名廚後人，味道確實很好。」

見沈晞喜歡，趙之廷的眉目舒展。

席間，兩人只偶爾說上幾句。俞茂和小翠也在旁邊坐下一道吃，兩個主子都不是在乎這點規矩的人。

沈晞先吃飽了，放下筷子，趙之廷也順勢將筷子放下。

她抬頭看趙之廷，正想說他沒有必要遷就她，包廂的門突然傳來咚的一聲，門板便被撞開了。

一道身影狼狽地跌入包廂內，隨之而來的是一道滿是戾氣的聲音——

「再讓本王聽到你說些不乾不淨的，本王見你一次，揍你一頓！」

沈晞默默坐著，看看倒在地上齜牙咧嘴的竇池，再抬眼看看氣得豎起眉頭的趙懷淵。

喔，厲害！

近幾日趙懷淵心情不太舒坦，出來吃個飯散心還碰到竇池，又聽見竇池說沈晞的壞話，他就更暴躁了，沒忍住動了手。

他沒想到會把一旁包廂的門踹開，更沒想到的是，會在包廂裡看到沈晞。

然而，他的嘴角才剛翹起，就發現包廂裡不只有沈晞，還有他視為大患的趙之廷，笑容頓時僵住。

竇池被趙懷淵狠踢，呸的吐出一口血水，一抬頭便瞧見沈晞和趙之廷居然待在同一間包廂裡。

這段時日，他覺得自己委屈死了，平白娶了兩個不喜歡的女人也就算了，不過是想在婚宴上為自己出口氣，哪知道反而被沈晞懟回來，甚至全京城的人還因此明裡暗裡叫他廢物。

他氣不過，偷偷出來跟幾個好友吃喝玩樂，一時興起說兩句沈晞的壞話，不是應該的嗎？怎麼就偏偏讓趙王聽到了。

如今裡子跟面子全丟光了，竇池見了沈晞，本是想趕緊走人，但沈晞身邊還坐了個趙之廷，這不是白送上來的把柄嗎？

竇池立時覺得自己活了過來，大聲道：「趙王爺，你看，我早說了，沈二根本沒把你放在眼裡，就你拿她當寶。她還不是偷偷跟別的男人勾勾搭搭！」

沈晞掃了竇池一眼，認真考慮，要不要選一個月黑風高夜，給他一點小小的教訓？

她站起身，往前走了兩步。

可能是她身上的殺意稍微重了那麼一點點，竇池面色發白地手腳並用往後退，同時不顧臉面地喊道：「這裡這麼多人都看到了，妳想殺人滅口嗎？沒用的。」

沈晞不客氣道：「廢物自有天收。」

她的話簡直是別人哪裡痛就往哪裡戳，竇池面色又白又紅，外頭圍觀的人裡還有人發出了竊笑。

如今竇池的廢物名聲可是廣為流傳，畢竟這事太有戲劇性了，想欺負人不成反被打臉，樸素的百姓都喜歡這種惡有惡報的故事。

竇池明知此刻趕緊離開才是最好的選擇，可是，只要趙王轉頭去對付私會的趙之廷和沈晞，那他就不會輸。

於是，他假裝沒聽到沈晞的話，又揚聲道：「妳與趙王爺過從甚密，如今又私會韓王世子，我……旁人沒說錯，妳果然是個水性楊花、不守婦道的女人！」

沈晞噗哧一聲笑出來。「是誰如此對你說的呀？該不會是……」

她故意停頓，沒有明說，隨即做作地掩唇，驚訝道：「不是吧，怎麼有人能以一萬步笑五十步。哪怕你的指控都是真的，我也不過是與兩位男子有著再正當不過的來往而已，跟養幾十個俊俏小郎君相比，真是差得遠了。水性楊花這個詞，我受之有愧呢。」

雖然沈晞改了俗語，但任誰都聽得明白以一萬步笑五十步的意思。再加上她說的養幾十個俊俏小郎君，指的對象就很明顯了，正是公然養面首的榮華長公主。最後一句甚至影射，說她水性楊花的榮華長公主，才是真正的水性楊花。

偏偏這些話裡一個字都沒有提到榮華長公主，竇池要是為此生氣，那就是認了下來；要是假裝不在乎，實在是嚥不下這口氣。

竇池氣壞了，正想再開口說沈晞跟兩個男子來往本就不妥，便見趙之廷和趙懷淵不知何時靠過來，一左一右站在沈晞身旁。

三人以同款冷漠的眼神盯著他，讓他背後寒毛直豎。

趙之廷冷聲道：「我與沈二小姐是君子之交，禍從口出的道理，你應當明白。」

趙懷淵的話就更絕了。「什麼跟男子私會，胡說八道，明明是我與大姪子約好了見面，恰好遇到沈二小姐，邀請她一起入席罷了。心髒的人，看什麼都髒。」

竇池不明白了，這兩人怎麼回事啊？趙之廷也就算了，趙懷淵可是堂堂趙王，哪怕出了大皇子落水的事，他依然是宴平帝最寵愛的王爺，有必要如此為誰遮掩嗎？

趙王一定是對沈晞有意思的，不然哪能那麼幫她。一個如此受寵的王爺，想要一個三品官的女兒，娶回去當側妃就夠了，沈晞遲早是他的囊中物。既如此，趙王不生氣就算了，怎麼還替她說話呢？再大度的男子，也不能看著自己的女人跟別的男人有來往吧？

見竇池傻掉的樣子，趙懷淵不耐煩地招招手，讓竇池的僕從把人帶出去。

竇池離開前，投來頗為茫然又費解的一眼，卻不知是在看誰。

因為趙懷淵說了是他和趙之廷約見面，遂理所當然地轟其他人出去，關上了包廂的門。

這會兒，加上趙懷淵和趙良，包廂內便有六人。門關上後，氣氛肉眼可見地緊繃起來。

趙懷淵心想，之前他私下跟沈晞見面，那麼努力地隱藏，都沒什麼人發覺。可趙之廷卻如此輕易讓人撞見，不知是該諷刺對方連隱藏的本事都沒有，還是該唾罵對方心機深。

他不信趙之廷不知他和沈晞的親近，如此還要接近沈晞，就是圖謀不軌。

那沈晞為何赴約？當然是為了她舊友的血脈才跟趙之廷虛與委蛇，他都知道的。

趙懷淵很快說服了自己，轉向趙之廷，冷笑一聲。「下回記得找些好護衛，到時候別連自己都護不住。」

趙之廷微微垂下目光，語氣平淡。「倘若表舅不踹人，便不會有今日之事。」

趙懷淵嗤笑。「約在這樣人來人往的地方，自然可能被撞見。你該不會是故意的吧？」

趙之廷道：「今日是意外。」

趙懷淵咄咄逼人。「今日可以是意外，那以後呢？該不會意外讓沈晞受傷吧？」

趙之廷篤定地說：「有我在，便不會。」

趙懷淵快氣死了。他知道趙之廷武藝高強，但沈晞的安全可不是小事，她磕破一點皮，他都心疼。

「說什麼大話，她要是傷到了，你能擔責？」

趙之廷點頭，說出的話卻彷彿是另一個意思。「是，我願負責。」

趙懷淵聞言，差點驚跳起來。趙之廷能負什麼責？他想負什麼責！

明知這個話題危險，趙懷淵卻不肯在沈晞面前讓趙之廷占了口頭上的便宜，當即揚聲道：「用得著你負責？我與沈晞才是更親近的好友，要負責也是我負責！」

趙懷淵突然轉頭看沈晞，那雙丹鳳眼裡竟似有幾分委屈，問道：「溪溪，到底誰才是妳最好的朋友？」

趙之廷也看向了沈晞，黑眸定定地鎖住她。

包廂門關上後就默默退到一旁的沈晞沒吭聲。幹什麼啊，都是大人了，不用跟小學生搶朋友一樣吧？

趙良偷偷捂臉轉開目光，此刻主子的表現著實有些丟人，但他得忍著。

俞茂目瞪口呆，他很少見世子爺跟誰有這樣的爭執，簡直顛覆了他的認知。

至於小翠，在門關上後，沈晞見她還盯著桌上的菜，便偷偷推了她一下，讓她自己去吃，因此這會兒正悄悄吃得開心，根本沒察覺包廂內的氣氛有什麼不對。

面對兩人的盯視，沈晞第一個反應是一碗水端平，大家都是她的好朋友，沒必要吵架嘛。但這話真說出來，多少有點渣，問話的趙懷淵絕對不會高興。

她確實跟趙懷淵的關係更好一些，可是，之後她要探望姜杏兒，還得靠趙之廷幫忙。這會兒若讓趙之廷沒臉，今後她就算能厚著臉皮去找他，他大概也不會理會她了……

沈晞忽然哎呀一聲，捂住了肚子，面露痛苦。「我有點不舒服，先離開一下。」

她飛快推開包廂門，不給兩人挽留她的機會。

小翠見狀，連忙往嘴裡塞了兩片滷肉，手裡又拿了兩片，趕緊跟上沈晞。

沈晞離開是非之地後，心想那兩人該不會打起來吧？應當不至於，不是還有趙良和俞茂看著嗎？而且趙懷淵打不過趙之廷，趙之廷也不會欺負菜雞。

沈晞尋了個偏僻地方轉一圈，等小翠吃完，才慢吞吞地往回走。

最好他們已經不吵了，更好的是其中一個已經離開。

沈晞滿懷希望地推開包廂門，卻見趙之廷坐在桌旁，有一下、沒一下動著手中的茶盞。

趙懷淵則站在一旁，抱著胸，一臉冷漠。

不要告訴她，她走出去之後，他們就暫停了！沈晞覺得自己好像白跑了一趟。

見她回來，兩人移動目光，沈晞便露出營業笑容，一個一個打發。

「趙王爺，晚些時候我去找你，我與世子爺約好等會兒去幫他母親挑選壽禮。世子爺，我們走吧？」

畢竟她已答應了趙之廷，這是交易，總不能現在丟下趙之廷跟趙懷淵走，那下回豈不是還要重新來一次？今天飯都吃了，趕緊把禮物挑完，萬事大吉。

沈晞的話裡特意跟趙懷淵解釋了一句，趙懷淵也聽出來了，猜出沈晞答應陪趙之廷去挑選壽禮，多半是有原因的。想當一個善解人意的好友，他就該離開，把位置讓給他們，但他好不甘心啊。

因此，他假裝聽不懂，搶在趙之廷之前，饒有興趣地說：「原來是要替我表姊挑壽禮。那我也去，正好該準備了。」頓了頓才記起，韓王妃的生辰是年中，如今準備也太早了。

他立時心生警惕，挑選壽禮這種要求，定是趙之廷提的。明明不需要這麼早準備，卻偏偏此時提出，絕對是為了同沈晞多相處，他還不知道嗎？

但這會兒趙懷淵只能隱忍下來，他可不願意幫趙之廷，他自己都還沒挑明心意呢。趙懷淵生出強烈的危機感，沈晞這麼好，喜歡上她多正常。他若不抓緊工夫，會被別人捷足先登。

他的臉皮很厚，哪怕見趙之廷微微蹙眉，也當作沒看到，故意對趙之廷道：「只是挑選壽禮的話，不多我一個吧？我想溪溪也不會拒絕。」

趙之廷沈默一下，並未說什麼，讓俞茂去結帳，算是默認了趙懷淵的提議。

於是，三人離開包廂。因為有了方才的話打底，表情都很坦然。尤其是沈晞，一臉嚴肅的模樣，好像她是在跟他們談生意。

沈晞心想，原本是想悄悄完成跟趙之廷的交易，沒想到出了意外。這下不用多久，全京城都會知道了，不知趙之廷和趙懷淵的母親聽到這消息，會是什麼反應……

大概是足夠愉悅她的反應吧。

一行人離開酒樓，趙懷淵搶先一步道：「不如去我的珍寶閣，我讓人清場，不會再有不長眼的來丟人現眼。」

沈晞沒意見，趙之廷也沒有，於是趙之廷騎馬，沈晞和趙懷淵各自坐各自的馬車，往珍寶閣行去。

往常不怎麼對盤的趙懷淵和趙之廷居然同行，到底引來一些人的議論，不過一行人專心趕路，沒再惹出事端。

到了珍寶閣，沈晞下馬車後，看到碩大豪華的門，被震了下。

趙懷淵得意道：「全京城就屬我這裡稀奇古怪的東西最多，想要什麼都能買到。」說著，瞥趙之廷一眼。跟他的財富比起來，韓王府可以稱得上寒酸了。

沈晞很捧場地說：「厲害啊，那我可要好好見識見識。」

趙之廷沒理會趙懷淵，在沈晞入內後，也跟進去。

站在沈晞另一邊的趙懷淵氣急，不甘示弱地跟上。

見趙懷淵過來，掌櫃和小二趕緊迎上來，但看到同行的還有趙之廷後，紛紛露出天要下紅雨了的表情。

但他們好歹訓練有素，掌櫃忙擺正臉色，殷勤地招呼。「殿下，您好久沒來，除了三日前送去給您的那些東西，閣中又收到一些稀罕玩意兒，您可要去看看？」

往常趙懷淵肯定要看看，但這會兒沒心情，只吩咐道：「韓王世子要為韓王妃備壽禮，你瞧著，把合適的都送上來。」隨後對趙之廷笑道：「我們去裡面的靜室慢慢挑。」

沈晞默默跟上兩人，心想最好不必由她出主意，他們自己決定就好。

第五十九章

靜室內，沈晞三人分別落坐，下人端上好茶、點心，很快便送來第一批珍寶。

沈晞掃了一圈，是方才在外頭店鋪展示的頭面。大概是不能讓貴客久等，所以先把好拿的拿過來。

這些頭面是工匠們嘔心瀝血的作品，巧奪天工，富貴精緻，每一樣都閃閃發光。

這些是藝術品，沈晞雖然不太懂，但她懂得欣賞，因此不管旁邊那兩人，一樣樣仔細地看過去。

趙懷淵注意到沈晞的專注，趁她看完一套後，忙道：「妳若有喜歡的，隨便拿。」

沈晞搖頭。「謝謝，我更喜歡純粹地欣賞。」這些東西好看是好看，可那麼多黃金，戴上的話豈不重死？不戴的話，放著浪費，不如銀票好攜帶。

趙懷淵失望，他好想讓沈晞不跟他客氣，願意拿他的任何東西……也包括他這個人。

趙懷淵想著想著，羞恥了，耳朵微微泛紅，別開目光，不敢再去看沈晞。

沈晞想起正事，問趙之廷。「王妃娘娘喜歡什麼呢？或者你有什麼建議？」

趙之廷說：「往年我通常送首飾、器物、寶石等，這回想尋些新鮮，又不會太出挑的。」

沈晞望向趙懷淵，以協力廠商的身分，用眼神把甲方的需求傳遞過去。

趙懷淵顯然不會將自己當乙方，他這珍寶閣的東西一向不愁賣。拍拍手，屋裡的下人便拿著第一批首飾下去，換上了第二批。

第二批是名家出的胭脂水粉、養顏用品等物，趙懷淵對沈晞道：「雖然妳天生麗質，不必上妝，但這些都是好東西，可以拿回去試試。」根本沒把趙之廷的需求放在心上，只顧著誇沈晞，滿足沈晞的喜好。

沈晞對化妝不感興趣，而且誰知道裡面有沒有鉛，她可不想鉛中毒。

她擺擺手道：「我不喜歡玩這些。」

趙懷淵聞言，沒有硬勸。沈晞不喜歡，那就換一批嘛。

孰料，沈晞道：「別管我喜歡什麼。這次是給王妃娘娘選壽禮，要猜她的喜好。」

趙懷淵語塞，他每年送的壽禮就是隨便選一副貴的頭面，反正表姊沒說不喜歡，而且每年她都會戴他新送的。

但這時候他自然不能這麼說，只好委委屈屈地應了一聲，讓人送上第三批來。

這一批有氣質多了，是一些孤本和詩畫大家的真品。稱得上珍貴，但不算新鮮，於是再換一批。

沈晞恍惚有種回到現代逛購物網站的感覺，不停點換下一批……

這期間，他們挑了一些當作備選，包括一幅書畫大家的百壽圖、一株紅中帶紫的珊瑚，以及一座小白玉佛像。

趙懷淵並未放棄討沈晞的歡心，有覺得沈晞能用或喜歡的東西，便推給她，哪怕她每一次都拒絕，也不曾倦怠，依然興致勃勃。

他覺得，幫喜歡的女子挑選合心意的東西，是件永遠不會疲憊的樂事。他挑選時，總會想像沈晞用上時是什麼模樣，像這支髮簪她戴著會很漂亮，這只花瓶她若拿去插花會很美，這條口脂她若用了會很誘人……

另一邊的趙之廷多半是沈默的，目光時而落在趙懷淵身上，時而落在沈晞身上，沒什麼表情，看不出他在想什麼。

唯有他自己知道，此刻他是焦灼的。

趙懷淵和沈晞之間你來我往的熟稔交流，是平和而排外的，旁人都插不進去。原先他只以為他們比一般人熟悉，卻不知是如此熟悉。

趙之廷有些意興闌珊，在某個瞬間忽然道：「選那尊玉佛吧。」

這尊玉佛上還雕了許多小小的佛，每一尊小佛都精緻清晰，據說總共有一百零八尊，但要仔細找才能找全，算得上是新鮮且不張揚的賀禮。

沈晞見趙之廷已選定，自然不會有意見，暗自鬆了口氣，一次看那麼多珍寶，眼睛都要花了，累死她了。

她本想付銀子，但在趙懷淵攔住她之前，趙之廷付了錢。

趙懷淵不會收沈晞的錢，但他很樂意收趙之廷的。

說好幾時將佛像送到韓王府之後，趙之廷便向沈晞道別，隨後離開了珍寶閣。

趙懷淵覺得有些詫異，趙之廷走得過於俐落，他還想跟趙之廷對戰個幾回合呢。

但轉念一想，趙之廷走了，他便能跟沈晞單獨待在一起，忍不住歡喜起來。

趙懷淵輕輕扯了扯沈晞的衣袖。「溪溪，我這兒的東西，妳真的什麼都沒看上？」他想送東西卻送不出去，有些難受。

沈晞側頭看趙懷淵，只見絕色面容上，丹鳳眼微微下垂，眼中似有水潤光澤，顯得無辜又純情。

她呼吸微滯，一個想法在她反應過來前，已溜出了她的腦海：也不是什麼都沒看上，他這個人，是真讓人想得到手……

沈晞微微眨眼，趕緊壓下不合時宜的想法。明明一直假裝看不懂他感情的是她，結果饞他身子的也是她，這多少有點渣了。

她正色道：「你該不會忘記你給過我多少銀子了吧？我若有想要的東西，早就買啦。」

趙懷淵皺眉。「這不一樣。」她自己買的，跟他送的，怎麼能是一樣的呢？

趙之廷已經離開，不知為何，趙懷淵還是有些煩躁，掃過一室未收走的珍寶，忽然上前，從一套頭面裡取下一對珍珠耳環，走到沈晞面前，眼巴巴道：「就收下這樣好不好？」

沈晞無奈，這耳環跟其他飾品是一套的，少了這一對，那套頭面就不好賣了。

但見趙懷淵像是討好主人而不得的可憐小狗，她心軟了，只好接過。「那謝謝你了。」又問：「你要送韓王妃的壽禮選好了嗎？」

趙懷淵忙道：「還沒呢，溪溪再幫我挑挑。」不然，他怕沈晞就這麼回去了。

沈晞便留下繼續幫趙懷淵選，最終選了一套頭面，兩人才分開。

因沈晞和趙懷淵、趙之廷一起吃飯的事發生在大庭廣眾之下，這種熱鬧很快便傳開了。

第二日，韓姨娘和沈寶嵐來找沈晞說話時，還好奇地提起此事。

沈晞從她們口中得知，趙之廷和趙懷淵為她爭風吃醋大打出手的事，已經傳遍整個京城。雖然早有預料，但流言果然都是不講道理的。

面對著兩雙興奮求八卦的眼睛，沈晞只好道：「假的。我只是與他們有事相談罷了。」

雖然沈晞否認流言中的大部分內容，但也肯定共進午餐是事實，沈寶嵐霎時興奮了。

「二姊姊，妳好厲害！世子和趙王爺一向不合，妳居然能讓他們一道用餐，果然不愧是我的二姊姊啊！」

沈晞哪裡能解釋他們三人之間的糾葛，只能默認下來。

又過了兩日，王五送信來，將韓王的消息以及最近盯梢韓王的成果告訴沈晞。

韓王與韓王妃不睦十幾年，在京城是人人皆知的，有些人口無遮攔，還私下討論是不是韓王那方面不行，不然為何生下韓王世子之後，韓王妃不肯再與韓王在一起？

總之，這對貌合神離的夫妻已分居十幾年，韓王妃住在王府內，而韓王只把韓王府當成客棧，大多數時住在別院，樂得逍遙自在。

韓王住在韓王府，不會帶侍妾跟著，而是放了些侍妾在府中。對他來說，女人就像是日常用品，平常住的地方都要備著。

因韓王常住別院，留在韓王府中的侍妾自然是不怎麼受寵的，一年見不到韓王幾次。像姜杏兒這種早被厭棄了的侍妾，住得又偏，不出意外，此後幾年都不會被韓王想起。

據王五的觀察，韓王住的別院中，時常有樂師、歌姬出入，他不是在別院，就是待在青樓，夜夜笙歌、醉生夢死。偶爾上街溜達，目的是尋找姿色動人的平民女子，好想辦法據為己有，當初姜杏兒便是這樣被他納入府中。

沈晞邊看信邊考慮著要怎麼加把火，讓姜杏兒趁早認清韓王的真面目。韓王可不是什麼情種，只是玩弄女色的渣男而已。

與此同時，青青滿臉驚慌地回到院子裡，去見正等著她的姜杏兒。

「小年那日，王爺會回來的。那人硬是要二十兩，才肯答應在王爺回來時跟我們說一聲，我先給了他五兩。」

姜杏兒點點頭。

這幾日，她按照沈晞的叮囑，好好吃喝，面色好看許多，同時也想了許多。

倘若沒有沈晞，哪怕她不願意，也只能過這種日子，過不了多久，可能就像上次一樣病死。上回也是因為沈晞說的話，才讓她得了看大夫的機會。

過去的她無依無靠，只能抓緊韓王這根救命稻草。這會兒她有了第二條路，有人關心她吃得好不好，她不再是一個人，不想再這樣無望地等下去。

小年這天，韓王果然回了韓王府。下人為了得到說好的十五兩，趕緊跑來通知青青和姜杏兒。

姜杏兒早做好了準備，嬌俏面上染了胭脂，多了幾分楚楚可憐的豔色。

她和青青偷偷離開院子，躲到韓王回來的必經之路上。

等到韓王出現，姜杏兒衝了出去，跪在地上，看著許久不見的韓王，眼中依然有著不肯輕易磨滅的情意。

「妾身姜杏兒，恭迎王爺回府。」

韓王日夜沈迷酒色，可外表仍是風流倜儻，但衣衫覆蓋之下的肚子，早積滿了脂肪。

他被姜杏兒驚了驚，再看她的模樣，想了一會兒，才記起當初是怎麼將她納入府中的，不禁皺了皺眉。

像她這樣楚楚可憐的女子，他身邊可不少，每一個寵上一段時日便膩了。也有重新來爭寵的，但多半近不了他的身。

韓王不耐煩道：「滾下去，少來煩本王。」

他每次回韓王府都不太高興，剛剛還被姜杏兒嚇到，只想讓這個礙眼的人快滾。

姜杏兒身子一抖，想起當初待在韓王身邊時，他對她說了很多情話，連見他的最後一面，他都是溫柔地讓她先回韓王府待一段時日。

她還以為，他對她這麼好，是喜歡她的……

姜杏兒膝行兩步，仰頭望著韓王，美目含淚道：「殿下，妾身等了您很久……」

韓王看也不看姜杏兒，揮揮手，讓手下把她拉下去。

姜杏兒俏臉慘白，在這一刻終於死心。原來她在韓王心裡，真的只是個玩膩了的玩物。

在被下人拖走時，姜杏兒忽然大喊：「王爺，您不要我了，就放我走吧！」

她不要再等下去了，她想離開。沈晞說過會護著她，她離開韓王府也不會被欺負。

沈晞那樣厲害，沒人敢招惹，可她也不想讓沈晞為難。要把她這個侍妾從韓王府帶走，一定非常困難，她寧願自己出頭觸怒韓王。

或許，韓王對她留有一絲情意，願意放她一條生路。

韓王還是第一次聽到有自願入府的侍妾叫喊著要離開他。他不要她們是一回事，她們膽敢背叛他又另當別論。只有他拋棄她們的，她們別妄想離開！

他被姜杏兒的不知好歹氣著了，怒聲道：「好啊，竟敢如此侮辱本王！來人，打二十板子，死活不論！」說完便甩袖走了。

得了命令的下人抓住絕望的姜杏兒，又搬來長凳，把姜杏兒按上去。

青青嚇得快魂飛魄散，連忙取出姜杏兒暫放在她這裡的十兩銀票，塞給打板子的下人。

下人見了，也不聲張，四下看看，將銀票塞入懷中，下手時的力道輕了許多。

挨完二十板子，姜杏兒依然留著一口氣，被送回她住的院子。

青青哭得一把鼻涕、一把眼淚，死死抓著姜杏兒的手道：「姜侍妾，妳不要死……妳要活著，沈二小姐會想辦法的。」

姜杏兒面色慘白，今日的打擊令她痛不欲生，目光不知是在看誰，喃喃道：「如果我死了，對沈二小姐來說，會不會更好一些？我只會拖累別人……」

青青哭著說：「沒有！沈二小姐明明很高興看到妳的，她不是說找了妳很久嗎？萬一妳死了，她一定會很傷心的！」

如今，還有人會為見到她而開心嗎？姜杏兒的眼眸中亮起了微光……

沈晞得知姜杏兒被打了二十大板的消息，已是小年後的隔天。

消息是趙之廷送來的，她看到信時，差點想衝過去把韓王揍一頓。

好歹曾是自己的女人，竟然這麼絕情！

可能是知道沈晞會回信，來送信的下人一直等在那裡，沈晞便寫信交給他送回去。

之前趙之廷提過的辦法，這會兒能派上用場了。既然姜杏兒求去，多半已是想通，她不用再問姜杏兒的意思。姜杏兒挨了二十板子，以病逝為由被送出來正好。

不過是個小小的侍妾而已，家裡也沒人了，而且還觸怒主子，怎麼可能會有葬禮？不過是屍身一裹，丟到亂葬崗罷了。她相信，以趙之廷如今對韓王府的掌控，假稱姜杏兒已死，再偷偷送出韓王府，不是難事。

只是，她不得不再欠趙之廷一個人情。

沈晞實在氣不過，得知韓王回到別院之後，當日夜裡便換上夜行衣，去了韓王的別院。她觀察過後，確定韓王的侍從裡並沒有高手，就偷偷溜進去，用破布塞住韓王的嘴，套了麻袋，狠狠揍一頓，打得他哼哼亂叫，還打斷了他的一條腿。

哪怕時機湊巧，趙之廷會對她有懷疑，也不可能懷疑是她本人幹的。

韓王府有趙之廷坐鎮，她不敢隨便去，但一個沒高手護著的，還不是隨便她打。

韓王睡得好好的，卻被痛揍一頓，連腿都被打斷，自然怒不可遏，先是把當夜當值的侍從打了一頓，再讓人追查，究竟是哪個狗膽包天的傢伙幹的。自然是一點線索都查不到，負責調查的侍從也被痛打一頓。

韓王躺在床上動不了，越想越氣，他身邊的人陪他尋歡作樂可以，卻沒本事辦正事，最後只能派人去把趙之廷叫來。哪怕他們父子不親近，但趙之廷怎麼說都是他兒子，老子被人打了，做兒子的怎能袖手旁觀。

收到消息的第二日，趙之廷才去別院。

他面對韓王時，神情跟往常一樣冷淡，看不出分毫的孺慕之情。

韓王也不在意，他只想借用趙之廷之手，把害他的人揪出來，怒氣沖沖地說：「不知是哪個狗膽包天的，暗闖進來傷了本王。你定要查出究竟是誰幹的，本王要他生不如死！」

趙之廷的目光短暫落在韓王的傷腿上一瞬，冷淡道：「好。」

韓王早已習慣這個兒子的冷淡，畢竟不是他親自養大的，孫倚竹那女人能說他什麼好話？但他不在乎，他也沒想跟趙之廷演什麼父慈子孝。

因而，他只簡單說了當夜的情形，便交代趙之廷去辦，限期三日內把人找出來。

趙之廷連眉毛都沒動一下，冷漠地應下離開。

俞茂一直憋著，等到回韓王府的路上只剩他們二人時，終於忍不住了，道：「爺，這時機如此湊巧，該不會是沈二小姐吃不得這個虧，找人半夜來傷了王爺吧？」

趙之廷沒有回答。他得知韓王半夜被打斷腿時，也有類似的想法。沈晞確實從來不肯吃虧，韓王差點打死姜杏兒，要說沈晞會報復，也說得過去。

俞茂繼續道：「聽王爺的意思，那凶手武藝高強，不知沈二小姐是從哪兒找來的人。」

趙之廷沈吟片刻，道：「不是沈二小姐。」

俞茂有些急了。「近日韓王招惹的唯有沈二小姐了吧？雖然很難，也不一定找不……」

趙之廷冷冷瞥來一眼，俞茂脊背發涼，趕緊閉嘴。

他懂了，不管跟沈晞有沒有關係，在世子爺那裡都是沒有關係。牽扯誰都可以，絕不能牽扯上沈晞。

「那王爺那邊該如何應對？」

趙之廷道：「我並非捕頭，也非三法司官員，查不出來的事，別說三日，便是給我一個月，也查不出來。他若不滿，去找能查清的人便是。」

俞茂明白了趙之廷的態度，嘴上答應下來，可就是不做。沈晞跟姜侍妾的關係，只有他和世子爺知曉。今日便是姜侍妾「病逝」的日子，到時候就算韓王真的不要臉面去找三法司官員調查，也查不出什麼了。

「世子爺說得極是。」他頓了頓，又問：「送出姜侍妾的事，可要屬下去做？」

趙之廷回道：「不必，我自己去。」

俞茂聽到這個回答，不覺得意外，沒再說什麼。

第六十章

韓王府內，一個侍妾的消亡是悄無聲息的。

青青去找管事的嬤嬤，哭著說姜侍妾死了，管事嬤嬤面上只有厭煩之色。眼看著就要過年，卻出了這樣晦氣的事，管事嬤嬤自然不爽。姜杏兒是因爭寵才會被韓王下令打成這樣，韓王可是親口說了死活不論，那麼死了也不必驚動他，再加上姜侍妾家裡早沒人了，裹條破蓆子丟出去便好。

因此，管事嬤嬤跟去遠遠看了一眼，見姜杏兒果然面色慘白，哪怕這會兒沒斷氣，也活不了，遂吩咐人尋來板車，把人送出去，可不能留過夜。至於青青，則被調去廚房打雜。

不久之後，兩人推著板車過來，車上放著一張破草蓆，將姜杏兒連人帶棉被裹住，放上板車，草蓆一蓋，從後門推出了韓王府。

快過年了，誰也不想招來晦氣，但也有一些好奇心重的，會上前問問是誰歿了。

推車的人不說話，在一旁護著的人毫不在意地說：「不就是前幾日被韓王下令打的姜侍妾嘛，沒熬過，今日便歿了。」

沒人覺得意外，一個嬌滴滴的小姑娘，挨上二十棍，哪能活啊？

板車載姜杏兒離開韓王府，一路慢悠悠的，遠遠看到的人都知道怎麼回事，紛紛避開。

到了一處暗巷，板車在一輛灰撲撲的馬車旁停下，護車的人輕輕喚了一聲。「姜姑娘，到了。」

原本還一動不動的「屍體」，掀開蓆子和棉被坐起來。

姜杏兒的心臟撲通直跳，不敢相信她真的離開了韓王府。

見姜杏兒因激動而呆怔，護車的人道：「姜姑娘，請快上馬車。」

這幾日，姜杏兒的傷勢已養好許多，面上的慘白是敷了粉的緣故。她小心翼翼地下了板車，卻扯到背上的傷口，疼得冷汗直冒，卻咬牙忍住。道了聲謝，一個人爬上了馬車。

恢復原狀的板車繼續往前，將會到達城外的亂葬崗再回來。而載著姜杏兒的馬車則駛向另一個方向。

這會兒，沈晞正在一處偏僻的小院子裡等著。

這個小院子是她在得知趙之廷的計劃之後買下的，為了不暴露姜杏兒，她是讓王五以他的名義買的。

小院子很小，只有兩間房，另搭了簡易廚房，在整條巷子裡十分不顯眼。王五做事妥貼，也不多問，得知這裡會住兩個姑娘之後，除了買下小院子，還準備了不少生活用品和耐存放的吃食，方便她們入住。

沈晞沒等多久，便有人來了。

趙之廷頭上戴了斗笠，遮住面容，進了院子才放下。

沈晞掃了眼，知道姜杏兒還沒來，問道：「事情有變？」

趙之廷道：「很順利，等會兒便能到。」

沈晞放了心。她都想好了，姜杏兒先在這裡住一段時日，養好身體和精神。將來姜杏兒不管想獨立還是再嫁，她都會幫忙安排好。

這個院子離王五住的地方不遠，她沒跟王五說姜杏兒的身分，只讓王五時不時過來照應一下。她不方便經常來，否則反而可能暴露了姜杏兒。

趙之廷望著沈晞，忽然道：「韓王在幾日前的夜裡被人打斷了腿。」

沈晞一愣，對上趙之廷的目光，陡然明白他在試探她，愣怔反應表現得恰到好處，下一刻發自真心地笑起來。

「這算是惡人自有惡人磨嗎？」她頓了頓，又補充一句。「我這樣說韓王，世子爺不會生氣吧？」

趙之廷並不意外。「無妨。」

沈晞也不是真心問的，她早知趙之廷與韓王不親，他叫的是「韓王」，而不是「父王」。當年韓王對他母親做了那樣的事，如今又是這般名聲，他不認這個父王太正常了。

其實她有想過，趙之廷會不會是先太子的遺孤？但所有人都知道，趙之廷是宴平二年出生的，時間對不上。若是要改年紀，這麼大的動靜，真能瞞過宴平帝？

沈晞見過的趙家人都長得有幾分像，從樣貌上分不出趙之廷究竟是誰的孩子。畢竟是關乎皇位是否穩固，她覺得當年宴平帝不至於在這件事上漏掉什麼，畢竟先太子的遺孀是多大的目標，哪能讓她偷偷生下遺腹子。

沈晞收回發散的思緒，神情自然地說：「可查到那位壯士是誰？」

趙之廷的目光並未離開沈晞，只道：「查不到。那人武藝高強，沒有留下任何線索。」

沈晞心道，可不是嘛，她哪能留下線索。一句話不說，打完人就跑，什麼原因都不告訴人家，如此謹慎，對方連她是男是女都不會知道。

「那多半是看不慣韓王為人的俠士吧。」

趙之廷終於收起審視目光。這件事要麼不是沈晞做的，要麼她做得滴水不漏，不怕查。他輕輕應了聲。「這樣的案子多的是，多半破不了。」不管是什麼原因，到此為止了。

沈晞抬眼望去，笑了笑。「那就沒辦法了，韓王只好吃下這暗虧。」

趙之廷也微微一笑。

沈晞道：「這次世子爺幫了我這樣大的忙，我欠你一個人情，需要我做什麼儘管說。」

趙之廷定定看著沈晞，眉頭輕微蹙起，半晌才道：「沈二小姐好像特別怕欠我人情。」

沈晞面色如常。「我怕欠任何人人情。」

趙之廷道：「對趙王也是如此？」

沈晞被問住了。她利用起趙懷淵的身分地位，好像還挺順手，也沒想著還。

她知道自己雙標，也確實明白自己雙標的原因。但被趙之廷如此質問，哪怕是她，也生出了那麼一點不好意思。

她故作自然道：「人與人之間有親疏遠近之分。我與趙王認識得很早，交情不同。」

見沈晞一臉坦然，心中生出的幾分不甘被趙之廷死死壓了回去。

他恢復往日的冷淡，微微頷首。「這人情先欠著吧。我還有事，告辭了。」

沈晞自然不會攔他，這麼做才是最穩妥的。

趙之廷離開時，恰好看到安排的馬車緩緩駛來，他騎馬離開，與馬車交錯而過。

馬車在小院外停下。

姜杏兒聽到車夫叫她，緩慢下車，有些茫然地望著面前的小院。

沈晞探出頭，微微一笑。「妳總算來了。」

一路上的忐忑，在這時候終於安定，姜杏兒忙往前疾走兩步，馬車緩慢駛離。

「沈二小姐，您真的救我出來了……」姜杏兒眼中湧出熱淚。

沈晞笑著扶姜杏兒進入小院，帶她到房內床上躺下。

「既然答應了妳，我總不能食言。妳先安心在這裡住下，妳的丫鬟過兩日便會來。」

姜杏兒要詐死離開的事瞞不過青青，她是先問過青青願不願意跟姜杏兒離府，才將青青一道納入計劃中。

倘若青青留在韓王府，日子不會好過，再加上跟姜杏兒有了幾分真感情，願意跟著姜杏兒走。青青是韓王府最底層的丫鬟，想讓她離開，比送走姜杏兒簡單多了。

姜杏兒充滿信任的雙眸定定看著沈晞，只是點頭。

沈晞又道：「在青青來之前，會有個叫小七的小姑娘先來陪妳幾日。她和她哥哥王五都是值得信任的，我讓他們平日裡多照應妳；妳若有事，也可以跟他們說。」

這時，原本守在院子裡的小翠進來道：「二小姐，王五和小七來了。」

沈晞點頭。「讓他們進來認認人。」

王五和小七進屋，王五待在門邊的位置，沒有靠近，只看了眼姜杏兒的模樣，暗暗記下，便低了頭。

小七快步走上前，先對沈晞靦覥一笑。「沈二小姐，我聽我哥說了您的要求。您放心，我會照顧好這位王姑娘的。」

既然姜杏兒已經離開韓王府，自然要換個身分。這身分依然是趙之廷弄來的，就叫王杏兒，名字不變，姓氏改成她外祖父的。

沈晞笑道：「那就麻煩妳先照應她幾日了。」

小七連連點頭。「我絕不辜負您。」

沈晞失笑，這不是多麼嚴肅的任務吧？介紹兩邊認識後，便打算離開。王杏兒畢竟挨了那麼多板子，還需要休養。

見到您嗎？」

沈晞離開前，王杏兒蒼白的手指輕輕勾住沈晞的衣袖，期期艾艾道：「今後，我還能再見到您嗎？」

沈晞看出她的不安，俯身摸了摸她的腦袋。「當然會。妳要快點養好身體，以後我想找妳出去玩，妳也不至於走不動路。」

王杏兒蒼白的面上泛起紅暈，惶恐眼眸中溢出喜色。「好，我會好好養傷的。」

沈晞看著王杏兒躺下，留下小七照料她，便離開了，王五也跟著走出去。

沈晞溫聲對王五道：「麻煩你妹妹幾日，等她丫鬟來了就好。」

王五笑著說：「能為您做事，是小七的福氣，哪有麻煩之說，您儘管吩咐便是。您放心，王姑娘住在這兒，絕不會受到任何打擾。」

這裡好歹算是他的地盤，一般的地痞或閒漢不敢亂來。若真有個萬一，還有沈晞在呢。如今他也是有靠山的人了。他不會胡亂替小姐招惹麻煩，但麻煩來了，小姐也不是怕事的人。

王五想到一事，低聲道：「二小姐，近來街上有些關於您的流言，是關於韓王世子和趙王的，可要處理？」

沈晞好奇。「傳成什麼樣了？」

王五有些為難，但還是說了。「說韓王世子和趙王為您神魂顛倒，猜測您有多美……」

百姓的八卦當然沒有那麼文雅，沈晞很懂，也沒追問，摸了摸自己的臉，嘆道：「也沒有多美，都沒趙王爺這個男人美。」

趙懷淵不再遮掩樣貌之後，王五沒見過他，只是聽人說過趙王不知怎麼越來越美了，如今聽沈晞這樣說，忍不住好奇起趙王如今的模樣。

沈晞只是隨口玩笑，道：「不用管，總要給旁人一些樂子。」

王五見沈晞不在意，心中佩服至極，遂應下了。

比料想中更快地解決了王杏兒的事，沈晞心情極好，讓車夫駕車慢一點，悠然欣賞著街邊的熱鬧。

還有幾日就是除夕，這時代物資不豐，每到過年才能痛快地大吃大喝，因而年味很重，人人都帶著笑臉，有著對新年的企盼渴望。

沈晞發覺，她有些想念養父母和弟弟，這是她穿越以來，第一次沒有跟他們一起過年。腦中浮現過往過年的記憶，這才發覺，原來她都記得。

半晌後，她笑出了聲。她到底還是對這時代生出了幾分歸屬感，在她沒注意到的時候。

沈晞笑著問小翠。「要不要下去走走？妳想吃什麼？我請客。」

小翠的眼睛立即亮了。「好啊，謝謝小姐。」

沈晞叫馬車停下，主僕倆走入熱鬧街道，時不時在小攤前停留。不一會兒，兩人手上便全是吃食和有趣的小玩意兒，滿載而歸。

等沈晞回到侍郎府，才從門房口中得知，趙懷淵已在府內等她很久了。

門房苦著臉道：「二小姐，趙王爺問您去哪裡了，小人也不知，結果趙王爺非要進來等，這都快一個時辰了。」

沈晞聽了，往手中掃一眼，拿出一串糖葫蘆塞進門房手裡。「來，壓壓驚。」帶著小翠快步往院子裡走。

門房呆愣地看著手中的糖葫蘆，半晌才趕緊吃一口。不愧是二小姐賞給他的，好甜！

沈晞見到趙懷淵時，他正在焦躁地踱步。

在她進來前一刻，聽見趙懷淵問趙良。「溪溪是不是去見趙之廷了？他們該不會一起相約遊山玩水吧？溪溪是不是不要我了？」

沈晞腳步一頓，趕緊往後退兩步，在趙良驚愕的目光下退得遠遠的，假裝剛來，揚聲道：「王爺，您久等了吧？」

這時候，趙良可不敢當面戳穿沈晞的心思，只能退到一旁。

聽到沈晞的聲音，本是背對著她的趙懷淵立即轉頭，連忙迎上來，原本滿是愁緒的哀怨面容染上喜悅，彷彿瞬間從哀哀老者變成了朝氣蓬勃的少年。

「溪溪，妳總算回來了！妳去哪了，我等了妳許久。」趙懷淵飛快地說道。

在他多問幾句之前，沈晞往他嘴裡塞了塊東西。

趙懷淵一頓，像冰雕一樣僵住了。

啊啊啊，剛剛沈晞的手指是不是碰到他的嘴唇了？是甜的！她的手指，跟她的聲音和笑容一樣甜！

趙懷淵呆了一刻，才發現沈晞塞給他的是一塊芝麻糖，很甜。

沈晞笑問：「甜嗎？」

趙懷淵愣愣點頭，隨即嘴角上揚，眼中有光。「甜！」

沈晞道：「我還買了些別的，你要試試看嗎？」

趙懷淵連連點頭。「要。」

前一刻的焦慮完全消失了，他的溪溪念著他，買了很多好吃的東西給他，她心裡有他！

見這張絕色面容露出如此孩子氣的笑容，沈晞沒忍住，又往他嘴裡塞了顆話梅糖。

「甜嗎？」她笑問。

往日沈晞跟趙懷淵一直保持距離，今日反常的親近令趙懷淵樂昏了頭，不假思索地道：「甜！」

隨後他才嚐到嘴裡的味道，那股酸直衝腦門，面上的笑容險些維持不住。

沈晞樂了。「真的甜呀？」

這話梅糖不知是沒做好還是怎的，酸得不得了，她和小翠都被酸得齜牙咧嘴了。

趙懷淵貪戀地看著沈晞的笑，不顧嘴裡因為太酸而失控分泌的口水，用力點頭，雙眸裡躍動著亮光。

惡作劇逗弄他的溪溪也好可愛啊，甜死他算了。

沈晞再次肯定，她就是個俗人，會被美麗的外表魅惑。眼前的趙懷淵笑得太好看了，令她忍不住生出想要據為己有的犯罪念頭。

在她來之前，他明明怨氣很大，可她還沒開始哄，只是餵他吃糖，他便完全不記得之前在氣什麼了，怎麼能這麼可愛啊。

沈晞別開目光，將買的東西放到一旁，問道：「你等我有什麼事？」趙懷淵等了她一個時辰，多半是有要緊事。

她讓下人都離開，趙良也聽趙懷淵的話退下了。

趙懷淵面上還帶著喜色，但見沈晞神情已嚴肅許多，不好再糾纏，忙斂下笑容。「是關於我兄長的事。因時日過久，當年的人死的死，散的散，我只找到了一人。」

沈晞道：「趙良查的？」

趙懷淵點頭。「是，他可能沒告訴皇兄，或者告訴了皇兄，但皇兄並未阻止。不管是哪一種可能，且先繼續用著他。」

沈晞贊同，畢竟他們手上沒有更得用的人，遇到更隱秘的事，再支開趙良好了。她這邊，王五或許也能派些小用場。

趙懷淵並未賣關子，道：「妳還記得周嬤嬤嗎？當年我兄長常在章德殿留宿，周嬤嬤常替表姊去照料，算是那時的舊人。」

沈晞對周嬤嬤還有印象。當初他們一家被叫去韓王府退婚，先是被曹嬤嬤為難，接著是周嬤嬤。周嬤嬤威嚴，不容易動怒，但若與趙之廷有關，便另當別論了。

而且，她記得趙之廷對周嬤嬤還算敬重，他多半是周嬤嬤照料著長大的。

「我記得她，在韓王府地位比較高，連趙之廷都敬重她。」

趙懷淵一頓，聽沈晞口中提及趙之廷，讓他極為不爽，但這會兒在談正事，只好先壓下來，繼續道：「趙之廷可說是周嬤嬤帶大的，直到他十五歲，周嬤嬤才回到表姊身邊。」

如此可見，周嬤嬤是韓王妃極為信任的人，不然不會讓她去照料唯一的嫡子。

沈晞低聲道：「這樣，就不好打草驚蛇了。」這樣的人，多半是打死也不會說出主人秘密的忠僕，哪怕他們豁出去把人綁來，怕是一句實話也問不到。

趙懷淵道：「是，我正讓人繼續盯著。我兄長的事不急於一時，將來總有露出破綻的時候。」或許之後能拿捏到周嬤嬤在意的人或事，當作突破口。

沈晞清楚，就跟當初查王杏兒的事一樣，時隔太久，查得艱難，且查出來的消息也不全，確實不必著急。

趙懷淵再講了一些其他舊人的去向，能查到的人不多，大多數都死了。有些是被震怒的懿德太妃處死，她恨他們沒照料好先太子；有些當時躲過一劫，事後卻因各種原因死了。

先太子本來就不是窮奢極欲之人，身邊伺候的人並不多，因而這樣一鬧，唯一確定還活著的，只剩下了周嬤嬤。

最後，趙懷淵道：「我會繼續查的。當年死因可疑的，我也會調查。」

當年親歷的人不肯說，他們只能從邊邊角角的地方著手，能查到多少是多少。

兩人說完正事，天色已不早，可趙懷淵卻不想走。

「溪溪，妳今日怎麼出門那麼久？」他到底還是問出來了，語氣有些小心翼翼的。

沈晞坦蕩道：「我去安排王杏兒的事。她願意離開，我便接她出來了。」

趙懷淵聽沈晞說得簡單，但他知道，要從韓王府裡把人弄出來，必定不可能繞過趙之廷。也就是說，沈晞跟趙之廷在一起。

趙懷淵悶悶道：「是趙之廷幫忙的？」

沈晞沒瞞他。「是，我說我與王杏兒一見如故，不忍她在韓王府內等死，他便答應了。他不知道王杏兒是我故人的血脈。」

她本就是故意這樣說，而趙懷淵也立即領會到她這話的意思。

這不就是親疏有別嗎？沈晞能告訴他的事，卻不能告訴趙之廷。他才是對沈晞來說，更重要的那一個。

哪怕他明知這是沈晞故意說給他聽的，他也高興。她怎麼不哄別人，就哄他呢？表示她就是在乎他，所以在意他的心情，不願讓他不高興。

這會兒，趙懷淵等了一個時辰的怨念瞬間消失無蹤。

他才是那個在沈晞心裡占據更重要地位的男人，趙之廷可以滾開了！
趙懷淵被徹底哄好，沈晞要送客時，他也不賴著，乖乖地離開。
他想，王杏兒都被接出來，想必將來沈晞沒什麼事要見趙之廷，真是太好了。
正如趙懷淵所想，沈晞在王杏兒離開韓王府之後，確實不打算再多跟趙之廷往來。
看看每次她跟趙之廷在一起時，趙懷淵那炸毛的樣子，還是讓他的毛歇一歇吧。

第六十一章

趙懷淵回到府中時，門房送上一封信，是來自趙王府的。

趙懷淵本不想看，但門房說送信的人很急，太妃這次真的病重，不得不趕快送信。

寫信的是王府長史，信不長，只說趙王妃病重，請趙懷淵趕緊回府看看。

在趙懷淵搬出來的這段日子，太妃不知是悔悟還是因為別的，沒來糾纏，更沒找藉口讓他回去。因此，趙懷淵看到這封信後，猶豫片刻便坐上馬車，那到底是生他養他的母親。

與此同時，沈晞正在吃飯，門房卻來桂園，說是有人求見，對方自稱姓林，是禮部尚書家的。

沈晞覺得奇怪，禮部尚書跟她有什麼交情？總不會是因為最近她和趙之廷與趙懷淵之間的三角關係鬧得沸沸揚揚，派人來罵她吧？遂叫人進來。

來人是個小廝，見了沈晞，恭恭敬敬地低聲道：「回沈二小姐，小人受主子所託，來同您說三件事：今日趙王府的人買了迷魂散；太妃娘家的姑娘入了趙王府；太妃病重。」

小廝說完，就告辭離開，讓沈晞有些莫名其妙。

她知道迷魂散是類似蒙汗藥之類的東西，吃了後會昏睡不醒。那另外兩件事呢？

這小廝自稱是禮部尚書家的，可她跟禮部尚書……她想起來，賢妃是禮部尚書的女兒。

賢妃的人一直在盯著趙王府嗎？賢妃知道大皇子溺水一事是太妃做的？如果是這樣的話，賢妃有了盯著趙王府的理由，可為什麼要跟她說這些事？她救了大皇子，賢妃對她的感激是真的，來說這些，難道是為了報恩？讓她想想……太妃病重，那趙懷淵多半要回去看看。再結合另外兩件事，賢妃想來暗示她的是什麼事，便一目了然。

沈晞抿唇，冷著臉吩咐道：「小翠，我們出府。」

有些人，真是不配當媽！

趙懷淵見到太妃時，太妃確實臥病在床。

好像是春末的花兒迅速枯萎，太妃的臉色灰敗，神情憔悴，見了趙懷淵時，那雙無神的眼睛才多了幾分喜色。

她拉住趙懷淵的手，紅著眼睛道：「懷淵，你總算來了，母親以為今生見不著你了。」

趙懷淵看太妃變成這個模樣，也很心疼，忘掉了往日的爭執，溫聲道：「怎麼會？母親還能健健康康地活許久呢。」

太妃蒼白的面上多了幾分紅暈。「好，有你這句話，母親定會好起來的。懷淵，你今日來，便不走了吧？過兩日就是除夕，辭舊迎新之時，一家人怎能分開？」

趙懷淵原是打算今年的除夕不回趙王府，要偷偷跑去找沈晞守歲的，但見母親哀哀懇求，哪裡還說得出離開的話？母親病得這樣重，他也怕自己陪不了她多久了。

「好，我留在府內過除夕，等年後再走。」趙懷淵道。

太妃的眼淚落下來。「懷淵，你還是要走……」

趙懷淵不語，太妃見他不應，止住哭泣，嘆道：「算了，母親不勉強你。你能留在府中過除夕，已是足夠了。」

趙懷淵沒想到這回母親這麼好說話，一種特別的喜悅油然而生。

這一回的抗爭，終於讓母親意識到過去對他的傷害了嗎？她可是願意改變了？

因為這樣隱秘的期待和喜悅，聽見太妃想同他一起用飯時，趙懷淵根本沒有多想，只怕她坐不起來。

但太妃堅持要跟他一起吃，因為他離家太久，她很久沒跟他一道說說話了。

這樣的理由，趙懷淵哪裡還有話說，見太妃真能坐起身，才放心陪她吃飯。

他們母子吃飯敘舊，自然不需要外人在場。況且太妃一向看趙良不順眼，吩咐趙良自己下去吃時，沒人覺得不對勁。

趙懷淵是真的期待能跟母親和解，這是他多年的心結。但當他吃到一半，感覺到克制不住的睏意時，愣了一會兒，才不敢置信地看向太妃。

「母親，您……對我下藥？」

太妃望著容貌豔極的兒子，避開他那控訴的目光，溫聲道：「懷淵，母親是為了你好。

菲丫頭是母親精挑細選的，可以當你的王妃，你若不喜，便讓她做側妃，總比心機深沈，將你玩弄於股掌之間的沈晞好。」

最近關於沈晞和趙之廷、趙懷淵之間的糾葛，她都聽說了，簡直氣壞了。沈晞可真是會挑人，挑誰不好，偏偏挑她最在乎的兩個人禍害。

因此，原本想繼續隱忍的太妃再也無法忍受下去。她辛辛苦苦養大的兒子，怎能不聽她的，而以另一個不三不四的女人馬首是瞻？她絕不允許！

她知道趙懷淵一定會氣她，可再氣，她也是他的親生母親，再加上她為他挑的丫頭知情識趣，不比那個粗魯狡詐的沈晞好？他也就氣個一時罷了，最後終將明白她的良苦用心。

等到趙懷淵回心轉意，再沒人會護著沈晞，到時候自然是她想怎樣便能怎樣。

趙懷淵跌跌撞撞地站起身，踉蹌動作打翻了身前的瓷碗，一旁的嬤嬤趕緊上前，想去扶他，他卻忽然回身搶了嬤嬤頭上的髮簪，然後狠狠往自己胳膊上扎。

髮簪是鈍的，但耐不住趙懷淵力氣大，胳膊瞬間被扎出個血洞來，劇痛令他獲得短暫的清醒。

他一邊往外跑、一邊喊：「趙良……趙良……」他絕不能就範，要是他被別的女人碰了，怎麼配得上沈晞？她本來就不喜歡他，倘若他有了別的女人，她一定不會再多看他一眼。

太妃見趙懷淵哪怕自殘也要離開，氣血上湧，喊道：「還愣著做什麼？快攔下他！」

哪怕趙懷淵意志再強，也敵不過藥效，在下人阻攔下，連房門都沒能出，軟軟倒下。
太妃見狀，終於安了心，吩咐道：「將懷淵送到菲丫頭房裡。」
但她跟著走出去時，卻見本該吃下摻了迷魂散的飯菜的趙良卻站在外頭，想要阻攔她。
太妃擋在趙良面前，冷冷道：「你膽敢以下犯上？」
趙良望著昏迷不醒的趙懷淵，心中焦躁，但面前的人是太妃，還是他主子的母親，不能動粗，只能恭敬道：「小人不敢。主子既睡了，請容小人帶他回去歇息。」
太妃道：「我的兒子，我自不會害他，就讓他在我院裡歇下。你可以走了。」
趙良好似腳下生根，紋絲不動。「小人是主子的侍從，主子在哪裡，小人便在哪裡。」
太妃早就厭煩了趙良，但此人功夫好，又只聽懷淵的，著實棘手。好在她提前做了別的準備，一聲令下，便有許多侍衛將趙良團團圍住。
「趙良以下犯上，捉住他。他若抵抗，格殺勿論！」
趙王府的侍衛都是太妃的人，她的命令沒人敢違抗，當即圍上來。
趙良武功再高，但雙拳難敵四手，一時間無法破出重圍，只能眼睜睜看著太妃將趙懷淵送入廂房中。
廂房裡，一個妙齡少女正不安地絞動雙手，見到有人進門，驀地起身，怯怯地望過來。
太妃面上露出幾分笑容，道：「菲丫頭，莫怕。今日事成，妳就是我的好兒媳，懷淵心軟，氣也氣不了多久的，後頭自有你們的恩愛日子。」

孫菲兒羞澀地低頭，太妃命下人將趙懷淵放到床上，再次叮囑。「菲丫頭，今日妳一定要成事。放心，妳有足夠的時間。」

孫菲兒的耳朵都紅了，只能硬著頭皮道：「菲兒明白。」

太妃早令人提前教導孫菲兒床笫之事，便帶人離開，只留下孫菲兒和昏迷的趙懷淵。

等到所有人都離開後，孫菲兒在原地站了一會兒，鼓起勇氣走向趙懷淵。

然而，就在她走到床前時，忽然感覺後頸一痛，隨即眼睛一閉，倒了下去，被身後偷襲的人接住，放到一旁的椅子上。

來人自然是沈晞。

猜到太妃要做什麼之後，沈晞怕趙懷淵吃虧，立即趕來。在車夫和小翠的震驚目光下，她先爬上車頂，再上了趙王府的圍牆，翻牆入內。

今日要是什麼都沒發生就算了，若真發生了什麼，她肯定不能獨善其身，到時候就說她是翻牆進來的，反正他們都看到了。

入了趙王府，沈晞收起故作笨拙的偽裝，飛快往太妃所居住的長安院行去。

她避開所有的人，快到長安院時，聽見裡頭的動靜，便知確實是出事了。

她躲在長安院的圍牆外，聽見趙良的呼喊，請求太妃不要做讓趙懷淵傷心的事，他會恨她一輩子，但太妃沒有理會趙良的話。

沈晞躍上牆頭，恰好見到太妃從廂房出來，並且讓嬤嬤守住房門，猜測趙懷淵在裡頭。迅速繞到廂房對面，翻牆入內，從窗戶悄悄爬進去，打昏了走近趙懷淵的女子。

沈晞在趙懷淵身邊坐下，眼尖地發現他手臂上有傷，撩起衣袖一看，有個已經止血的血洞。皺了皺眉，應該是他為了保持清醒而弄出的傷。

此刻，趙懷淵雙目緊閉，眉頭緊鎖，卻因為藥效而醒不過來。

以沈晞的外表來看，一般人自然不可能相信她能把這麼大個人帶出去，她也沒想過就這麼把人帶走。

這事多荒謬啊，親生母親對兒子下藥，讓不認識的女人睡他，把他當什麼了？

她當然不走，她要在這裡等趙懷淵醒過來。

一般來說，迷魂散的藥效不超過半個時辰，外頭的人等半個時辰的耐心總有吧？裡面的人不出去，外頭的人便不會闖進來。

沈晞想了想，走到門邊，悄然將門拴上，發現門外也被鎖住了。

接下來便是安靜的等待。

沈晞替趙懷淵清理手臂的傷口，拿乾淨的帕子包了，打個牢固的結，再幫他蓋好被子。

不知過了多久，趙懷淵終於有了一點動靜。

他的眼睛睜開了些，卻似未完全清醒，手臂緊張地亂揮。

沈晞一把握住他的手，低聲安撫道：「別怕，我在。」

聽到沈晞的聲音，趙懷淵終於安靜下來，不甚清晰的目光望著沈晞，像是在辨認，半晌後才紅著眼睛，含糊道：「溪溪，不要讓他們碰我……髒了就不配跟妳在一起了……」

沈晞低下頭，才勉強聽清楚趙懷淵在說什麼。哇，這麼有男德啊？

之前發現趙懷淵的感情，沈晞只有委婉勸退的想法，不會跟他談論擇偶標準，沒想到他替自己限定了標準，還挺合她心意的。

此刻，趙懷淵尚未完全清醒，只是憑藉著本能說胡話。

他好像控制不了力氣，抓著沈晞的力道很大，眼睛一會兒睜、一會兒閉，在請求沈晞幫他的急切話語中，偶爾冒出一、兩句表白。

「她們不配碰我……我喜歡溪溪，我是溪溪的！只有溪溪才能碰我……」他說著，將沈晞的手往臉上帶，有些熱意的面頰在沈晞的掌心蹭了蹭，雙眸水潤迷濛。「要是溪溪的話，對我做什麼都可以……」

沈晞的心猛然一跳。行了啊，再說就算是勾引了。

她想縮回自己的手，但她一動，趙懷淵就更用力地攥住，只好任由他抓著。

幸好他沒有更多踰矩的舉動，嘴裡喃喃的那些話，她當沒聽見就好。

又過了一會兒，趙懷淵在片刻安靜之後，突然睜開雙眼，徹底清醒了。

他猛地坐起來，驚恐地低頭看自己，見衣衫完好，才鬆了口氣，然後注意到床邊的人。

他驀地往後挪，冷冷看去，發現坐在床邊的人是沈晞，瞪大了眼，又驚又喜。

「溪溪，妳怎麼會在這裡？」

他想起了昏迷前的恐懼，再一掃周圍，發覺這兒似乎是長安院的廂房，而房裡還有另一個陌生的女子。

沈晞好心地解釋。「有人來示警，我便過來了。嗯……我翻牆進來的，來的時候剛好看到這位姑娘想要接近你，就打昏了她，坐在這裡等你醒。」

趙懷淵聽著沈晞的話，不受控制地露出了笑容。

沈晞居然為了他翻牆，她心裡有他！患難見真情，出了事，才知沈晞有多在乎他。

趙懷淵鼓起勇氣，想要乘機表達心跡，外頭卻傳來腳步聲，有人道：「菲兒小姐？」

他記起此刻處境，絕不是能表白的時候，壓下衝動，打算從床上下來。

他的人是清醒了，但藥效還有些影響，剛下地便覺腿軟，幸虧沈晞扶住，才沒有摔倒。

沈晞道：「方才你昏睡，我挪不動你，只好在這裡等你醒來。現在，你打算怎麼做？」

到底是趙懷淵的母親，要怎麼做，是他自己的選擇。

不過，她懷疑趙懷淵對他母親的愛也被折騰得沒剩多少了。今天太妃聲稱病重，還能引來趙懷淵，但發生這次的事情之後，今後只怕真是老死不相往來了。

趙懷淵沈默著，神情痛苦又憤怒。在外頭又叫了一聲時，終於道：「今後我只當沒有這個母親。」

他穩了穩身形，大步往前，將門栓解下，下一刻轉過頭看向沈晞。

「溪溪，妳可以陪我一起嗎？」

既然決定來了，沈晞便不怕暴露，連出現的理由都想好了。

她笑了笑，走到趙懷淵身邊。「當然。我若偷偷走了，你跳到黃河都洗不清了。」房裡還有一個姑娘呢，太妃絕對會以此來箝制趙懷淵，哪怕他們什麼都沒發生過。趙懷淵可以不認，但人家小姑娘怎麼辦？好在，她可不怕這些。

趙懷淵飛快地牽了下沈晞的手，在她出聲前飛快鬆開，心虛似的將房門打開。

外頭是太妃身邊最得力的花嬤嬤，以及看門的兩個老嬤嬤，見出來的竟是趙懷淵，三人都是一愣。

趙懷淵沒看花嬤嬤，側身讓路給沈晞，兩人一起走出來。

三位嬤嬤的眼睛都要瞪圓了，上了鎖的屋裡，怎麼多出一個沈晞？她怎麼進趙王府的，又是如何溜進去？

其中一個嬤嬤急忙跑進屋內，看見仍然昏迷不醒的孫菲兒。再看她與趙懷淵的衣裳，顯然什麼事都沒發生。

花嬤嬤來不及多想，趕緊攔住趙懷淵。「王爺，沈二小姐怎會出現在屋內？您別再讓太妃娘娘傷心了，她都是為您好啊。」

趙懷淵冷漠一笑。「為我好，便是隨意將我送給別人糟蹋，當我是青樓妓子？」

這話說得難聽，花嬤嬤面色一白，忙道：「王爺，娘娘只是太著急了，怕您著了旁人的道，不想您走錯路，將來後悔。」

趙懷淵點頭。「母親這麼喜歡操心，去為趙之廷好好謀劃吧。她不是一向覺得他比我好，不如讓他當母親的兒子好了，我不配。」

花嬤嬤面色更是慘白，往常趙懷淵再怎麼跟太妃置氣，都不會說出這樣的話，這是連母子情分都不要了。

此時，花嬤嬤忽然眼神一直，看向趙懷淵身後。

太妃不知何時站在那裡，聽到趙懷淵的話，眼睛瞬間紅了，靠丫鬟扶著才不至於軟倒。

「懷淵，你怎能這麼說？你才是母親的兒子，在母親心中，你是最重要的。」

以往面對這樣虛偽的話，趙懷淵不會去辯駁，今日卻道：「不，兄長死後，在您心中，就沒有人能越過他了。」

他早看清楚了，只是過去不肯承認罷了。

「小的時候，我時常想，倘若當初死的是我就好了，那樣我也不至於受苦，兄長也能好好活著。您也不會像如今一樣日日以淚洗面，皆大歡喜。」

太妃淚流滿面。「不是，我從未這樣想過。」

趙懷淵盯著她。「那我問您，如果我和兄長間只能活一個，您選誰？」

太妃呼吸一窒。

趙懷淵輕輕一笑。「多謝母親沒有繼續騙我。」

他忽然有種真正放下一切的解脫。他搬出趙王府，未嘗沒有以此迫使母親改變的想法。今日剛來時，他以為母親真的變了，可終究是他癡心妄想。

失望太多次，這回趙懷淵平靜許多，淡然頷首。「我明白了。祝母親今後身體康健。」

太妃怔怔地望著趙懷淵，這一刻，他的模樣風姿竟跟趙文淵重合。

「不，不許走！」她下意識地喊道。

侍衛們遲疑地圍上來，趙懷淵望著他們冷笑。「這裡叫什麼名字，你們想清楚。」

這裡是趙王府。有趙王，才有趙王府，他們本該聽趙王的話。

侍衛們身形一僵，在趙懷淵邁步時，紛紛讓開了路。

太妃站在院子裡，定定看著趙懷淵走出去，在下人們的驚呼中倒下。

可趙懷淵並沒有回頭。

第六十二章

沈晞腳步輕快地跟在趙懷淵身後，等走出長安院，快走兩步與趙懷淵並肩，小聲道：「難過的話，你回去可以一個人悄悄地哭。」

趙懷淵驀地側頭瞪著沈晞。「我沒哭！」他一個大男人，怎麼可能會哭？

沈晞心想，趙懷淵是不知道他剛才迷糊時哭哭啼啼的樣子，可憐又可愛。

她回頭望去，先前見過的馮太醫拿著藥箱匆匆趕來，而太妃的身影已經看不到了。

趙懷淵順著沈晞的目光看，忽然道：「馮大夫跟著母親許久，也是從宮中帶出來的。」

沈晞與趙懷淵對視一眼，明白了他的意思。太醫是最容易知道某些秘密的人，絕對要好好查查。

她乾脆扯下趙懷淵的衣領，在他耳邊低聲道：「你兄長歿了時，你表姊有沒有可能已經懷孕？」

她原本覺得趙之廷的年紀對不上，但是，除了趙之廷外，會不會前頭還有一個？

她突發奇思妙想，問趙懷淵。「有沒有可能，你不是你？」

趙懷淵愣了一會兒，才明白沈晞的意思，神情變了又變，低聲道：「我不是我……那我呢？」

這兒不是說話的地方，兩人理智地住了嘴。

此時，趙良匆匆帶人趕至，見趙懷淵和沈晞並肩而來，忙半跪請罪。「小人來遲了。」

趙懷淵瞪他一眼。「幸好有溪溪在，要是指望你，我的清白都沒了。」

趙良不敢辯駁，見趙懷淵示意他起來，才領著人默默跟在後頭。雖然他很好奇沈晞是怎麼來的，又怎麼單槍匹馬救了主子，但這會兒怎麼敢問。

沈晞想起來，她的馬車停在後門，趙良忙道：「小人去將您的馬車駕到前門。」

沈晞沒攔他，等一行人走到趙王府大門口，她的馬車已到了。

車夫和小翠見沈晞好好的，這才放了心。

趙懷淵逕自鑽進沈晞的馬車，不過他們想談論的事太過驚世駭俗，沒當著小翠的面說，沈晞只說了是如何得知消息，又是怎麼利用馬車翻牆入內，怎麼驚險地避開人找到他。

趙懷淵聽得目不轉睛，眼光灼熱，滿是想以身相許，報答救命之恩的念頭。

很快到了趙懷淵的府邸，沈晞趕緊隨趙懷淵下車進去。雖說趙懷淵的目光依然灼熱，但好歹沒像車裡的氣氛那麼尷尬。

兩人屏退所有下人，讓小翠和趙良在外頭守著。

沈晞重提方才的話。「假如當年你表姊懷孕生下孩子，從時間上來算，雖然有些趕，但完全來得及再生趙之廷。」

趙懷淵順著沈晞的話想了想，搖搖頭。「假設真有這個孩子，也應當不是我。我記事早，有宴平二年的記憶，那時候我已經兩歲多了。」

沈晞也是突發奇想，聽他這樣說，遂撇除這個荒謬的想法。韓王妃生下先太子的兒子，抱給太妃娘娘當作趙王養大這種事，還是有些異想天開。

而且，也不見韓王妃對趙懷淵有多親近，總不能演技好到一點都沒洩漏出來吧？

趙懷淵原本沒往那個方向想，但聽沈晞猜想先太子可能還有孩子一事，忽然道：「我看趙之廷更可能是我兄長的兒子。」

沈晞不是沒想過這個可能，卻被她自己否定了。

趙懷淵蹙眉思索半天，多年的困惑好像忽然得到了解答，恍然大悟。

「我表姊明明十分厭惡韓王，卻極為喜愛趙之廷。而且，她只在趙之廷應該懷上的時間與韓王在一起。而我母親，也很早就親近趙之廷。」

這些事可以有其他合理的解釋，但倘若以「趙之廷是先太子遺孤」這一前提來看，其餘的解釋都顯得蒼白了。

但這對趙懷淵來說，是一種釋然。趙之廷若真是兄長的兒子，不過是另一個替身罷了，根源還是在兄長。

沈晞道：「我記得你之前說過，當年你表姊與韓王成親，是因為韓王酒後失德。倘若那不是韓王酒後失德，而是你表姊蓄意為之……」

當年的太子妃發現自己懷孕，但除去早逝的先太子和四皇子，還有兩個年富力強的皇子。她若洩漏此事，孩子說不定生不出來，只能偷偷隱瞞，再找個冤大頭。

要讓孩子的出身、樣貌不會被人懷疑，自然是找先太子的兄弟最合適。種種考慮下，她唯一的選擇，就是喜好漁色的趙文高。

趙懷淵認同地點頭。「很有可能，這樣很多事就說得通了。」

沈晞說出先前的疑慮。「但依我所見，你皇兄不是容易糊弄的人。若趙之廷為了避人耳目而改了年紀，你皇兄真會一無所覺嗎？」正是因為這原因，她才放下原先的猜測。她對宴平帝總是保持戒備，宴平帝到底有沒有害死先太子，她還未置可否。

趙懷淵對宴平帝的了解比沈晞深，且比沈晞信任宴平帝，略一思量，便道：「就算皇兄知道，也可能當不知道。」

沈晞覺得不可思議。如果先太子有遺腹子，那宴平帝的帝位可就不穩了啊，他還能當不知道？

趙懷淵又道：「皇兄也可能不知情。他一直都很懷念兄長，當時他剛登基，許是顧不上表姊那邊。」

沈晞聞言點頭，這個解釋更合理。當初先太子才是當作下任皇帝來培養的，宴平帝不過是趕鴨子上架，前幾年掌控力不足是正常的。要是換成如今的他，大概什麼小動作都會被揪出來。

那可是皇位啊。為了皇位，出了多少兄弟相爭、父子相殘的事。

沈晞知道趙懷淵與宴平帝感情好，不說宴平帝的壞話，只問：「你打算查嗎？」

先太子的死因和是否有遺腹子，可以一起查。先找到當時的舊人，再一點點拼湊線索。

趙懷淵猶豫片刻，好似面前有一道分界線，越過後不知會是深淵還是平地，令他有些不敢踏足。

他抬眼看沈晞，沈晞看出他的遲疑，柔聲道：「不管你要查什麼，我都會陪你一起。」

兩人隔著圓桌對坐，趙懷淵一伸手，便能碰到沈晞的手，他也這樣做了。

手的熱意傳來，趙懷淵因沈晞的話而生出幾分衝動，如被蠱惑般，急聲道：「溪溪，那妳當我的王妃好不好？」

沈晞一愣，他們不是在談正經事嗎?!

趙懷淵像是怕被沈晞打斷般，飛快地繼續道：「溪溪，我真的好喜歡妳。我每天心裡想的、念的都是妳，連晚上作夢都夢到妳。之前我怕惹妳厭煩，一直不敢說，直到今天，我怕再不說，今後便沒機會了。我不想讓其他任何女子接近我，今後保證身邊只有妳一人，別的女子，我不會多看一眼。妳若應了，我立即去找皇兄賜婚，誰也不能阻止我們。」

方才他在昏迷中醒來，驚恐時看到沈晞的臉，得知是她不顧危險跑來救了他，他便有了衝動的想法，卻被打斷。如今聽到沈晞說願意陪他一起，他再也控制不住胸中湧動著的澎湃情意。哪怕今天被拒絕，他也要說出來。

「不行。」沈晞拒絕。

趙懷淵眉目飛揚的神情剎那委頓下來，雖然知道很可能會被拒絕，但沒想到沈晞會拒絕得這樣乾脆，連一絲遲疑都沒有。

他耷拉著眉眼，不甘地望著沈晞。「真的不行嗎？」

沈晞搖頭。「這個真的不行。」

趙懷淵喪氣地問：「溪溪，妳就一點都不喜歡我？」

問是問出口了，但他沒想到能得什麼積極的答案。沈晞拒絕得太乾脆，一點希望都不給他，可他又不甘心就這麼算了。

因此，當他問完後，見沈晞沒有立即回答，立時生出了些許期待。

在趙懷淵灼灼目光下，沈晞給了個模稜兩可的答案。「我不知道。」

她非常肯定，她並不想當王妃，自由自在的不好嗎，何必替自己套上枷鎖？將來她還想去別的地方多走走看看呢。

因此，她拒絕趙懷淵拒絕得非常乾脆，可他問她是不是喜歡他，她卻遲疑了。

或許還是有一些吧，至少她非常喜歡他的臉。

她不想騙趙懷淵，但她還沒有弄清楚，究竟是真喜歡他，還是單純的見色起意，換成別的美男子也可以，只好給出這樣一個不怎麼負責任的答案。

趙懷淵高興得快跳起來了。

此時，不知道三個字在他眼裡，跟喜歡沒有區別。要是沈晞不喜歡他，就會說不喜歡，可她說的卻是不知道！

沈晞是女子，矜持些、慢一些很正常，他知道自己並非一頭熱就足夠了。他可以給她時間，他願意等她答應他。

想是這樣想，但趙懷淵完全不敢對沈晞有太過踰矩的親密舉動，哪怕此刻有些亢奮，他控制不住，卻只露出燦爛的笑容，聲線猶如摻了糖一樣甜蜜。

「溪溪……」

沈晞無言了，她覺得自己的回答是有些渣的。放在現代，他要是跟她表白，她不介意嘗試談個戀愛。這時代卻不行，她這回答似乎是在吊著他。

差點遠去的道德感回歸，沈晞糾正自己的回答。「我的意思是，我們不合適。」

趙懷淵面色一變，當即捂著耳朵避到一旁，口中飛快道：「我什麼都沒聽到！妳不可以出爾反爾！」

沈晞無語。「……你是小孩子嗎？」

趙懷淵繼續捂住耳朵，不為所動。「妳就是有那麼一點喜歡我，才說不知道。我聽懂了，妳休想狡辯。」

沈晞嘆氣。「行了，好好說話。」

趙懷淵乾脆側過身，不看沈晞，自顧自地說：「反正我早跟母親說過了，我不娶妻，我可以等妳到七老八十。」

沈晞看著趙懷淵死死捂著耳朵的滑稽模樣，到底沒忍住，笑出聲來，托著下巴，忽然輕聲開了口。

「如果你現在回頭，我可以讓你親一下。」

做出完全聽不到沈晞聲音的趙懷淵耳朵倏地紅了，轉頭震驚地看著沈晞。「真的？」

沈晞滿臉無辜。「什麼真的假的？我又沒說什麼。」

趙懷淵急了。「可妳剛剛明明說……」不好意思再說下去，緊張地望著沈晞。

此刻的沈晞下巴微抬，神情似笑非笑，好似在對他說，有種便親上來。

趙懷淵的目光不覺落在那嬌嫩紅唇上，嚥了下口水，受蠱惑般，腳步往前一動，隨即像是被自己的舉動驚到了，忙後退一大步，紅著臉道：「反正……我會一直等妳。」

笑死，果然只是個純情的小孩子而已，根本不敢做什麼。

沈晞起身走到趙懷淵跟前，他緊張地看著她，好似被施法定住一般，不敢動彈，任由她在他肩膀上輕輕一按，他便坐在了凳子上。

沈晞居高臨下地看著趙懷淵，絕色面容上滿是緊張和期待，漂亮的丹鳳眼一眨不眨地從下往上看她，像隻任她為所欲為的幼獸，一切都控制在她掌心。

這一刻，沈晞的理智鬆動了，輕聲問道：「你真清楚你喜歡的是怎樣的人嗎？」

趙懷淵不會懂沈晞問出這句話代表她心中怎樣的糾結，只憑著本能反駁。

他怎會不清楚？沈晞美麗冷靜，聰慧善良，平等平和地待人，同時嫉惡如仇，誰也別想從她這裡占到便宜。她細心敏銳，輕鬆看穿他的心結與不甘，溫柔地寬慰指引。她從不會指責他，在她口中的他，像是另一個人。她的誇讚讓他飄飄然，哪怕他明知自己沒有那麼好。

但很快地，他便發現，沈晞想聽的應當不是這些。

他望著沈晞，篤定地說：「妳怎麼看自己，和旁人怎麼看妳，都與我無關。我只要知道，在我心裡，妳是最好的，是我願意等待一生的人。」

趙懷淵的神情再認真不過，目不轉睛看著沈晞，想讓她感受他說的一切是發自真心。

面對趙懷淵的誠摯心意，沈晞嘆道：「如今我們是朋友，你才會覺得我千好萬好。倘若我們有了別的關係，你會嚇到的。」

趙懷淵不信。「妳私下裡的模樣，我也見過，我怎會輕易被嚇到？」

他以為沈晞說的是在一起後，她可能會吃醋、會使小性子，但他根本不在乎，或者求之不得。反正他不會跟別的女子糾纏，也沒什麼正事要做，成婚後，只要她不膩，他可以天天陪著她。

沈晞看著趙懷淵天真篤定的模樣，心中湧出些許感動，也多了點戲弄的想法。

她忽然笑了笑，道：「我說不會嫁給你，就是不會。可你要是不介意，非要跟我有進一步的關係，也不是不行。時機合適時，我們可以做任何夫妻間能做的事，但幾個月或者幾年後，我會離開。這樣，你也能接受嗎？」

沈晞的話，對一個良家女子來說，絕對是驚世駭俗。

趙懷淵在聽到「夫妻間能做的事」時，臉便立即紅了，等沈晞說完，他忍不住嚥了下口水，訥訥道：「那妳不是……吃大虧了嗎？」

趙懷淵儘量讓自己不去細想「夫妻間能做的事」，也不太理解沈晞的這種大方。要是換成其他男人，不是求之不得嗎？既占了便宜，又不用負責。

可他不行，他怎麼能讓沈晞吃這種大虧呢！

沈晞意味深長地說：「跟你的話，我不吃虧。」

趙懷淵的臉更紅了，他就知道，她喜歡自己這張臉……不對，這會兒不是想這個的時候。

現在他是瘋狂心動又不敢心動。他喜歡沈晞，當然想跟沈晞做這樣那樣的事，但那應該是婚後做的，不然不是唐突了她嗎？她那麼好，他不想對她有任何怠慢。

他眼中浮現茫然。「可是，為什麼？」

沈晞笑道：「所以我才問，你真清楚我是怎樣的人嗎？對朋友，我可以是個好朋友，出錢出力，我都願意。但若是更親密的關係，我沒辦法負擔這樣的責任。」

趙懷淵知道沈晞與眾不同，他便是被這樣的她吸引。此刻雖然震驚於她這極為出格的想法，但震驚之外，他也在努力理解，她為何會這麼想。

然後，他沮喪地發覺，他並不能理解。或許她說得對，他對她的了解還不夠多。

趙懷淵失落地問：「如果不是我，而是能讓妳不要有那麼多顧慮的男子，妳是不是就願意嫁給他了？」

沈晞失笑。「懷淵，你搞錯了。正因為是你，我才願意說出我真正的想法。換成別人，我連個眼神都不會給。」

趙懷淵聽了，原本湧上心頭的自厭情緒頓時消散，可能是被特別對待的歡喜影響了思緒，或許他暫時沒必要了解沈晞為何這麼想，她說的不就是私相授受嗎？只要別讓旁人發現，那就不要緊，不會影響到她。

她原是一口拒絕他的求娶，如今願意給出親近她的機會，他無論如何都不能推開。

只要他把持住，他們還是可以像過去一樣往來，但他更能理直氣壯地去找她。今日她不肯嫁給他不要緊，往來久了，說不定她就願意了。

想通之後，趙懷淵豁然開朗，悄悄伸出手牽住沈晞垂落在身側的手指，有些心虛又堅定地說：「我能接受。」

沈晞打量趙懷淵飄忽的目光，發現他在意的重點可能歪了，提醒道：「不久之後，我會拋下這裡的一切離開，你真能接受？」

這下，趙懷淵清楚了，沈晞的重點是她會離開，而他的重點卻是夫妻間能做的事。

他感到羞窘的同時，陡然明白，沈晞大約是怕她給了他一段時間的甜蜜之後就離開，他會接受不了，才如此追問。

他就知道他的溪溪最好了，明明可以拒絕到底，卻還是給他選擇，還為他考慮許多。

至於她將來可能會離開京城的事，之前她早說過了，但他不怎麼在意。她能離開，他就不能嗎？

趙懷淵想了想，沒說出將來她去哪裡他也可以去的話。在沈晞還沒有非常喜歡他之前，這就是糾纏，他怕惹她厭煩。

他敏銳地察覺到，沈晞說出這個提議時有些許遲疑，這會兒，她應當是有些喜歡他的，但這喜歡多半是因為他的臉。所以，他接下來要做的是，借用接受她這個提議的機會，對她加倍的好，讓她多喜歡他一些，將來願意讓他跟著她走。

趙懷淵瞬間想了許多，全是些作夢都能笑醒的好事，用力點頭，再次堅定地說：「我能接受！」

沈晞本以為她這驚世駭俗的提議能讓趙懷淵退縮，好歹質疑她的人品，沒想到他真的接受了。她倒是不懷疑他見色起意，連她說了都不敢親她的小孩子，還能敢做更踰矩的事？

沈晞微微低頭望著趙懷淵，見他眼角眉梢都是輕鬆笑意，又直勾勾凝視她，像是怕她反悔。忽然傾身，雙手捧住了他的臉。

趙懷淵陡然一僵，像被扼住咽喉似的，眼睫微顫，卻沒敢往沈晞臉上看。

兩人近在咫尺，呼吸相聞，沈晞貼上了他的唇。

趙懷淵徹底屏住呼吸，唯一的感覺只剩下唇上的柔軟，熱血直衝腦門，暈了半晌才陡然回神。

沈晞在親他！

直到這時候，趙懷淵才發現，他高估了自己，他根本把持不住！這會兒，他只想摟住沈晞的腰，讓她坐在他腿上，不讓她離去，好汲取更多的芳香甜蜜……

趙懷淵顫抖著抬起雙手，卻並非如幻想中的畫面般，摟上沈晞的腰，而是推開了她，故作鎮定地說：「趙良他們還在外頭，被看到了不好。」

沈晞心道：但凡你說話別打顫，眼神別亂飄，我就信了你的鎮定。

趙懷淵不看沈晞，繼續道：「那就這麼說定了，我們私下來往，我會小心不讓旁人看到的。今後我們要時常見面，關於調查一事，還有許多要商議的。今天，妳先回去吧。」

沈晞也不說話，在一旁看了趙懷淵好一會兒，但他就是不肯看她。

她不知道自己今天衝動之下做出的決定是不是正確的，至少眼前這張因微微泛紅而更多了幾分魅惑的絕色面容，令她心情很愉快。

她並沒有欺騙他，跟他說清楚他們倘若在一起會有的期限，他依然願意接受，那就是你情我願了吧？

長久的沈默後，沈晞點頭道：「好，等有更多消息了，我們隨時見面。」

她走到門口時，忽然回過頭說：「晚上過來找我也不要緊。」愉快地帶上小翠離開了。

趙懷淵聽到沈晞的話後，腦子裡又冒出許多想法，臉頰發燙，好不容易才控制住亂飄的思緒。

趙良走進來時，趙懷淵突然啪的打了自己一巴掌，把趙良嚇了一跳。

「主子，您這是怎麼了？」趙良急忙衝上來關切。

趙懷淵沒理他，滿臉的懊喪。「我真該死啊！」

雖然沈晞比許多人都沈穩，但她到底才十七歲，只是個年輕的小姑娘，她真的知道她在做什麼嗎？他比她大好幾歲，還是任由她胡鬧……

趙懷淵啪的又打了自己一下。

趙良嚇壞了，連忙追問道：「您是惹沈二小姐生氣了嗎？要不要小人去將她追回來，您好好哄哄她？」以往主子再懊惱，也沒這樣自殘啊。

趙懷淵擺擺手。趙良不好再問，只能守在一旁，免得趙懷淵做出更離譜的舉動。

現在，趙懷淵倒是不打自己了，想到那個令他失神的吻，想到明明此刻已經在唾棄自己，卻還是卑劣地決定放任，不禁罵道：「我真不是人啊！」

趙良傻了。主子，您到底是做了什麼啊……

第六十三章

趙良擔心趙懷淵，但接下來直到除夕那天，趙懷淵成天樂呵呵的，心情比以往好了不知多少。日前被親生母親算計的痛苦，是一點都見不著了。

他猜測，這多半是沈晞的功勞，不知那日兩人到底在屋裡說了些什麼？

這兩天，沈晞的心情也很好。

這種好心情跟期待著哪裡有好玩的事時的心情是不一樣的，雖然同樣有期待和愉悅，卻更多了幾分溫度。

在這個世界，以往她擁有的關係是親情和友情，這回又新增了一種，讓她跟這裡的連結又深了幾分。

她跟趙懷淵說，她在數月或幾年後會離開，但他不會知道她說這話時，心裡的遲疑。

她沒再多想，順其自然吧，人的想法會變成什麼模樣，也說不定。之前她還說只把趙懷淵當朋友呢，現在不是變卦了。

除夕中午，皇宮中有宮宴，滿朝四品以上的官員與其家眷可以赴宴。

一大早，沈成胥就起來了，沈晞自然也不會錯過這樣的熱鬧。

沈晞是在宮門附近看到趙懷淵的，他似乎早來了，不知等了多久，瞧見沈家馬車，便下車過來，嘴上對著沈成胥說話，心思卻全在沈晞身上。

如今，沈晞正是對這段新關係感到新鮮的時候，見到他，心跳似乎也快了幾分。

今日趙懷淵大概是特意打扮過，衣著、配飾無一不華貴精緻，再加上神采奕奕的絕色面容，每個人見到他都會不覺看呆。

沈晞微微別開目光。這樣的大美人真是她能擁有的嗎？有種天上掉餡餅的不真實感。

趙懷淵見沈晞不看她，順著她的目光看去，瞧見守衛皇宮的侍衛，戒備的目光從他們面上一一掃過，發覺每一個都不如他長得好之後，才放了心。

他心不在焉地敷衍沈成胥幾句，見沈晞還是沒搭理他，這遺憾地離開。

這裡到底是皇宮門口，人來人往，他不好跟沈晞親近。以往在外人面前，他不在意表現出跟沈晞的關係，但幾天前他在沈晞那裡得了名分之後，今日反倒拘束多了。

沈晞可以不在意，但他不行。他打定主意要保守這個秘密，不能讓其他人察覺。

等趙懷淵離開，沈成胥突然小聲地惶恐道：「晞兒，妳跟王爺可是吵架了？」

他還沒老眼昏花，方才分明見趙王的眼神老往沈晞身上瞟，但沈晞理都不理。

沈晞笑咪咪道：「沒有。是我輕薄了趙王殿下，再見到他，我太害羞了。」

沈晞跟趙懷淵的想法不同，她不在意被人發現她和趙懷淵的關係。過去她跟他以朋友身分招搖過市時，旁人也不會覺得他們之間真是所謂的朋友。但她跟趙懷淵的關係對這個時代的人來說，到底太超前了，她解釋不清，乾脆不解釋，也不掩蓋。

沈成胥震驚，每一個字他都聽到了，卻覺得幾十年的聖賢書白讀了，竟好似聽不懂啊。

這會兒，沈晞看見上次帶她進去的侍郎夫人，跟沈成胥招呼一聲，便跑掉了。

今日再進皇宮已是輕車熟路，沈晞心想，這次的宴會不知會不會有點好玩的事？剛才見趙良跟在趙懷淵身邊，應當是不用擔心他再被誰設計。

然而，令沈晞吃驚的是，她居然在宴上看到了懿德太妃。

沈晞比許多人都清楚懿德太妃跟宴平帝之間的仇怨，太妃已十多年沒出現在有宴平帝在的場合，今天卻現身，不得不令人心生疑惑。

幾天前，趙懷淵才跟太妃鬧到幾乎斷絕關係，太妃就有了不合常理的舉動。沈晞不禁暗暗戒備，不知太妃今天會為難她，還是為難趙懷淵？

時隔多年後，太妃再次出現在皇宮中，引來不少的暗中打量，但太妃全然不在意，只跟韓王妃坐在一處，誰也沒搭理。

跟懿德太妃前後生下兒子的太后，如今看著和善許多，但當年也恨過自己晚生了兒子，跟太妃的關係並不好。因此今日見到太妃，只是微微詫異，說兩句場面話，便不再多言。

除夕宴便在這種微妙的氣氛下開始了。

宴平帝知道太妃來了，見到她並不吃驚，對太妃的態度跟別的女眷差不多。太妃也未對宴平帝出言不遜，因而沒有沈晞期待中的樂子。

這場宴會平靜地結束了，太妃甚至沒多看沈晞一眼，沒能對上她的沈晞感到深深遺憾。雖然太妃是趙懷淵的母親，但她懟對方多少次了，趙懷淵也沒說不讓她懟他母親，她要是遇上了，自然不會客氣。

宮裡的宴會結束，接下來就是各家自己的熱鬧。

今年是沈晞在侍郎府過的第一個新年，她剛從皇宮回來，就被韓姨娘叫去幫忙。今日府裡的事多，她這個閒人只好領了任務，去安排下人佈置。

晚上的年夜飯是重中之重，韓姨娘忙得不得了，親自盯著廚房幹活。

沈寶嵐也不得閒，被叫去分裝今日發給下人的壓歲錢。這似乎是侍郎府的傳統，下人的壓歲錢都是主子親手包的，以示親和。從前這事是沈寶音在做，而今年交到沈寶嵐手裡。

吃年夜飯之前，沈晞完成任務，回桂園換衣裳，剛進房間就察覺到有人，是熟門熟路翻牆進來的趙懷淵。

趙懷淵看到沈晞，面色有些訕訕，道：「我已經吃過了晚飯，等妳陪家人吃完年夜飯，可不可以早點回來？我想跟妳一起守歲。」

原本沈晞不確定今天趙懷淵會去哪裡過，畢竟是除夕，他親生母親還在，說不定會回趙王府呢。見他偷偷跑來，顯然是打定主意不回去了，又沒人可以一起過年，心中忍不住生出憐惜。

她哪做得出自己去跟人吃飯，獨留趙懷淵可憐兮兮在屋裡等著的事，聞言便笑道：「你等我換身衣裳，我們待會兒一起去，侍郎府總不缺一雙碗筷。」

趙懷淵微微一怔，卻見沈晞眨了眨眼。「你要留在這裡看我換衣服？」

趙懷淵臉一紅，趕緊往門口跑，但跑到一半又覺得不對，不能讓人看到他，折回來翻窗出去，沈晞沒來得及阻止。

等會兒都要一起去見沈成胥他們了，這會兒有必要躲嗎？

沈晞換好衣裳後，趙懷淵再次翻窗進來，面色已恢復如常，跟著沈晞走到門口時，突然回過神來。

「我現在過去，豈不是會被人發現，我是翻牆進來的？」

沈晞無所謂道：「沒關係。」

趙懷淵一臉堅決。「不行，不能讓人知道。」翻窗離開，打算翻牆從原路返回，再繞去正門。

沈晞心想，年夜飯都要在她家吃了，沒必要這樣掩耳盜鈴了吧？

沈晞慢悠悠地走到大廳，就見沈成胥在誠惶誠恐地接待趙懷淵了。

趙懷淵知道沈晞對沈成胥的態度，因此面對沈成胥時，沒有女婿面對岳父的討好，只一臉不耐煩。

「菜不好有什麼關係，本王是來吃菜的嗎？」

只是謙虛一句的沈成胥不敢接話了。是，老夫知道王爺您是衝著晞兒來的。

他望了眼姍姍來遲的沈晞，趕緊把這燙手山芋丟給她。「晞兒，妳來得正好，今日王爺賞光，與咱們一道吃年夜飯。」

沈晞的語氣毫無起伏。「真的嗎？太好了，真是蓬蓽生輝啊。」

沈成胥見沈晞一臉平淡，明白她早知道了，心中暗暗埋怨她不早說，他好再多備些山珍海味，免得怠慢了這位祖宗。

沈家不是世家，沒那麼多規矩，人到齊了便陸續落坐。對於多出來的趙懷淵，眾人也只是多看一眼，誰也不敢多問。

按理，趙懷淵要坐在主座，但沈成胥邀請趙懷淵過去時，沈晞卻拉住趙懷淵的衣袖，將他按在她和沈寶嵐之間的位置上。

所有人都傻了，雖然早知道這兩人關係匪淺，但從前沒見沈晞對趙王這麼不客氣啊。

趙懷淵沒防備沈晞的舉動，坐下時還有些不穩，懵了一下，才對沈晞瘋狂眨眼。私下裡她要怎麼對他都行，但不好讓別人看到他們如此親密啊。

沈晞在這一片寂靜中，泰然自若地坐下，又招呼沈寶嵐也坐好。

沈寶嵐瞥瞥趙懷淵，見他並無不悅神色，便在一旁坐了。心想她可是聽二姊姊的話，姊夫別不讓她坐，反正姊夫也是要聽二姊姊的。

沈元鴻察言觀色的能力差一些，見沈晞失禮，又把趙懷淵的瘋狂眨眼示意當成不滿的瞪視，忙板著臉道：「妹妹，不可對王爺如此無禮。」

沈晞還沒回答，便見趙懷淵驀地轉頭盯著沈元鴻，不悅道：「沈晞哪裡無禮了？她好心給本王讓座，沒有比她更禮數周全的了。」

沈元鴻語塞。「王爺說得是。」

沈成胥趕緊打圓場。「大過年的，坐哪兒都行，重要的是闔家團圓，熱熱鬧鬧的。」

他說到闔家團圓，就見趙懷淵皺了下眉，當即想起趙懷淵不在趙王府過年，反而跑來他們家，肯定是跟太妃吵架了。說闔家團圓，不是往人家心窩上戳嗎？

沈成胥從來不知道自己這麼不會說話，跟不懂察言觀色的兒子沒差多少，當即老實閉嘴，對沈晞使眼色，讓她來處理。

沈晞沒在意沈成胥的眼色，她拉趙懷淵坐這裡，自然是因為這邊放的菜是她喜歡的，最好吃，方便取用。

接下來，眾人瞧見沈晞拿公筷幫趙懷淵挾菜，說了「這個好吃你嚐嚐」、「這個也好吃，錯過後悔一年」、「不好吃，我的姓倒過來寫」等等沒大沒小的話。

他們也看到往常張揚跋扈的趙王根本沒在意沈晞的逾矩，她挾什麼他便吃什麼，連頭都沒多抬一下。

沈成胥甚至想打自己一巴掌，這該不是在作夢吧？哪怕趙王看上了他家女兒，可人家畢竟是王爺，還是向來不好惹的王爺，沒在誰手裡吃過虧、折過脊梁的小祖宗，這會兒怎麼能乖巧得跟鵪鶉似的？

沒人發現趙懷淵此刻的糾結。他太喜歡沈晞幫他挾菜了，她挾的每一樣都好吃，可這舉動太過親密，這樣旁人不是全看到了嗎？與他想要私下偷偷相處的心思背道而馳啊。

但趙懷淵的糾結很快被拋到腦後。桌下，沈晞伸過來的手握住了他的左手，在他怔然看過去時，衝他挑眉一笑。

趙懷淵當即暈乎乎的，什麼都顧不上了。

雖然有遮掩，但手總不能一直不挪上來，因此沈晞只是牽了一會兒，便放開了。

趙懷淵還捨不得，到底在吃飯，怕被人發現，才戀戀不捨地鬆開。

沒關係，等會兒他們回去守歲，他可以一直牽著沈晞的手。

趙懷淵如此安慰著自己，專注於面前還沒吃完的飯菜，完全沒注意到他的異常已令飯桌上的眾人頻頻側目。

始作俑者沈晞還一臉無辜地招呼大家。「在王爺面前不必拘束，菜再不吃就涼了。」

沈寶嵐覺得今日的二姊姊有哪裡不同，但說不上來，只好作罷。見身旁的趙懷淵吃得那麼香，好像也胃口大開。要是二姊姊也能替她挾菜就好了，可惜中間還隔著個姊夫。

沈晞出聲後，餐桌上的氣氛終於鬆弛，眾人心思各異地吃喝起來，總算熱鬧了些。

飯後並未迎來趙懷淵期待的兩人守歲，因為他是明著來的，不好在眾人眼皮子底下跟沈晞回桂園，只能跟沈家人一道守歲。

飯後發壓歲錢，韓姨娘給了沈晞、沈寶嵐和沈元鴻的兩個孩子，卻在趙懷淵這裡卡住。從年紀來說，趙懷淵是未婚小輩，肯定要給紅包。但人家是皇家子孫，這壓歲錢好像輪不到他們家給吧？

韓姨娘猶豫片刻，望向沈晞求助。有沒有資格給壓歲錢是其次，重要的是，該怎麼做，趙王才不會生氣？

沈晞接過韓姨娘手裡的紅包，轉手塞進趙懷淵手裡，笑咪咪道：「韓姨娘給的壓歲錢，明年事事順利，平安喜樂。」

趙懷淵笑著接下，也掏出一個紅包，想要給沈晞。他老想買東西給沈晞，但她什麼都不要，他就想藉著壓歲錢的名義給她，裡頭是好幾家旺鋪的地契。他還藏著那麼點小心思，希望她多少能看在這些產業的分上，在京城落地生根。

沈晞笑看他。「長輩才給晚輩壓歲錢，你想當我長輩呀？」

她作勢要接過紅紙包，卻見趙懷淵面色一變，飛快地縮回手，將紅包藏回去。

好險！什麼長輩不長輩的，他差點就跟溪溪差一輩了！

沈晞見狀，笑得放肆，彎彎眉眼明豔嬌俏。

趙懷淵看呆了，忍不住想，沈晞怎麼這麼好看？不笑時是仕女圖上的端莊美人，笑起來是富有生機的下凡仙女。

朱姨娘偷偷對韓姨娘使眼色，湊過去小聲道：「我怎麼覺得，二小姐今日放肆許多？」

韓姨娘心想，可不是嗎？當年她私下裡跟老爺調笑，也就是這個調調了。

她也小聲道：「莫惹是非。」有些事看看就行，心裡知道就好，不好說的。

沈元鴻見親妹子在趙王面前有幾分輕浮，不怎麼看得慣，然而有方才的教訓，他只當沒看到，其他人更是一個個當自己瞎了聾了。

主子們的壓歲錢發完，便是下人們的。所有下人都來排隊，一個接一個領壓歲錢，嘴上像抹了蜜一樣甜。

發完壓歲錢後，韓姨娘拿出了葉子牌，招呼沈晞去玩。

沈晞拉上趙懷淵，免得他無聊。

沈成胥見趙懷淵也上桌了，怕沈晞他們不懂牌桌上的規矩，跟著加入。沈元鴻見自己父親難得玩，想要一起，卻被沈成胥無情拒絕了。

沈成胥覺得自己這大兒子沒繼承他的眼力，怕他在牌桌上犯渾，乾脆不讓他上。

沈晞沒玩過葉子牌，趙懷淵倒是經常玩，便積極地教沈晞。幾盤之後，沈晞就學會了。

四人玩葉子牌，沈寶嵐和朱姨娘站在後面看，而楊佩蘭帶著一雙兒女在外頭玩耍。

下人們不用全在一旁伺候，連趙良都被趙懷淵趕去別的地方玩了。

沈寶嵐和朱姨娘也加入，輪換著玩。這回恰好輪到沈晞和沈成胥站起來休息，沈成胥便對沈晞使了個眼色，引她到外頭說話。

確認不會被旁人聽到後，沈成胥才關切地問：「晞兒，妳跟王爺可是……好事將近？」

見沈成胥隱藏在關切神情下的激動，沈晞似笑非笑道：「什麼好事？」

沈成胥蹙眉。「晞兒，妳就別在父親面前裝傻了，妳與王爺分明情投意合。」

沈晞望著外頭的夜色，有一隻不知名的鳥兒停在樹枝上，漫不經心道：「情投意合跟好事將近有什麼關係？他說過，不會娶我。」因為她不答應。

沈成胥瞪大了眼，不敢相信趙懷淵如此無恥。哪怕沈晞確實來自鄉野，可到底是他侍郎府的血脈，哪怕當不上王妃，側妃總行吧？

他急切地問：「那趙王想如何，繼續不清不楚的？倘若被人發現，妳的名聲怎麼辦？」

沈晞笑得意味深長。「那父親最好日夜向神佛禱告，別被人發現了。我從不在意什麼名聲，趙王也不怕人逼，但父親可就臉上無光啦。」

沈成胥頓面色一變。他怎麼就忘記了，他這女兒在外頭野了十七年，根本不在乎女兒家的名聲。如果他們之間的事曝光，宴平帝根本不會因為臣子的逼迫而去逼趙懷淵，他這女兒只怕也能厚著臉皮繼續拋頭露面，唯有他會被同僚們私下議論而恥辱到吐血。

沈成胥震驚得不知該說什麼，沈晞又雪上加霜道：「對了，我答應要陪王爺守歲，待會兒我們會一起離開，就麻煩父親幫我們遮掩了。」

見沈晞說完便往回走，沈成胥急忙趕上兩步，張了張嘴，道：「父親知道管不了妳和趙王殿下，但你們千萬……千萬不要做出錯事啊。」

沈晞轉頭看沈成胥，恰好站在光影交界處，沈成胥看不清她的神情，只聽她羞澀一笑。

「父親，您提醒我沒用，王爺想做什麼，我哪裡拒絕得了？您不如去警告他別亂來。」

沈晞氣完沈成胥，歡快地回去了。

沈成胥呆呆地站在原地，半晌後才不顧形象地一拳打在一旁的廊柱上。他要是有那本事去警告趙懷淵，還需要私下找沈晞說這些？

因為氣憤而沒控制好力道，沈成胥痛得齜牙咧嘴，連忙收回手輕輕揉著，想到沈晞剛才的話，頓時覺得未來無光。

他的提醒，女兒根本不聽，好似還挺樂意跟趙王這樣不清不楚的。而趙王那邊，他哪裡敢去瞎說，只能當不知道。

造孽啊，他怎麼就生了這麼個不省心的女兒！

第六十四章

沈晞回去時，恰好見到趙懷淵正在四下張望，看到她便露出笑容，揚聲道：「妳去哪了？該妳了。」

沈晞若無其事地回去坐下，繼續玩牌。

一群人一起熱鬧，時間就過得快。到了午夜，外頭燃起煙花爆竹，互道新年如意。

按照規矩，守歲到此時便結束，有些人家可能會再守一會兒，有些人家便散了。

沈家人打起哈欠，自然是慢慢散了。

趙懷淵還有精神得很，不太想走，但也不能賴在這兒，只能向沈成胥告辭。

沈成胥見趙懷淵要走，沈鬱一整晚的心情陡然好了不少，說幾句客氣話，就要送客。

然而，沈晞追上來，對沈成胥道：「父親，我送王爺便好，您快去歇著吧。」

沈成胥根本不敢走。他一走，這兩人便會拐去桂園了。

他緊盯著沈晞，沈晞也笑望著他。

趙懷淵有些疑惑地看著無聲較量的父女，半晌後，終究是沈成胥敗下陣來，頹然道：「那下官便不送了，王爺慢走。」

沈晞看著沈成胥邁著沈重的步子離開，斂下笑容，眼中浮現幾分冷漠。

她不只是在折騰沈成胥，更是在劃一條線。他名義上是她的父親，實際上卻沒有決定她未來的權力。不僅如此，她做的任何「醜事」帶來的後果，他都得好好受著。

「溪溪？」

趙懷淵身旁只有趙良跟著，遂叫了沈晞的小名，有些疑惑她與沈成胥在做什麼。

沈晞轉頭看他，笑容真切。「要不要再去桂園坐坐？」

趙懷淵一怔，緊張得喉嚨都收緊了。「可以嗎？」

沈晞用行動回答了他，走過來牽起他的手，帶著他快步往桂園走。

趙良瞪圓了眼睛，不由跟著走了一步，又停住。

主子跟沈晞這是要去做什麼？他跟去是不是就不合適了？

這會兒，趙懷淵可顧不上旁人，愣了愣後，反客為主包住沈晞的手，人還沒到桂園，思緒已飛過去了。

只有他和沈晞的守歲！不管他們做什麼，都不用擔心會被別人看到。

他想著想著，突然臉紅，不知道沈晞還會不會再親他……

他腳步一頓，狠狠抽了自己一下。

不是說好私下相處要克制的嗎？他是男人，要有擔當，不能像沈晞一樣隨心所欲。

沈晞見趙懷淵莫名其妙打了自己一巴掌，一臉疑惑。幹麼，冬天還有蚊子？

不遠處選擇跟來也目睹了趙懷淵舉動的趙良心想，主子又犯病了嗎？

面對沈晞驚詫的目光，趙懷淵只能乾巴巴地解釋。「剛剛臉上有點癢。」

沈晞沒太在意，到了桂園，無視滿臉驚異的下人們，領著趙懷淵進去了。

進桂園前，趙懷淵還覺得自己挺光明正大的，他是正經上門拜訪，在院子裡待一會兒就走了。

可沈晞說院子裡太冷了，不等趙懷淵改主意，就把他往房間裡帶。趙懷淵難以抗拒，在房間裡坐下後，便坐立難安起來。

說好了不能讓旁人察覺，他就這麼堂而皇之地進來，豈不是根本瞞不住？從前他還覺得自己率性而為，如今才發覺，跟沈晞比起來，他還差得遠呢。

趙懷淵遲疑道：「這不太好吧？要不，我還是先走了。」

沈晞好笑。「之前是誰說喜歡我？結果連跟我共處一室都不敢。」

趙懷淵脹紅了臉，急切地辯解。「這不是敢不敢的問題，是我不想讓妳被人議論。」

沈晞托著下巴，漫不經心地看著他，回道：「我都不在乎，你倒是急了。」

趙懷淵想，他急不是應該的嗎？她好不容易才接受他的情意，他怎能讓她為此而承受羞辱謾罵。

見趙懷淵是真的為此煩惱，沈晞收斂了，道：「好吧，我今後注意。」

她這樣表現，其實也是種補償，因為她不能像這時代約定俗成的規矩一樣，給趙懷淵一個光明正大的身分，總不好再連跟他的親密都遮遮掩掩，顯得他見不得人似的。

可他偏偏還要在乎她的名聲。

趙懷淵鬆口氣，又叮囑她。「沒人的時候便罷，有人的話，妳可千萬不要讓人發現。」

沈晞順從地點頭。「好。要不你先回去，再翻牆進來，就不會有人說什麼了。」

趙懷淵語塞。這個主意好是好，但他怎麼覺得有點憋屈呢？他今天都翻過一次牆了。

沈晞一見他的表情就知道他在想什麼，湊過去，眨了眨眼睛低聲說：「不覺得這跟偷情一樣刺激嗎？」

趙懷淵面露疑惑，這很刺激嗎？

面對趙懷淵的茫然，沈晞循循善誘。「假裝我是個有夫之婦，卻不受丈夫寵愛，你與我私相授受，為了不被我的丈夫發現，只好半夜翻牆進來與我私會，還要隨時擔心我的丈夫會突然現身，將我們抓個正著……」

趙懷淵全身寒毛陡然豎起，沈晞哈哈笑出聲來。「刺激吧？」

趙懷淵覺得，如今瞞著旁人與沈晞暗中來往，已經夠刺激了。

看著沈晞暢快的笑顏，趙懷淵還是沒答應她的提議，怕他再偷偷過來，會把持不住。

想到今後還有的是時間相伴，趙懷淵戀戀不捨地起身道：「今天累了一天，妳早些睡吧。明日我們去上香，我知道一間山上的寺廟，不會有許多人。」

這裡大年初一不興拜年，互相拜年要到初三以後。初一沒太多事，出門拜拜神佛，討個吉利，也是好的。

沈晞欣然應允，趙懷淵又遲疑道：「妳會叫上妳妹妹嗎？」

沈晞覷著他的神情，慢吞吞道：「留她一個人在府裡，好像不太好。」

見趙懷淵有些失望，沈晞繼續道：「但那又關我什麼事呢？明天就我們兩個，我連小翠也不帶。」

趙懷淵眼睛一亮，興奮道：「那我也……」

「你得帶上趙良，萬一遇到意外，有他在比較安全。」沈晞笑著打斷他，她這身功夫還是得先隱藏著。

至於什麼時候坦白……等時機成熟吧。

趙懷淵想想也是，他的拳腳功夫普普通通，到時候讓趙良離遠一點，別妨礙他與沈晞說話就行。

趙懷淵不敢多留，和沈晞約好之後就離開，還故意繞路，讓下人們看到他走了。

第二日一早，沈晞聽到了放炮聲。開門炮一響，新年開始。

沈晞跟沈家人一起吃早飯，說她跟人有約要出門，拒絕了沈寶嵐殷切的眼神，早早跑去門口等著。

趙懷淵比她還早，馬車停在外頭，趙良在前頭駕車。

沈晞笑著對趙良說了句新年吉祥，便踏上馬車。

趙懷淵在車內昏昏欲睡，沈晞好笑地輕輕戳了下他的額頭，他才陡然驚醒。

「你幾時來的啊？該不會沒怎麼睡吧？」

趙懷淵不好意思說他怕自己睡過頭起不來，睡了一、兩個時辰，就催著趙良出門，已在沈府門口等一會兒了。

「是外頭太吵了睡不好。」趙懷淵解釋一句，殷勤地拉沈晞坐到他旁邊，從暗格裡取出還溫著的茶水和各色點心，以及一些話本。

「路有些遠，我都準備好了。等等妳若覺得無聊，我唸書給妳聽。」

兩人第一次單獨出遊，趙懷淵很是興奮，恨不得連點心都幫沈晞吃了，生怕她有一點不舒服。

沈晞笑道：「那我歇一會兒。」拉開趙懷淵的手臂，靠進他懷裡，再抓著他的手臂環在腰上。

趙懷淵僵住了，偏偏沈晞還在蹭他，似乎是在找舒服的位置。

他很想說，別動了，他不行了，但哪裡捨得溫香軟玉在懷的悸動。

兩人離得近，他聞到她身上淡淡的香氣。幸好冬日衣裳穿得厚，不必承受更多煎熬。

沈晞很快找到最舒服的位置，沒再亂動，趙懷淵才鬆了口氣。

馬車慢慢往前行駛，車廂內安靜得只剩下呼吸聲和心跳聲。

趙懷淵嚥了下口水，小聲道：「可要我唸書給妳聽？」

他話音剛落，沈晞環住他的腰，隨意道：「唸吧，我聽著。」

趙懷淵僵了片刻，才拿起一本話本翻開，開始唸起來。他的嘴巴雖然在動，腦子裡卻完全不記得自己唸了些什麼。

不敢向沈晞直接表明心意之前，他腦中沒有多少兩人獨處的畫面，頂多就是套用話本中書生與小姐的故事，一個讀書寫字，一個紅袖添香，光那些畫面便讓他臉紅心跳。

可真到了這一日，一切遠超乎他想像。

沈晞的舉動超出他的意料，他猜不到她會做什麼，可這些大膽的舉動卻令他受用得很。他沒想過，她願意接受他之後，會是這樣可愛，每個舉動都戳在了他心口。

他故作煩惱地想，沈晞這麼黏人又可愛，要是他不在，她可怎麼辦呀？

趙懷淵正襟危坐，唸著話本的聲音清亮爽朗，卻不知摟著他的沈晞在想，少年好腰啊。幸好她還算有原則，沒有動手動腳。

馬車不快，行駛許久才慢慢停下，趙良在外頭道：「主子，沈二姑娘，到了，後頭便得自個兒走了。」

沈晞這才離開趙懷淵的懷抱，舒展身體，倒了杯茶遞給他。「你唸了一路，渴了吧？」

這樣小小的關切也令趙懷淵受寵若驚，他忙接過茶，一口氣喝完，覺得自己能唸一整天不用休息。

兩人下了馬車。天公作美，今日日頭不錯，照在身上有著些微暖意。

這兒已離京城有段距離，只能在山間看到一些人影，大約是山民。

趙懷淵帶路，沈晞與他並肩走了一條偏僻的小路。這條小路已有段時日沒人走了，好在剛經歷過冬日，路上沒多少新長出來的攔路草，走起來不算麻煩。

趙懷淵總是會提前將路上的雜草踩倒，幫沈晞開出一條路，邊走邊道：「妳要是走不動了，我們就下山。」

他早知道沈晞不是普通的閨閣女子，力氣不小，才會提議爬山上香。但即便如此，她也可以隨時叫停。他只是想跟她在一起而已，做什麼都行，不是非要去上香。

沈晞應下，深深吸了口氣，聞到冰冷清新的空氣，彷彿回到了濛山村。

她忽然道：「過一陣子，我想回濛山村一趟，好久沒見我養父母和弟弟了。」

趙懷淵心中一跳，問道：「那妳還會回來嗎？」

沈晞點頭。「我只是有點想他們了。」

她找到並救出王杏兒的事，也得去告訴王不忘，好讓他放心。他若在天有靈，一定會很得意，他沒有託付錯人。

趙懷淵鬆了口氣，只要不是永遠離開便好，他還沒有做好跟皇兄他們道別的準備。

「到時候，我們一起去，妳可不能甩開我不告而別。」

沈晞瞥他一眼。「你以為我為什麼要現在告訴你？」

趙懷淵頓時揚起笑容，笑得傻裡傻氣。沈晞是特地說給他聽，給他跟的機會，那他肯定不能搞砸了。

他追問道：「那到時候還是我們兩個人？」

沈晞說：「我倒是可以，但你得想辦法甩開你皇兄關照你的人。跟上次一樣，帶個趙良就好。」

趙懷淵滿口應下。「沒問題！」

既然提到濛山村，趙懷淵順勢問道：「溪溪，妳小時候是怎樣的？」

沈晞隨口回答。「跟現在一樣。」

趙懷淵不滿道：「妳別敷衍我，小時候怎麼可能跟長大一樣？妳可做過什麼糗事？告訴我嘛，我不會說給旁人聽的。」

沈晞仔細想了想，沒想到什麼糗事。她是胎穿的，又不是真正的小孩子。

「沒有。」她斬釘截鐵地道，就算有也不會說。

趙懷淵不依不饒。「那我跟妳交換？我小時候做過的傻事可多了，我用兩件換妳一件好不好？」

沈晞故作沈吟。「行吧，你先說。」

趙懷淵的眼睛亮了，想了想道：「三歲以前，我一直以為皇兄是我父皇，每次見到他就喊父皇，長大後還被我皇兄取笑。」

接著，他猶豫了下，才說：「三、四歲的時候，有個傻子以為我是女娃，非要湊上來親我，被我揍了。」

沈晞忍不住發笑，覺得這話多半有所保留，不是要親，只怕已經親上去了吧？

趙懷淵見沈晞笑，臉一紅，催促道：「換妳了。」

沈晞笑咪咪地說：「我早說了，我真沒有糗事。」

趙懷淵瞪圓了眼睛。「妳怎麼耍賴？」

沈晞往前走一步，挺胸抬起下巴看他。「我就是耍賴，你打我啊？」

趙懷淵呼吸一滯，沈晞離得太近，他的眼神不知該落在她紅潤的唇上，還是挺起的……

他往後跳了一步，卻跌進路邊的灌木叢中，登時驚呼一聲。

下方傳來趙良急切的聲音。「主子，您怎麼了？」

趙懷淵扒拉著纏住他的枝椏，揚聲道：「沒事，你不必過來。」這麼丟臉的事，怎麼能讓趙良看到。

這時，他眼前伸出一隻白皙的手，順著手看過去，是沈晞滿含笑意的臉。「快起來，小心有蛇。」

趙懷淵立時拉住沈晞的手，借力起身，轉頭看去。「哪裡有蛇？這種天氣還能有蛇？」

沈晞哈哈笑道：「我看錯了。」

趙懷淵扭頭瞪沈晞，下一刻才發覺因為剛才的借力，他跟她幾乎貼身站著，他的手臂正靠著不該觸碰的柔軟部位。

他滿臉通紅，轉身匆匆往上頭走。「再、再不快點走，太陽都要下山了。」

沈晞無聲淺笑，邁著悠閒的步伐，慢慢跟上。

趙懷淵說的地方，離山腳不算遠。沈晞尚未察覺到疲憊，便看到了那座小小的寺廟。等兩人走近，她才發覺這寺廟好像有點不妙。

趙懷淵疑惑道：「怎麼好像沒人？我上回來，裡頭還有個住持。」

沈晞挑眉。「……就一個光桿住持？」

趙懷淵點頭。「對，這裡不大，又遠。沒有香火，自然維持不下去。」這話解釋了這間寺廟看起來過分安靜的原因。

沈晞若有所思。「沒人的話，豈不是在裡面做什麼，都不會有人發現？」

趙懷淵聞言，羞得耳尖都紅了，急切道：「這裡是佛門重地，怎麼能做那種事？」

沈晞看他一眼，明知他誤會，還是故作詫異道：「強盜殺人，還管是不是佛門重地？」

趙懷淵愣住。「妳說什麼？」

沈晞反問道：「你以為我在說什麼？」

趙懷淵扭頭便走，不肯讓沈晞看到他心虛的模樣。

誰叫沈晞老不注意男女大防，而且前一刻她才貼他那麼近……他順勢想歪也不能怪他。
沈晞還真擔心這間偏僻的寺廟會成為盜匪的據點，連忙跟上趙懷淵。
兩人在寺廟裡轉了一圈，連個人影都沒看見，趙懷淵口中的住持大約是去了別的寺廟。
趙懷淵有些自責。「怪我沒弄清楚，白來一趟。」
沈晞道：「這裡不是還有沒用過的香嗎？插到香爐裡，就算我們上過香了。」
趙懷淵一愣，這也可以？
沈晞說：「反正我們又不是真的來上香。」走過去，牽起趙懷淵的手，笑著仰頭看他。「這一路，你不享受嗎？」
趙懷淵又開始緊張。這一問，他便想起馬車上她靠在他懷裡的情景，他可以回味很久了……
他低頭看著沈晞，糾結又期待她接下來會不會做些「不會有人發現」的事。
沈晞拉拉他的手。「走吧，上完香我們就出去。不然趙良以為我們在裡頭做什麼呢。」
趙懷淵不敢再亂想，老實地跟著沈晞將亂丟在一旁、沒燒過的香撿起，一人一把，拜了拜之後，插到香爐裡。
隨後，兩人相攜離開這已廢棄的寺廟，就見趙良在老遠的地方等著，好像怕走近了，會聽到什麼不該聽到的動靜。
沈晞湊到趙懷淵耳邊，小聲道：「你覺得在趙良心中，我們已經到哪一步了？」

趙懷淵語塞，沈晞抬眼看他。「你該不會什麼都跟他說了吧？」

趙懷淵當即賭咒發誓。「怎麼會？那種事，我怎麼可能跟別人說。」他甚至沒跟趙良說過沈晞驚世駭俗的提議。

不過，趙良一直跟在他身邊，應當能看出他們的變化，但絕猜不出他們的真正關係。

趙良見趙懷淵與沈晞出來，鬆了口氣。荒郊野嶺的，看不到人，他怕他們會出什麼意外。來之前，主子有嚴令，他可不敢靠太近。

只是，他敏銳地察覺到，兩位主子盯著這邊，似乎在說他什麼，他又做錯什麼事嗎？

趙良滿心忐忑，百思不得其解時，沈晞和趙懷淵愉快地掉頭下山。

因為不趕路，兩人走得很慢，時不時停下看看風景。

快到馬車時，趙懷淵道：「元宵時，我們去遊湖吧？那時候岸邊都是花燈，船上燈火通明，很好看。」而且，在船內不用擔心會被別人撞見。

沈晞應下，這時代的娛樂活動不多。這樣的約會，她自不會錯過。

接下來，趙懷淵將沈晞送回侍郎府，晚點他還得進宮一趟。以前的除夕夜，他總跟母親一起過，不會進宮，但大年初一卻是要去宮裡見見他皇兄的。

趙懷淵走後，沈晞也沒閒著，悄悄去看了王杏兒。青青沒那麼快來，是小七陪著王杏兒一起過年，王五只在白天過來一會兒。

見王杏兒一切都好，沈晞才安心離開。

初三後，沈晞忙碌起來，過年期間的禮數不能少，各府互相拜年，親戚之間還要花更多工夫來往。

可能是因為大過年的，沈晞沒再遇到故意找事的人，十分遺憾。

她跟朋友們一起玩了幾天，期間趙懷淵也正經上門過幾次。他不知是在顧忌什麼，不肯在半夜翻牆過來了。

第六十五章

到了正月十五這一日，天色還沒暗下，街頭便熱鬧起來。

沈晞先跟著沈寶嵐和韓姨娘她們一起出門賞燈。到了街上，她跟沈寶嵐說要去別的地方玩玩，不等沈寶嵐追問，便不見蹤影。

被留下的小翠和沈寶嵐面面相覷，沈寶嵐急道：「二姊姊幹什麼去呀，這麼多人，萬一遇到壞人怎麼辦？」

小翠小聲道：「二小姐可能是跟趙王殿下約好了。」這話還是沈晞提前跟她說的，總不能真讓沈寶嵐擔心。

沈寶嵐一頓，酸溜溜道：「二姊姊真是的，有了姊夫便忘了妹妹。」

小翠眨眨眼，一臉無辜茫然。

另一邊，沈晞輕巧地鑽過人群，來到跟趙懷淵約好的雲湖碼頭，見到接應的趙良，跟著他偷偷上了其中一艘十分豪華的遊船。

沈晞直接上了第二層。第二層除了趙懷淵之外，沒有別人，下人跟船工都待在第一層，不會來打擾他們。

遊船兩邊僅以輕紗遮掩，但船艙內放了不少正在燃燒的銀絲炭盆，其實並不冷。

沈晞倚靠在窗戶旁，看著船漸漸離開碼頭，駛向湖中央。

趙懷淵在一旁興奮道：「這湖上就屬我們的船最大，旁人都知道這是我的船，見著便會躲開，我們不必擔心被人發覺。」

沈晞一邊應著、一邊欣賞其他船隻上的點點燈火，心情很不錯。

船在湖中停下，樓下傳來絲竹聲。樓上有一部分地板是鏤空的，可以清晰地聽到樂聲。

此時，湖面上颳起一陣風，窗邊輕紗被吹開些許。

沈晞微微瞇眼，巧的是，旁邊有條船慢慢駛過，有一人立在船頭，正是趙之廷。

趙之廷忽然躍起，隔著不短的距離，跳到了這邊的船頭上。

誰說別人看到這艘船都會躲開的？沈晞轉頭看向還無知無覺的趙懷淵，善意地提醒道：「你大姪子來了。」

趙懷淵一怔，擠過來往窗外看。「在哪兒？」

「上我們的船了。」

趙懷淵驚訝回頭。「他是來找我的，還是找妳的？」

沈晞搖頭。「不知道。」

這些時日，趙懷淵過得太快樂了，都快忘記他還有一個情感上的勁敵。來找他的也就罷了，萬一是看到沈晞才過來的怎麼辦？沈晞剛接受他不久，還是他死乞白賴求來的，要是被趙之廷知道了，橫插一腳，如何是好？

他立即衝出去，隨即腳步一頓，轉身對沈晞道：「溪溪，妳待在這兒，我去去就回。」

今日，他絕不讓趙之廷見到沈晞！

沈晞看趙懷淵著急的樣子，自然不會故意讓他不痛快，沒跟上去，安然地待在船艙中。

趙懷淵到了船頭，趙良先他一步到了，正問趙之廷有什麼事。畢竟趙之廷是不請自來，趙良的語氣有些不善。

趙之廷並未回答，只抬眼看向趙良身後。

趙懷淵氣勢洶洶地趕來，見到趙之廷時，斂起怒容，露出從容微笑，笑咪咪地說：「喲，這不是本王的大姪子嗎？這麼些日子沒見，來給本王請安？」

趙之廷沈默一下，才道：「五叔，我奉母親的命令來當說客。你與太妃娘娘畢竟是母子……」

聽到趙之廷喊他五叔，趙懷淵堪稱驚悚。他這大姪子往常根本不肯認他是叔叔，只肯認表妹這邊的關係，今天怎麼突然變了？

因為對稱呼太過驚訝，趙懷淵幾乎沒注意趙之廷後頭說了些什麼，等到他從震驚中回過神，又陷入了另一種震驚。

以往趙之廷根本不會管這些家長裡短的小事，怎麼今天當起了說客？難不成是被他表姊哭得受不了？

以前他時常因為他母親哭一哭而無奈妥協，覺得趙之廷說不定也是受了這種罪，才會多管閒事。

但了解趙之廷的來意後，他不禁鬆了口氣。只要不是衝沈晞來的就好，至於其他的，反正他不聽，隨便趙之廷說什麼。

按照趙懷淵往常的習慣，聽趙之廷終於叫他一聲叔，說不定還會陰陽怪氣地說上幾句，但這會兒他只想趕緊把對方打發走，只道：「就這樣？我知道了。」

趙之廷微微蹙眉，並未如同趙懷淵所願離開，稍稍遲疑後，又開了口。「五叔，太妃娘娘帶大你不容易。她年紀大了，如今身子也越發差。」

趙懷淵聽得心中微顫，可他忘不了自己是如何一次次地懷抱希望，又一次次地被傷害。他冷漠道：「不是所有父母都愛孩子，你應當比我清楚。」他指的是韓王，從小到大就不怎麼管趙之廷，唯有用得上的時候才假裝慈父。

趙之廷沈默。遠方是遊船的燈火，人間熱鬧，這裡對峙的二人卻是清冷孤寂。

「話，我帶到了，怎麼做是你的事。」

趙之廷乘坐的船就停在不遠處，他做了個手勢，船便靠近了些，他躍起身離去。

趙懷淵沈默地看著趙之廷離開。

船艙中，沈晞透過窗戶望著外頭，沒一會兒，看到趙之廷又回到那艘船上。

兩艘船之間隔著一片湖水，誰也沒說話，兩人的眼神交會片刻，便各自分開。

趙懷淵回來時，沈晞正在撥弄炭火，火光映照在白皙臉上，令她多了幾分虛幻的溫柔。

他腳步一頓，腦中冒出一個想法：沈晞若是當了母親，一定跟他母親不一樣。她或許不會是個寵溺子女的母親，但她一定會給予他們應得的愛，悉心教導他們。她教出的孩子，一定也跟她一樣溫柔強大。

不像他，哪怕不讓自己去想，也改變不了他成長得亂七八糟，一點都配不上她的現實。

趙之廷的勸說加上忽然冒出的想法，令趙懷淵心情跌入谷底，緩緩上前，勉強扯出笑。「還好很容易就把他打發走了。今天他竟然叫我五叔，真是破天荒啊。」

沈晞起身望著趙懷淵，打量他好一會兒才道：「趙之廷說了什麼，讓你這麼難過？」

趙懷淵一驚，側過身，心慌意亂地想，難道是他不小心哭出來了？可他抬手一摸，臉上乾乾淨淨的，並無淚痕。

他急忙否認。「沒什麼，我也沒難過。」

沈晞道：「你越是這樣，我越是想知道他說了什麼。我看他的船還沒走遠，不如我去找他，為你討回公道。」

趙懷淵一愣，那他不是白趕人了？只好老實說：「他是來勸我與母親和好的。」

沈晞了然。「你沒答應。」

趙懷淵點頭。「我明明已經下定決心要與母親決裂，但想到她年紀大了，不知什麼時候便會……我就難受。溪溪，妳會不會覺得我這樣優柔寡斷？」

沈晞笑了笑。「要是你能果斷地與你母親斷絕關係，並且狠下心不顧及她的死活，我才會覺得你可怕。」

親情哪有那麼容易割捨，趙懷淵能做到現在的地步，已經很果斷了，她就喜歡他這心腸柔軟的模樣。他真要冷心冷肺，她還會失望呢。

趙懷淵不覺得這樣真的好，但不管他做什麼，沈晞都會用溫柔的話語寬慰他、支持他，這才是最讓他動容的。

感謝老天，那一日讓他腳滑掉進濛溪，不然這一生沒有遇到沈晞，他該是多麼可憐啊。

趙懷淵胸中湧動著的激烈情緒，令他情不自禁地開口道：「溪溪，我……我可不可以抱妳？」

沈晞輕輕一笑，張開雙臂。

趙懷淵跨了一大步，用力將沈晞摟進懷中，不讓她看到他泛紅的雙眸。

他想明白了，正如沈晞所說，不是每個母親都配稱之為母親，或許他母親於他兄長來說，是個稱職的母親，對他來說卻不是。他是有血有肉的普通人，如今還會掛念母親是應當的，不必苛責自己。

這一夜，沒再發生別的事。正如趙懷淵所說，見了他的船，一般人都會避開，不會來自討沒趣。

第二日，意想不到的客人來了侍郎府。

門房向沈晞稟報時，沈晞正在看話本。

賀知年的話本賣得不錯，她又給他二十兩當作分成。因此，賀知年跟打了雞血似的，問她還有沒有想看的故事？

於是，她又寫了幾個狗血故事大綱給賀知年。他倒也勤奮，已經寫出一本，要是她看過沒問題，便要印出來賣。

對於她的巨額財富來說，這點利潤就是毛毛雨，但誰又嫌錢多呢？反正她就出個大綱，不用她寫，也不用她印。

聽到門房的話，沈晞有些驚訝。「趙王府的花嬤嬤來了？她帶幾個人來的？該不會帶了一群人吧？」

不怪她這麼問，太妃怕是恨死她了，上門哪會有好事？

門房回道：「確實來了一群人。小人見有不少東西，好像是送禮。」

沈晞覺得困惑，但想到前一日趙之廷來當說客，又有些了然。

看趙之廷那邊沒用，就打起她的主意？太妃究竟怎麼想的，他們兩方已勢如水火，太妃怎麼還覺得她會幫忙勸說趙懷淵？

沈晞有些好奇，讓門房單獨把花嬤嬤帶進來。

花嬤嬤一見到沈晞，便是滿臉堆笑，完全看不出往常對沈晞的輕蔑，好像過去兩邊的齟齬不存在似的，熱情地說：「沈二小姐，老奴來向您道喜了。」

沈晞好奇。「哦，什麼喜？」

花嬤嬤笑得見牙不見眼。「這些時日，娘娘已經想通，兒孫自有兒孫福，她不會再反對您和殿下的事。只要您點頭，娘娘願意立即去請旨，請皇上賜婚，聘您為趙王妃。」

沈晞一下笑出聲來，花嬤嬤微微一怔，有些不解。「您的意思是……」

沈晞面上還帶著笑意，好像聽到了什麼趣事。「太妃派妳來，得咬碎了多少顆牙啊。」

原來是打算用趙王妃的位置籠絡她，讓她勸說趙懷淵回趙王府。在太妃看來，當然極其不願做這筆買賣，但為了兒子，肯定要下血本。

花嬤嬤的笑容有些僵硬，卻還是硬撐著道：「沈二小姐，從前娘娘是做了些不妥當的事，但如今確實是想明白了。人非聖賢，孰能無過，您說是不是？如今娘娘想通了，您也能得償所願，這不是皆大歡喜嗎？」

沈晞撫掌道：「太妃想得很美。不過，難道你們沒想過，我根本就不想當趙王妃嗎？」

花嬤嬤眼睛微瞠，顯然從未想過這個可能，乾笑道：「老奴見您和殿下是郎才女貌，天造地設的一對……」

沈晞打斷她。「所以呢？我覺得我跟韓王世子也是郎才女貌，天造地設。你們若能讓我當韓王世子妃，我倒是可以考慮一下。」

花嬤嬤變了臉色，這話她可不敢回去跟太妃說。「沈二小姐說笑了，世子爺又不是娘娘的兒子，娘娘作不了主。」

沈晞道：「那我不管，太妃想要我幫忙，自然要完成我的願望。」

花嬤嬤沒想到沈晞這樣冥頑不靈，胡攪蠻纏。來之前她還認為趙王妃這個位置給得太高，側妃或許就夠了。沒想到，別說側妃，連正妃的位置都不管用。

事情超出預料，花嬤嬤只好匆匆告辭離開。

沈晞冷眼看著花嬤嬤離去，心裡不禁為趙懷淵鳴不平。趙王妃的位置可以隨便許出去，但韓王世子妃的位置不行。哪怕花嬤嬤說太妃決定不了，可太妃不也讓趙之廷來勸說趙懷淵嗎？以前也沒聽說趙之廷管過這種事。

沈晞想到除夕至今的事，有種奇怪的預感。

太妃隱居多年，突然再次回到眾人眼中。與此同時，太妃似乎急著想要把趙懷淵哄回去，是不是有什麼事要發生了？

她說的話是為了諷刺花嬤嬤，但她也知道，關於趙之廷的話，同樣能刺激到趙懷淵。而且，太妃說不定會拿這些話大做文章。

因此，花嬤嬤離開後，沈晞便跑去找趙懷淵。花嬤嬤要先回趙王府覆命，真要搞事，也得等請示過太妃之後。她先去跟趙懷淵說一聲，趙懷淵就不會生氣了。

巧的是，沈晞來時，趙懷淵恰好要出門去找她，二人在門口相遇，趙懷淵面上當即泛起了璀璨笑容。

「溪溪，妳怎麼來了？我正要去找妳。」

沈晞笑道：「表示我們心有靈犀。」

趙懷淵面上露出自得之色，跟沈晞一道進門。

沈晞跟他說：「剛才你母親身邊的花嬤嬤來了，說是你母親答應了我們的事，願意去向皇上請旨，聘我為趙王妃。」

趙懷淵一驚，隨即皺眉。「她想做什麼？」

雖然他很想讓沈晞當他的王妃，但沈晞不願意，他才不會強迫她。但這是他和沈晞之間的事，他母親應當不清楚，這件事定是他母親的討好之舉。

他不太相信，就一日工夫，他母親會變化這樣大。

沈晞道：「大約是想給我好處，讓我勸你跟她重修母子情吧。不過……」

趙懷淵追問道：「怎麼了，她還說了什麼？」

沈晞嘆息，望著趙懷淵的目光藏了些許憐惜。「我本以為你母親是真的在意跟你的母子情，但我稍微試探了下，發覺她或許只是想讓你重歸她的陣營，免得你成為她的敵人。」

趙懷淵面露驚異。「這怎麼說？」

接下來的話不好在大庭廣眾之下說了，趙懷淵屏退所有人，偌大屋裡只剩下他與沈晞。

趙懷淵壓著心中的忐忑，問道：「溪溪，妳發現了什麼？」

沈晞說：「你還記得我們之前的推論嗎？趙之廷可能是你兄長的兒子。你母親近來的一些舉動，讓我覺得不安，她可能……想要趙之廷上位。」

趙懷淵驚得跳起來，他母親想謀反?!

緊接著，沈晞將她要坦白的話藏在這驚天消息之下。「我試探過花嬤嬤，故意說讓我勸你也可以，但我不要趙王妃的位置，要韓王世子妃的。」

她瞅著趙懷淵的臉色，在他有所反應之前，繼續道：「你猜花嬤嬤是何反應？」

趙懷淵果然被帶著走，趕緊追問道：「她怎麼說？」

沈晞道：「她一臉我在說什麼鬼話的表情。懷淵，你母親願意讓出趙王妃的位置，也不肯讓人碰趙之廷，我想，他的身分應該如我們猜測的那樣。」

趙懷淵想起昨夜趙之廷破天荒地替他母親來勸說自己，實在奇怪，但聽沈晞一說，他就明白了。他們都是一夥的，只是為了讓他回到他們那一邊。

趙懷淵沈著臉，腦中有些茫然。

所以，趙之廷真是他兄長的遺腹子，而他們這些人，是暗地打算推翻皇兄嗎？

他從來沒忘記過，他母親一直在說，那皇位本來就不該是皇兄的，皇兄是鳩占鵲巢。

那時候，他並未多想，只想當個富裕的閒散王爺，而兄長又沒有子嗣，他母親說再多也無用。

可是，倘若趙之廷是兄長的遺腹子，那母親那些話便不是氣話，而是多年來的夙願。將自己的話完美包裝之後，沈晞不怕花嬤嬤再來趙懷淵面前嚼舌根。見趙懷淵面色難看，勸慰道：「早點看清楚他們的目的也好，免得今後被他們陷害。」

趙懷淵一震，如果他真因母親服軟而回到趙王府，接下來會發生什麼事？他無知無覺地繼續與皇兄來往，皇兄也信任他，母親說不定會借用這種信任，借用他的手對皇兄不利……

他艱難地道：「妳說得對。我已間接害了大皇子，不能再讓皇兄受傷了。」

沈晞輕嘆，伸手摸了摸趙懷淵的下巴，語氣越發柔和。「他們利用你，是他們的錯，你就不要自責了。哪有被傷害了，還要怪自己被傷害的姿勢不對的。」

趙懷淵愣了愣，到底沒忍住，笑了起來。

他按住沈晞的手，下巴在她掌心裡蹭了蹭，喃喃道：「倘若沒有妳，我該怎麼辦？」

沈晞笑道：「沒有我，你不早歿了？倒也不必傷懷如今的一切。」

這話不怎麼中聽，但趙懷淵知道是事實，正要回應，便聽沈晞輕笑。「幸好我那日去釣魚，遇到了你。」

趙懷淵面露喜色。

嗚嗚嗚，沈晞是真的在乎他，他真是每一天都比前一天都更喜歡她一些。

兩人的話還沒說完，便聽趙良在外頭道：「花嬤嬤來了。」

趙懷淵蹙眉，沈晞說：「你去聽聽花嬤嬤想說什麼吧。」

趙懷淵點頭，見沈晞懶得動彈的樣子，遂獨自去見花嬤嬤。

花嬤嬤一見到趙懷淵，就激動地哭了。

「王爺，這些時日未見，您都瘦了。娘娘日夜惦念著您，也瘦了一大圈。娘娘想通了，兒孫自有兒孫福，她不願再因這些事而與您生出嫌隙，因而方才讓老奴帶著重禮上門去尋沈二小姐。老奴看到您對沈二小姐的一片心意，可您知道她是怎麼說的嗎？」

趙懷淵神色淡淡地聽著花嬤嬤哭訴，等她說完才道：「她怎麼說的？」

花嬤嬤沒察覺異樣，連忙道：「沈二小姐竟然說，她不想成為趙王妃，想當韓王世子妃，她這是將您的拳拳心意踩在地上啊。」

趙懷淵早從沈晞那兒聽到這些事，知道花嬤嬤這話是為了試探，雖然還是有那麼點不高興聽到沈晞想當韓王世子妃，但他知道她是為了正事，這點小小的不舒服，只好自己受了。

「哦，趙之廷確實比我好，沈二小姐有這樣的想法也難怪。」

花嬤嬤本以為趙懷淵聽到沈晞的話會暴跳如雷，更容易乘機說服他回歸趙王府，畢竟太妃是他母親，旁人都靠不住，哪知他的反應是這樣。

花嬤嬤愕然望著趙懷淵，很快反應過來，連聲道：「王爺，您怎麼這麼想？在娘娘心中，可沒人比得上您。」

趙懷淵冷笑一聲，懶得爭辯，他已經厭倦了她們這樣的睜眼說瞎話，厭煩地問：「還有別的事嗎？」

花嬤嬤說不出話來，她不明白趙懷淵為何會是這樣的反應，怎麼看都不對啊。

趙懷淵轉頭就走，不肯再跟花嬤嬤多廢話。有這工夫，他跟沈晞多待一會兒不好嗎？

花嬤嬤滿心疑惑，又不得不離開，回去後，便將趙懷淵的反應稟報給太妃。

太妃本抱著極大希望，聽完花嬤嬤的話後，不禁紅了眼，低聲啜泣起來……

第六十六章

趙懷淵回了房，與沈晞繼續之前的話題。

趙懷淵簡單說明花嬤嬤的來意後，沈晞笑道：「還打算來挑撥離間啊？幸好我與你互相信任，不會輕易被旁人挑撥。」

趙懷淵就喜歡聽沈晞說這種話，他們本來便該是親密無間的。

在沈晞未雨綢繆之下，花嬤嬤的事一句話就過去了，遂將此事拋在腦後，問起正事。「關於趙之廷的事，你打算如何？」

若趙之廷跟太妃他們真想謀反，那事情就鬧大了。

趙懷淵深深地蹙眉。「我不知道。」

他雖然與母親決裂，但也不能看她自尋死路。可謀反這事太大，除了沈晞，他甚至找不到別人商量。

母親的想法不難理解，當年他兄長是太子，差一點就要成為皇帝，偏偏去世了，他母親怎麼可能甘心？多年來，她看著他，想到的都是兄長，只怕她看趙之廷也是一樣。

沈晞輕輕握住趙懷淵的手。「這事確實難辨，兩邊都是你的血脈親人。不過，這一切都只是我們的猜測，先調查吧。」

謀反是大事，即便是猜測，他們都不能告訴別人，只能自己查。

趙懷淵點頭。「好。」

沈晞沈默一會兒，又道：「歷史上所有想篡位的人，都需要一個名正言順的理由。可你皇兄尚算英明公正，在他的治理下，百姓安居樂業。而且，趙之廷如何證明他的身分？」

太妃他們若想謀朝篡位，一定是要讓趙之廷當皇帝，為了堵住悠悠眾口，只能告訴天下人，先太子是被宴平帝害死的，所以先太子的遺腹子當皇帝，是天命所歸。

那麼，太妃他們有兩個難題要解決，一個是如何把宴平帝拉下馬，另一個則是如何證明趙之廷的身分。

從長相上當然不行，他們當初利用韓王掩護趙之廷，就是利用兄弟間的孩子長相會相似這一點。反過來，他們怎麼證明趙之廷不是韓王的兒子，而是先太子的兒子？

沈晞看向趙懷淵，趙懷淵篤定地低聲說：「知道當年表姊已懷孕的宮中老人。」

依據他的調查，先太子身邊的老人，如今知道下落的有目前待在趙王府的馮大夫，以及在韓王府的周嬤嬤。巧的是，一個負責診斷，一個負責照料。

兩人對視一眼，沈晞道：「我猜，現在已經找不到這兩人了。」

從前這兩人普普通通地出現在人前，誰也不會懷疑。但在太妃他們不再隱忍，開始行動之後，馮大夫和周嬤嬤就是重要證人，一定要好好保護起來，不能出一點差錯。

趙懷淵忙起身出去找趙良吩咐了幾句，趙良很快應下去辦。

沈晞托腮，目光漫不經心地落在手邊的杯子上。「懷淵，你母親一直認定你皇兄是殺你兄長的人，到底是你母親偏執，還是她真的知道什麼？」

趙懷淵抿緊唇，喉嚨裡像是墜了塊石頭，無法開口。

沈晞抬眼看他。「繼續查下去，你很可能得面對血淋淋的真相。其實你不查也可以，不管哪邊贏了，你總不會沒命。實在不行，大不了浪跡天涯。」

趙懷淵白著臉，一時並未出聲。

沈晞理解，這是個很難做的決定。

許久後，趙懷淵才道：「我要繼續查。」或許是因為他也有著跟他母親一樣的偏執，他依然相信皇兄沒有害過他兄長，所以他一定要知道真相，還皇兄清白。

沈晞笑了笑，趙懷淵要查，她便捨命陪君子了。

兩人又認真分析一番，直到趙良歸來。

趙良稟道：「五日前，馮太醫告老還鄉。昨日，周嬷嬷也回鄉去了。」

沈晞和趙懷淵面色微變，這是被他們猜對了。

等趙良退下後，沈晞和趙懷淵陷入沈默。

許久後，沈晞道：「你覺得，趙之廷知道多少？」

拋出這個問題後，沈晞突然想起幾個月之前，她夜探富貴牙行，回來時曾遇到趙之廷在某處偏僻宅子與人私會。如今想來，多半是與謀反有關，私會的人很可能掌握了兵權。

趙懷淵回憶著過去與趙之廷接觸的點滴，還是搖頭。「看不出來。」

沈晞覺得，趙之廷應該是知道的，而且知道的時間怕是比較早。不然，同是趙家人，怎麼趙之廷年紀輕輕就去了軍中歷練，且身上的氣質除了殺伐果斷，還有種散不去的陰鬱沈寂，多半是被肩上的擔子壓到自小失去了從容成長的機會。

馮太醫和周嬤嬤已經被藏起來，很難找，比較容易的是從另一個謀反條件來入手。趙懷淵和沈晞商議好，在沈晞離開後，才悄悄吩咐趙良，讓他派人好好盯著趙之廷，說是害怕趙之廷會私下去跟沈晞見面。

趙懷淵一直視趙之廷為情敵，這個理由非常合理，哪怕趙良有疑問，也不會懷疑什麼。倘若趙良真發現了不對勁的地方，那就不怕讓宴平帝知道了。

趙懷淵清楚，他心底還是偏向皇兄。他有種感覺，若是趙之廷這方贏了，皇兄一定會死；若是皇兄贏了，趙之廷他們好歹能保住一條小命。

沈晞原本打算，正月十五之後回濛北縣一趟，但出了趙之廷的事，她不好再離開。想送信去，卻因擔心事態失控牽連養父母他們而作罷。

之後幾天，太妃並未死心，依然時不時派人來當說客，請沈晞幫忙勸說趙懷淵，甚至還去找沈成胥。

沈成胥不敢得罪太妃，更不敢得罪趙懷淵，最後乾脆裝死不回應。

日子就這麼平靜如水地流逝，到了二月。

這日，沈晞去探望王杏兒。王杏兒的身體已經大好，青青也到了，主僕兩人有吃有住，還有人照應，肉眼可見地胖了一圈。

沈晞還記得第一次看到王杏兒時，身上那種花朵將謝的衰敗，如今王杏兒又成了花期鼎盛的少女，她看了就開心。

她難得心情輕鬆地回家，注意到筆挺站在侍郎府門口附近的少年，竟是她弟弟沈少陵。

沈晞還以為自己看錯了，但沈少陵是她看著長大的弟弟，就算化成灰也不會認錯。

這時，沈少陵也看到了從馬車下來，身著錦衣的沈晞。

沈晞在濛山村時雖賺了不少錢，卻不張揚，穿的衣服跟同村人差不多，灰撲撲的，漂亮是漂亮，但沒那麼突出。很多富家公子來找她，都是在她盛裝打扮，扮過雨神娘娘之後。

此刻的沈晞，身上的衣服是精心訂製的，衣料柔軟鮮亮，大小合身。除了彰顯富貴的衣衫，還有頭髮上的嵌寶石髮簪，身旁跟著穿得比鄉下地主家小姐還好的丫鬟。

沈少陵覺得眼前的沈晞既熟悉又陌生，臉還是那張臉，人還是那個人，但給他的感覺很不同，好像他們之間被劃下了一道鴻溝；看著近，卻不可觸及。

一聲「姊」就在喉嚨口，卻好像哽住了，喊不出來。

在沈少陵糾結的注視下，沈晞好似沒看到他，目不斜視地往侍郎府內走去。

這一刻，沈少陵的心直往下墜。來之前他想過許多次見到沈晞時的場景，雖擔心她可能會不認他，但想到過去十幾年的相處，覺得她不是這樣的人，因而心懷忐忑，卻不曾退縮。

此刻，夢碎了，沈晞明明看到他，卻好像沒看到一樣。她入了侍郎府，就不要他這個鄉下來的弟弟了。

沈少陵死死盯著沈晞，直到她的背影消失，才徹底失望，抬手擦了下眼睛。

雖然沈晞不肯認他，讓他傷心了，但他想，住在京城大官家一定不好過，她肯定是有苦衷。跟他相認，說不定會讓她無法在家中自處，才不得不假裝不認得他。

幸好他沒跟門房說明來意，只是遠遠等著，不至於讓她為難。

他是沈晞帶大的，她像是溫柔的姊姊，也像是引導他成人的老師，他萬分感激她讓自己成長為如今的模樣。

只是，那些相處的點滴，已成了他最後的美好回憶。

在沈少陵想轉身離去的一刻，門內忽然探出個人來，一張熟悉的笑臉映照在他眼中。

「驚喜吧？刺激吧？」沈晞扶著門框，笑咪咪地說：「是不是以為我不認你，打算回去哭鼻子呢……哦，已經哭了啊。」

驚喜交加間，沈少陵通紅的雙眸像是個笑話，他呆怔片刻，惱羞成怒道：「姊，這種事怎能開玩笑！」

沈晞悠然走到沈少陵面前，笑道：「少陵，你以為我為什麼不寫信呢？我等這一刻，可是等了好幾個月。多謝你，我滿足了。」

沈少陵氣結，他就不該來！轉頭要走，卻被沈晞扯住衣袖。

「好啦，別氣了，姊跟你道歉。」沈晞立刻賠不是。

沈少陵的氣來得快，去得也快，回頭看向沈晞，眼裡帶著些許委屈。「我剛剛真以為妳不認我了。」

沈晞笑道：「這麼好的弟弟，我怎麼會不認？來，跟我進去，好好說說你怎麼來的。」

沈少陵面露遲疑。「我方便進去嗎，會不會給妳惹麻煩？」

沈晞聞言便知，沈少陵以為她在侍郎府的日子過得戰戰兢兢呢。

她不多解釋，拉著沈少陵往裡面走。「跟我走就行了。」

門房在一旁恭敬地低著頭，沈晞停下腳步道：「這是我的弟弟，我跟他從小一起長大，感情很好。今後他再來，可別讓他在外頭等了。」

門房誠惶誠恐。「是。二小姐，是小人失責。」

沈少陵忙道：「姊，是我自己沒說，不怪他。」

門房諂媚地笑。「都怪小人，小公子在外頭待了許久，小人也不知上前問問。」

沈晞道：「下回記住就好。少陵，走吧。」

沈少陵很聰明，被沈晞帶大的他從小便讀書明理，觀察敏銳，看到渾沈晞不在意，而門房恭敬諂媚，明白沈晞的狀況比他料想的好很多。

沈少陵跟在沈晞身旁，一路走、一路觀望。他去過縣令府上，那已是普通人仰望的富貴，而侍郎府有過之而無不及，難免覺得不自在。

路上碰到的下人，對沈晞很是恭敬，看得出來，他們也很喜歡她。

沈晞問他。「你怎麼來了？路上好走嗎？」

沈少陵聞言，露出些許驕傲之色。「我充歲貢入國子監了。三月前入學，我提前來。」

沈晞豎起拇指，誇讚道：「好樣的，不愧是我弟弟。」

沈少陵微微笑著，他拚命讀書，就是為了能被選入國子監，來京城見沈晞。原本按照沈晞給他的規劃，他會在縣城按部就班地讀書，大些再考科舉。因為沈晞說，他沒多少心眼，太早進入官場，被人賣了還幫人數錢。

沈少陵覺得沈晞太小看他了，但他願意聽她的，要不是她在他小時候堅持要送他去讀書，他如今還在田裡耕作呢。當農民太苦了，靠天吃飯，老天若不善，不知要餓死多少人。

沈晞想了想，腳步一停。「既然還未入學，你先住在我這裡。走，我們去見見韓姨娘。侍郎府沒有女主人，韓姨娘和我大嫂一起執掌中饋。」

沈少陵不自在地扯了扯衣袖，遲疑道：「姊，我只是想來見妳一面，就去國子監的。」

沈晞上下打量他。「不行哦，你直接去國子監，會被孤立，甚至被欺負的。」

若家裡真的窮困，是沒有機會讀書的。讀書人家，到底有些家底，而能進入國子監的學生，家族蔭庇的多，難免先敬羅衣。她知道沈少陵被她教得很好，不會趨炎附勢，但如果能讓他入學後過得順利些，何必自討苦吃？她又不是沒有條件。

沈少陵道：「姊，妳是不是嫌棄我？」他的衣服乾淨整潔，只是料子一看就知道來自貧苦人家。但他模樣俊秀，神態平和，目光清正，沒有吃多了苦的人身上被苦難浸透的哀愁。

在鄉下，為了不被人惦記，自然低調為上，但到了京城這種繁華地，就不用有那麼多顧慮了。沈晞覺得，只要換身衣裳，加點配飾，沈少陵看著就跟京城貴公子沒什麼兩樣。

「爹娘怎樣？有沒有愛惜身體？」沈晞岔開了話。

沈少陵點點頭。「他們一向聽姊的話，不敢太勞累。我來之前，他們還想帶吃的給妳，我說妳在京中什麼都有，他們才作罷。」

沈晞知道，養父母不是亂花錢的人，先前給的銀子，足夠他們好吃好喝過很久了。

「你既然來了國子監，就好好讀書，以後把爹娘接來京城。不要怕沒地方住，如今姊是富婆，三、五座大宅子都買得起。」

沈少陵毫不懷疑沈晞的搞錢本事。家裡日子好過，他能讀上書，全是她的功勞。

他認真道：「我會的。今後我會讓爹娘和妳過上好日子，誰也不敢欺負你們。」

沈晞笑笑，接受了他的好意。

沈寶嵐和朱姨娘也在韓姨娘這邊，見沈晞帶個俊俏的陌生少年來，露出怪異的神色。

不會吧，趙王殿下要被撬牆角了？

不過，這些猜測在沈晞介紹沈少陵之後都沒了，原來是一起生活十幾年的弟弟，那就沒問題了。

韓姨娘笑容親切。「年紀輕輕便考入國子監，今後前途不可限量。二小姐放心，我會親自幫他安排好住處，吃穿用度也絕不會虧待。」

沈晞擺擺手。「不用麻煩，他住我那兒就行，園子裡還有空房間。」

韓姨娘猶豫一下，到底沒搬出男女授受不親的大道理，只笑道：「這樣也好，十幾年的姊弟，是該住得近些，多聊聊。」

沈寶嵐悄悄打量著沈少陵，暗暗絞緊手中帕子。她萬萬沒有想到，二姊姊的好弟弟跟好妹妹們，除了一個找上門的陳寄雨，還會再來一個。她才是二姊姊的親妹子，這個叫沈少陵的，不過是自小一起長大的罷了，又沒有血脈相連。

可是，她酸得不得了。為什麼他們都能跟二姊姊一起長大，她卻不行！

出於禮貌，沈晞帶著沈少陵見過韓姨娘，便領著他走了，也沒回桂園，逕自上街。

直到坐上馬車，沈少陵才問道：「姊，我們去哪？」

沈晞說：「幫你換一身行頭。」

沈少陵知道勸不了沈晞，低聲說：「姊，我不用穿很好，省點錢用在要緊的時候吧。」

沈晞道：「我回家時，我親生父親把我母親的嫁妝補給我了，你猜有多少？」

沈少陵並非兩耳不聞窗外事，一心只讀聖賢書的書呆子，也知道普通人一戶一年能賺多少。但他對富貴並沒有太大的想像，比照陳知縣家的情況，猜測道：「一千兩？」覺得這已經是往多了猜。

沈晞擺擺手道：「六千兩。」

沈少陵瞪大雙眼，竟然這麼多，心情複雜。「妳的親生父親對妳真好。」

沈晞使勁揉了揉沈少陵的頭髮，將他的糾結揉散，笑咪咪道：「他哪裡捨得，是有人幫我要來的。」簡單說了下趙懷淵當初如何幫她要銀子。

沈少陵聽著，微微蹙眉。「這個趙王，是不是對妳有企圖？」

沈晞噗哧一聲笑了，豈止是有企圖，正要解釋兩人此刻的關係，馬車卻停了。

沈晞沒再多說，拉著沈少陵下車，邊走邊道：「你長得好，可不能浪費了爹娘給的好皮囊。今天好好挑挑，姊付帳。」

沈晞拉沈少陵進了一間成衣鋪子，料子好壞都有，她選了些不算非常出挑的，力求讓沈少陵穿得好，卻不顯得特別突出。

沈少陵有些拘謹，勸說幾句後，見沈晞不肯聽，就不再多言，任由她擺弄。

沈少陵不是瘦弱的書生，他已被沈晞養成天天鍛鍊的好習慣，不管哪一件衣裳穿在他身上都很有型，讓沈晞很滿意。

最後，沈晞替沈少陵買下三套成衣，又讓鋪子裡的裁縫量了沈少陵的尺寸，訂製幾套。

沈少陵從沒有一次買過那麼多衣裳，極不自在地說：「姊，太多了。」

沈晞道：「不多，我也就幫你買這一次。等你進了國子監，就不要隨便出來了，好好讀書，我等你考上狀元。」

沈少陵一臉震驚。「狀元也太難了吧。」

沈晞笑咪咪道：「目標要訂高一點。國子監都上了，還不敢去搆一搆狀元？」

她知道狀元很難，沈少陵雖然聰明，但還沒那麼聰明，多半是考不上的，但這不妨礙她將目標訂得高一些。

沈少陵語塞。「……行。」

鋪子裡還有些不是很貴的配飾，沈晞一道買了，又加上一些裡衣。

隨後，她領著沈少陵去買文房四寶，同樣是不很出挑的，買太貴的沒有必要。

第六十七章

長街上，看著興匆匆走進店鋪的身影，趙懷淵問身旁的趙良。「那個是溪溪吧？我應該沒看錯。」

趙良不敢不回答。「是沈二小姐。」

趙懷淵蹙眉。「剛剛她是不是拉著一個男人進去了？」

趙良訥訥道：「應當算不上男人，看著也就十六、七歲的樣子。」

知道自己沒看錯，趙懷淵頓時坐不住了，抬腳走過去。他和沈晞是私下往來沒錯，但他也不能忍受她跟別的男人那麼親密。

趙懷淵氣勢洶洶地衝進去，便見沈晞和那個陌生少年正頭對頭挑著筆，腳步一轉，大踏步走近，冷冷盯著那少年，話倒是對沈晞說的。

「好巧。」

沈晞抬眼，見趙懷淵神情不善地盯著沈少陵，明白他是吃醋了。雖然很想捉弄他，但大庭廣眾下怕不好收場，只能出聲解釋。

「王爺，我陪弟弟來添置些東西。他叫沈少陵，入選了國子監，今日剛到京城。」

趙懷淵氣勢一弱，立刻露出笑顏。「原來是弟弟，有出息啊。需要什麼，我來買，算是給弟弟的見面禮。」

他知道沈晞鄉下還有個弟弟，也知道他們從小一起長大，真要有什麼，哪裡輪得到他？因此進來時的憤怒、鬱悶、緊張瞬間消散。

沈少陵扭頭看向趙懷淵，又聽沈晞道：「少陵，這是趙王殿下，在京城我一直受他關照，我們是朋友。」

趙懷淵覺得有點遺憾，要是私下裡，不知沈晞會不會跟沈少陵坦白他們的關係？

沈少陵微微蹙眉，望著趙懷淵的眼裡多出了幾分敵意。自從他姊成為雨神娘娘之後，不知有多少登徒子覬覦她，這個所謂的趙王如此殷勤地幫助他姊，再看趙王的眼神，要說對他姊沒有企圖，他是不信的。

趙王的名聲，他自然清楚，這樣的人怎麼配得上他姊？他姊不會愛慕虛榮，但這人很可能挾恩圖報，覬覦他姊的美色。

沈少陵知道趙王權勢滔天，不能當面來硬的，那樣受傷害的會是沈晞，因而只是冷硬地說道：「趙王殿下，多謝之前你對我姊的照顧。」

但從今往後，不需要了！

趙懷淵一腔熱情對上冷臉，不解又緊張，沈晞的弟弟怎麼好像很討厭他？那可不行，沈晞很看重這個弟弟，不能讓弟弟討厭他。

趙懷淵知道根源還是在沈晞這裡，見鋪子裡沒什麼人，遂對沈少陵笑了笑，拉著沈晞到一旁，低聲委屈道：「溪溪，妳弟弟怎麼好像討厭我，我沒做什麼令他厭惡的事吧？」
沈晞想了想，便知道沈少陵誤會了，輕咳一聲。「他又不認識你，只聽說過你的名聲，要如何喜歡你？」
趙懷淵一震。對啊，他名聲可不好，難怪沈少陵聽說他是誰就變臉。
見趙懷淵一臉喪氣模樣，沈晞笑了笑，對一直緊張地盯著這邊的沈少陵招招手。
沈少陵趕緊過來，還警惕地看了趙懷淵一眼。
沈晞示意沈少陵低頭，小聲道：「叫姊夫。」
沈晞語出驚人，趙懷淵和沈少陵都愣住了。
沈晞又道：「少陵，我們的事不可讓別人知道，你要替我保密。」
沈少陵回不過神來。「可是，他不是……」隨即頓住，所謂的挾恩圖報，只是他自己的猜測，他姊可從來沒這麼說過。
他再看趙懷淵一眼，這個天潢貴冑的模樣很俊美，因他姊的一句「姊夫」而滿面喜色，眼睛裡似只有他姊一人。
沈少陵陡然明白，是他狹隘了。他姊可不是會輕易被人威脅的人，可見趙王並非傳言中那般紈袴。
這會兒，趙懷淵快樂得上天了。可不是他要別人叫他姊夫，是沈晞親口說的。沈晞在她親近的弟弟面前承認了他的身分，沈晞對他真的太好了。

沈少陵低聲喚道：「姊夫。」
趙懷淵春風得意，滿面笑容地應道：「哎，你既叫我一聲姊夫，見面禮別跟我客氣，不要學你姊一樣。」弟弟好乖，難怪沈晞喜歡這個弟弟，對弟弟好，他也喜歡這個弟弟。
他今天上街，就是想親自找找有沒有什麼精巧有趣的東西，可以送給沈晞。沒有太多慾望的人太難討好了，他知道沈晞喜歡銀子，但他無緣無故送她銀子，她又不肯收。
沈少陵看向沈晞，沈晞笑道：「姊夫送的，你就別客氣。」對趙懷淵說：「我們挑好了，就櫃檯上那些，你去付帳吧。」
「好！」趙懷淵歡快應下，親自跑去結帳。
沈少陵低聲道：「姊，妳……這麼快就要跟他成親了？」
沈晞道：「不成親，先相處。」
沈少陵滿臉震驚，但很快又恢復冷靜。他姊一向特立獨行，及笄前就說先不嫁人，爹娘也由著她。這麼多年，他已經習慣了他姊的行事風格。
他姊可是跟任何女子都不一樣的，她這樣做一定有她的理由，他無須多問。
沈少陵只疑惑道：「姊夫也答應？」他看得出來，趙王十分喜歡他姊，真能答應這樣奇特的要求？
沈晞眉毛一挑。「不答應，他又能怎樣？」
單憑這一句話，就讓沈少陵對趙懷淵的印象更好了幾分。那可是趙王，想強娶誰，誰又能反抗？可他姊卻說，趙王沒辦法，那便是趙王不會以權勢來壓迫他姊，他姊不答應，趙王也只能配合她這異想天開的主意。

此時，趙懷淵結帳回來，沈少陵比剛才多了幾分真心實意地低聲道：「多謝姊夫。」

趙懷淵滿臉慈愛地看著這個乖巧的弟弟，恨不得把整個鋪子裡的東西全買給他。

他望了望天色，殷勤道：「時辰不早了，不如我們一起去吃個飯？」

沈晞看沈少陵，見他並無牴觸，便應下了。

沈晞還是跟沈少陵坐同一輛馬車，趙懷淵覺得自己跟沈少陵還不熟，怕太過孟浪讓這個乖弟弟對他有微詞，遂坐了自己的馬車。

一行人前後到了酒樓，走進雅間，點了幾道特色菜。

趙懷淵跟沈少陵攀談起來，問了沈少陵讀書的事，懇切地誇沈少陵聰明用功，又表達了今後他定能高中的祝福。

沈少陵沒想到趙懷淵如此平易近人，起初還有些拘謹，很快就放鬆下來。

沈晞在一旁見兩人聊得不錯，沒多說什麼。直到上了菜，才勸他們先吃再聊。

幾人邊吃邊說話，趙懷淵還拉著沈少陵喝了點酒，俊美無儔的面容上泛起紅暈，拍著沈少陵的肩膀，笑道：「今後誰要是敢欺負你，報姊夫的名字。」

沈少陵不覺得在他姊的裝扮和他自己的努力下會被人欺負，他以一介貧苦書生之姿入了縣學，也從未被排擠過，但他還是接受了趙懷淵的好意。

「好的，我先謝謝姊夫。」

沈少陵一聲聲的姊夫，叫得趙懷淵通體舒暢。雖然沈寶嵐也叫過他姊夫，但那是不一樣的，哪有沈少陵叫得這樣自然。

不過，快散席時，他還是低聲囑託沈少陵。「我跟你姊的關係，不可對外說，只能私下叫我姊夫。」

倘若不是沈晞先提及此事，趙懷淵這話聽起來還真像個不負責任的男人。但因有沈晞的話在前，沈少陵知道，正是因為姊夫尊重他姊，才會陪著他姊如此胡鬧。

他鄭重道：「我知道厲害。」

趙懷淵放了心，特意送沈晞姊弟回到侍郎府，才依依不捨又飄飄然地離去。

沈晞見狀，問沈少陵。「少陵，你看你這姊夫如何？」

沈少陵稍作思考，道：「勉勉強強配得上姊。」

沈晞哈哈大笑，揉揉沈少陵的腦袋。「馬屁精！」

沈少陵不滿。「我說的都是實話。」

沈晞不理他，問了門房，知道沈成胥他們都回來了，領著沈少陵去見他們。

沈成胥自然不會把沈少陵當回事，但沈晞親自領來，不好太過怠慢，客氣地說了幾句，又送了見面禮。

向沈成胥告辭後，沈晞催促道：「走走走，我們去見我大哥，再蹭一份見面禮。」

沈少陵看了她一眼。姊，妳不已經是富婆了嗎？

沈晞像是知道沈少陵在想什麼，理所當然道：「難道還嫌好東西多嗎？這都是他們應該做的。」

沈少陵只好跟著沈晞繼續去蹭東西。

姊弟倆見完沈元鴻，回到桂園，沈少陵住的屋子早已收拾好，裡面放著今日沈晞帶他買的一堆東西。

沈少陵站在中央打量，這屋子很整潔，細節上很能看出用心，可見下人確實不敢怠慢。

今天的事，令他頗有作夢的虛幻感。

他本擔心他姊境況不好，可實際上她混得如魚得水，家裡的姨娘和妹妹待她十分親近，下人對她恭敬，甚至連她親生父親和親大哥看起來都對她頗為忌憚。

不親近，他能理解，但那種想討好又怕得罪的忌憚卻令他恍惚了。

他姊姊到京城之後，究竟都做了些什麼啊？

他想到了趙王，這位對他姊極為殷勤的準姊夫。或許是因為趙王的存在？畢竟他姊一開始說他們是朋友，這應當是明面上所有人都知曉的關係。

即便是靠著趙王，沈少陵依然覺得他姊厲害極了，能把趙王這樣的天之驕子馴服成這般模樣，可不是一般的本事。

沈少陵原本有些擔心他貿然前來會讓沈晞為難，但今日見聞讓他放下了心。沈晞給他的，他便安心接受。他要做的，是好好讀書，今後考取功名，成為她的依靠。雖然狀元真的很難，但他可是沈晞教出來的，怎能畏難退縮？他會竭盡全力，不讓沈晞失望。

前一晚，沈少陵才想著坦然接受沈晞所給的。到了第二天一大早，沈晞往他手裡塞了幾張銀票時，他依然呆住了，那是四、五百兩銀子，忙把銀票還回去。

「姊，我來之前，爹娘給我錢了，我還有許多。」

他要上京讀書，他爹娘自然放心不下，但又不可能不讓他去，遂給了他不少銀票。一路上，他並未花掉太多，如今身上還有將近五十兩呢。

如今沈晞是真正的富婆，名下鋪子還有源源不斷的進帳，自然不在乎這點小錢，硬塞給沈少陵。

「銀子不是萬能的，但有時候有銀子便是底氣，可以讓你生活舒適許多，也能避開很多不必要的麻煩。你是我帶大的，我還不了解你？你又不會亂花錢，這些可以花很久了。入國子監後，錢花完前，沒事少分心來找我。」

沈少陵默默抬眼，雖然這話說得輕描淡寫，但他總覺得沈晞話裡有話。

她似乎並不希望他再與她多來往，偏又熱情地招待他，買東西給他，給他銀子，還說了她和趙王之間的秘密，絕不是不想認他的意思。
他低聲道：「姊，妳是遇到什麼事了嗎？」
沈晞睨他一眼。「心眼還挺多。」
她和趙懷淵私下裡要調查的事，到底有些危險，她不是很想牽連到沈少陵。但要讓她假裝不認他，對他疾言厲色，她又做不出來，沈少陵只怕會哭得稀里嘩啦，著實沒必要。
接待過後，暫且保持距離便好，沒人會特地去查國子監剛入學的學生是什麼人。
見沈少陵有所察覺，沈晞道：「是有些非常重要的事，我暫且顧不上你。你到了國子監，也別提跟我的關係。」
沈少陵張了張嘴，想說些什麼，但想到他如今只是個學生，如果她姊有姊夫襄助還顧不及，那他自然也幫不上什麼，不添亂便好了。
沈晞在沈少陵小時候講過不少故事，其中有些是一方明明只會拖後腿，卻偏偏要留下同甘共苦，結果一起送命的故事。
此刻，沈少陵想起了講完那些故事之後的情景。
那時候，沈晞問他。「假如我們是故事中的人，你一個小屁孩沒力氣也沒本事，我是個女俠，被仇家追殺，我讓你快跑，你怎麼辦？」
沈少陵才七、八歲，遲疑地說：「我不想讓妳死……」
沈晞冷酷道：「你留下，我的仇家可能會抓住你，利用你逼我就範，到時候我死，你沒用了，也得死，我們就一起死了。你要是跑了，我雖然死去，但你可以積蓄力量，長大後替我報仇。哪個划算，你這麼大了，總能明白吧？」

沈少陵難受地點點頭。

沈晞再問：「那麼，遇到那種情況，我讓你跑，你怎麼辦？」

沈少陵痛苦萬分地回答。「……我跑。」

如今已經長大的沈少陵回想起那時的場景，不會再難受，他明白利害關係。

「姊，過幾天，我就去國子監報到，之後便用功讀書，不會讓妳為難的。」

沈晞笑道：「不愧是我的好弟弟，很懂事嘛。」又道：「不過，真遇到解決不了的麻煩事，也不要自己藏著掖著，不然你吃虧了，我事後知道也會心疼，會自責，明白嗎？」

沈少陵被這話說得心中滿是暖意，鄭重點頭。

沈晞很滿意，這麼好的弟弟，可是她從小一點一點教好的呢，不負所望，長成了她欣賞的模樣。

姊弟倆正在聊天，外頭響起沈寶嵐的聲音。「二姊姊，妳在不在？」

不等沈晞出去，沈寶嵐已快步走進來，看到沈少陵，嘴巴一撇，只看著沈晞，嬌聲說：「二姊姊，我是來報喜的。賀知年那些話本賣得很不錯，為妳賺了不少銀子呢。」

沈寶嵐走到沈晞身邊，像是不經意地擠在沈少陵和沈晞之間，挽上沈晞的手臂，靠上去道：「二姊姊，我也出了不少力，妳誇誇我吧。」
她說著，瞥了沈少陵一眼。她可是能為二姊姊賺銀子的好妹妹，他呢，除了會花二姊姊的銀子之外，還能為二姊姊做什麼？
沈晞笑著摸摸沈寶嵐的長髮。「幹得真不錯，很厲害。」
沈寶嵐滿意地笑了。
沈晞道：「昨日匆忙，妳跟少陵還沒有說上話。他比妳大一歲，妳要是願意，可以叫他一聲哥。」
沈寶嵐不願意，他是誰啊，憑什麼要她叫哥！
但她不想讓沈晞不高興，故作熱情地對沈少陵道：「少陵哥哥，我好羨慕你從前跟二姊姊一起長大，二姊姊是不是對你很好？」
不過，這種好今後就是她的了，她才是二姊姊最喜歡的妹妹。
沈少陵並不直視沈寶嵐，只客氣道：「沒有姊，也不會有我的今日。」
他單獨在沈晞面前時，還是少年心性。但面對他人時，便嚴肅了，頗有幾分書生氣。
沈晞笑咪咪地說：「可不是嘛，若非我狠心在他小時候淘氣時揍了他幾頓，他也成不了如今模樣。」
沈少陵的臉頓時紅了，求饒地看向沈晞，生怕她說出所謂的揍是打屁股，就太丟人了。
沈晞自然會給沈少陵一點面子，沒有繼續拆臺。

沈寶嵐好奇地瞅了沈少陵幾眼，見他紅著臉的樣子，有點稀奇。前一天她見到沈少陵時，他行事有禮妥貼，讓她想起了賀知年，窮書生都喜歡端著架子，很是無趣。

可是，這會兒看沈少陵紅著臉的樣子，好像也不是那麼討厭。

看在沈晞的面子上，她決定先不擠對沈少陵了。

既然沈少陵不在侍郎府久住，沈晞便不打算再帶他出去閒逛，免得被太多人知道了他們的關係。

她發覺，趙懷淵似乎挺喜歡沈少陵，本想邀請他們出去玩，被拒絕後就帶上好吃好玩的來侍郎府，因而接下來幾日，桂園內都很熱鬧。

數日後，沈少陵趁著沈成胥他們都在家時去道別，第二日去了國子監。

沈晞送他一程，等沈少陵的身影消失在國子監大門後，才悵然若失地回家。

她好像提前體會到了父母送小孩上學時的複雜心情，既覺得解脫，又忍不住牽掛。

幾天後，趙懷淵來找沈晞，給了關於先太子身邊舊人更多、更確切的消息。

太和三十年十月初六，先太子去世。十月十八，皇二子趙文誠繼位。十月十九，馮太醫因病離宮。十一月二十二是萬壽節，因先太子和先皇同日去世，只簡單地辦。宮宴上，皇三子趙文高酒後失德，侮辱了先太子妃孫倚竹。當時幾個主子是如何商量的，不得而知，最後的結果是趙文高娶了孫倚竹。

周嬤嬤一直在孫倚竹身邊伺候，隨著韓王開府，才跟孫倚竹離開皇宮。

因此，趙文高和孫倚竹的關係從一開始就很差，孫倚竹因為身體不好，曾在寺廟休養，這段時間足夠她生下小孩。孫倚竹回到韓王府不久後，便說自己懷孕，但依然以身體不好為由，深居簡出，極少出現在人前。

趙之廷聲稱是宴平二年五月出生，實則是宴平元年三至四月間，只差一歲的話，在趙之廷小時候多注意，很容易就矇騙過去，等到稍微大些，根本看不出差距。

當初孫倚竹沒有直接設計跟趙文高睡一晚後，就有了孩子，正是為了不讓旁人懷疑趙之廷是遺腹子。否則說趙之廷是早產，任何人都會懷疑。

沈晞和趙懷淵的猜測因越來越多的信息而顯得真實，卻不能告訴任何人，只能繼續私下調查觀望。

這一日，沈晞與趙懷淵正分析趙之廷的行蹤，趙良的手下來報，宴平帝召趙懷淵入宮。

自從發生大皇子落水的事情之後，趙懷淵跟宴平帝之間的關係看似回到從前，其實已有裂痕。趙懷淵主動去宮裡的次數少多了，而宴平帝召他入宮的次數也不如以往。

聽到宴平帝召見，趙懷淵和沈晞對視一眼。這是一次普通的見面，還是跟他們最近調查的事情有關？

沈晞不會小看宴平帝，他能端坐皇位那麼久，還坐得越來越穩，手段一定很高，手下不會沒有能用的人。他們能查到的事，宴平帝不會查不到，只看他想不想查而已。

所以，趙之廷這邊有所行動，宴平帝那邊卻毫無反應，是真不知道，還是在守株待兔？

如今已是春日，沈晞早已換下厚重的衣裳，穿上頗顯腰身的春裝。趙懷淵走後，她在院子裡曬著太陽，閉眼猜測宴平帝會跟他說什麼。

或許會要趙懷淵站隊？哪怕不是明面上說，也得暗示試探一番吧？

第六十八章

去見宴平帝的路上，趙懷淵也有類似的猜測，只是沈晞畢竟是局外人，冷靜許多，他卻是想著至親之間未來可能發生的自相殘殺，心情格外沈重。

趙懷淵到了之後，何壽便先退下，偏殿內只有宴平帝和趙懷淵。

宴平帝看看趙懷淵，笑著招手。「小五，怎麼不高興了？」

趙懷淵走近，勉強露出笑容。「有皇兄替我撐腰，沒人敢欺負我，我怎會不高興呢？」

宴平帝聞言，並未追問，從御案後走到趙懷淵面前，握住了他的手，感嘆道：「小五，我們兄弟已經很久沒有好好聊聊了吧？」

趙懷淵想，確實很久了，笑了笑。「皇兄可是在怪我？最近我忙著跟溪溪在一起，是我的不是。」

宴平帝欣慰地笑道：「你知道要為自己娶個合心意的妻子，確實是長大了。我還記得，不久前你才這麼點高，非要坐在我膝蓋上，怎麼哄都不肯下去。」

那些小時候的記憶，趙懷淵還有印象，皇兄比他大那麼多，他自然是把皇兄當成父親看待的。

宴平帝起了個頭，兩人便順著話說起過去的事。他們本應像是普通家庭的兄弟一樣長大，感情深厚，從未有過猜忌。

直到今時今日，有些事卻變了。

在短暫的沈默後，宴平帝道：「小五，我知道旁人是如何說我的，說我捧殺你，把你養成如今的紈袴模樣。你可也是這樣想皇兄的？」

趙懷淵毫無遲疑，堅定道：「我從未這樣想過。」

旁人不知內情，他還不知道嗎？他的自我放棄從來跟皇兄無關，一切根源在他母親。唯有在皇兄這裡，他才能得到一絲喘息。

宴平帝凝眸看著趙懷淵，欣慰地拍了拍他的手背，並未說什麼。

「今後還是多來皇宮陪陪我，皇兄比孤家寡人好不了多少。」

這便是送客的意思了，而趙懷淵預測的試探，似乎並未出現。

趙懷淵本該告退離去，但他沒走，釘在原地，望著宴平帝道：「皇兄可以告訴我，我兄長是如何死的嗎？」

宴平帝驀地抬眼，卻不像上次那般反應激烈，凝視趙懷淵許久，像是在考慮，也像是在透過趙懷淵看著別的人，半晌後才低沈道：「你先回去吧，今後我會告訴你的。」

趙懷淵見宴平帝不再一味拒絕回答，也不步步緊逼了，告退後離開皇宮。

趙懷淵趕回侍郎府時，沈晞仍在曬太陽。他屏退眾人，將他跟宴平帝說的話告訴沈晞。

沈晞說：「他不是沒有試探，只是試探得比較和緩。他想知道，你是不是還把他當成皇兄。」

趙懷淵是當局者迷，經沈晞提醒，明白過來。

他蹙眉道：「那他說今後會告訴我，也是在敷衍我？」

沈晞搖頭。「不一定，也可能是你兄長的死與他有關，他難以啟齒，需要更多的時間做準備。」

趙懷淵不禁沈下臉。他一直相信皇兄不是他母親口中的那種人，但若他錯了呢？

沈晞握住趙懷淵的手，安撫道：「哪怕你兄長的死真與你皇兄有關，也不只有謀殺一種可能，還有誤殺或意外。這兩種情況，也很難啟齒。」

趙懷淵聞言，心情好了些，知道沈晞說得有道理。

沈晞道：「既然今日你皇兄在試探你，那就表示他發覺不對勁了。接下來，你得想好，若確定要站在你皇兄這邊，就不要再去見你母親。你做的事，你皇兄多半都會知道。」

趙懷淵深深蹙眉，一想到這個問題，總是令他頭疼，就像是眼看親人要摔下懸崖，卻袖手旁觀，逼得他喘不過氣來。

沈晞輕撫趙懷淵的面頰。「你若去勸說你母親，在你皇兄看來就是通風報信，你會失去他的信任。而你母親那邊，你清楚的，她絕不會聽你的勸。」

懿德太妃的偏執，沈晞早就見識到了，她怎麼可能會被趙懷淵勸服？那可是二十年的隱忍和痛苦，絕不可能因為輕飄飄的幾句話而改變。

趙懷淵比沈晞更清楚他母親是什麼樣的人，但以他的位置，只能坐視一方自尋死路，或者兩敗俱傷，沒辦法保持平靜。

他緊緊摟住沈晞，唯有這樣，才能從她身上得到一絲慰藉。

沈晞輕聲道：「雖然這樣很投機，但現在就不要太在乎虛名了。在一切明朗之前，你要站在你皇兄這邊。將來若是你皇兄勝了，你還能藉著這份情誼，替你母親他們求情；若是你母親他們勝了，你是她的親兒子，也不會有性命之憂。」

皇權的事，成王敗寇，沈晞覺得談誰對誰錯就太理想化了。只要趙懷淵能活下來就好，其他的事，跟她沒多大關係。

許久後，趙懷淵才低聲道：「我覺得自己很沒用，沒有任何辦法破局。」

沈晞輕笑道：「我也沒有辦法啊，換成誰來，都會陷入兩難境地。反正怎樣都會愧疚，選讓自己更舒心的那條路就好。」

趙懷淵輕輕嗯了聲，心情依然低落。

沈晞見狀，咳了一聲。「這麼難受的話，用你的身體……不是，用我的身體安慰安慰你，如何？」

趙懷淵頓時如觸電般鬆開沈晞，臉已通紅，不敢看她，結巴道：「溪溪，妳不要說這種話……」

他已經很努力在克制自己了，單獨相處時，甚至不敢再親她，頂多是牽牽小手，連摟摟抱抱都不敢太用力。

偏偏沈晞老是說這種虎狼之詞來撩撥他，就不怕他真的忍不住，化身為禽獸嗎？她真是太高看他了，她再說一句，他就……就落荒而逃給她看！

沈晞欣賞著趙懷淵羞窘的模樣，笑咪咪道：「我不但說得出來，還做得出來。」

話音剛落，趙懷淵像是怕她動手般，逃出了桂園。

桂園裡傳來沈晞清脆的笑聲。

趙懷淵走得很快，走著走著，嘴角忍不住上揚。

他知道，沈晞是在哄他，想讓他別那麼難受。

這會兒，他確實沒那麼難受了，卻換成了另一種難受——他腦子裡全是作夢才會有的情景，再不壓下去，就要出醜了！

他惱怒地想，沈晞就是看他不敢對她怎樣，才會如此肆無忌憚。

哼，將來等他們成親了，她再亂說這種話，他非要讓她嚐嚐他的厲害。

趙懷淵腳步一頓，又輕嘆一聲。一開始沈晞就明說了，不會嫁給他，他捨不得拒絕近在眼前的可能，便接受了，但心裡未嘗沒有希望她改變主意的想法。

他寬慰自己，跟從前每天抓心撓肺相比，如今能這樣親近沈晞，已是一種恩賜。

沈晞發覺，宴平帝跟太妃他們之間的暗流湧動，也影響到了朝堂。

有一日，沈成胥跑來找她，試探地問她，有沒有從趙懷淵那裡得到什麼消息？

趙懷淵不好老是翻牆，因而時常以拜訪侍郎府的名義上門。沈成胥自是知道一些內情，還要幫趙懷淵遮掩。

沈晞說了些模稜兩可的話，大意是可能會有大事發生，也可能不會，沈成胥最好夾著尾巴做人，不要當出頭鳥。

沈晞說的廢話，聽在沈成胥耳中，卻像是某種天機，從此按時上下值，回家後就不出門，也不再赴同僚的約，只說最近精力不濟，要好好休養。

沈元鴻也在沈成胥的耳提面命下，變得低調許多。

而侍郎府的女眷依然是老樣子，韓姨娘時常去找沈晞說話，帶來許多八卦，沈晞因此聽到了許多有意思的事。

這一日，韓姨娘來時，不像過去一樣興致勃勃，表情有些複雜。

沈晞正好奇，韓姨娘便開口了。「二小姐，最近妳可曾聽到雁門郡王府的事？」

沈晞一向不避諱談論沈寶音，韓姨娘也清楚，因此並無遮掩。

沈晞稍稍坐直身體，好奇道：「沒有。發生什麼事了？」

韓姨娘見沈晞感興趣，再加上沈寶音早已出嫁，許久不再來往，先前相處出來的面子情多少淡了些，只當是外人的事，興致勃勃地說了起來。

「寶音和柳家小姐一同嫁給小郡王之後，小郡王不是一直不回郡王府住嘛，兩人起先相安無事，後來不知怎的鬧了起來，小郡王不得不回郡王府調解。」

沈晞幫韓姨娘倒了杯茶，捧場地問：「那之後呢？」

韓姨娘喝了茶，興致勃勃的表情淡了些。「女子嫁人後要立住腳跟，不就是要生個兒子？寶音和柳家小姐不會不懂這道理。當夜究竟發生了什麼事，咱們也不清楚，只知道小郡王連夜離開郡王府，而第二日長公主府就派嬤嬤來訓斥兩人，讓兩人禁足思過。」

沈晞托著下巴道：「那一夜一定很精采。」

韓姨娘愕然。

沈晞噗哧一笑。「我是說，那一夜寶音和柳憶白為了爭奪小郡王，估計有一番明爭暗鬥，韓姨娘想到什麼地方去了？」

韓姨娘訕笑，她真以為沈晞說的是男女之事的精采……誰叫沈晞什麼話都往外蹦，哪怕她說的真是那碼事，她也毫不意外。

韓姨娘道：「長公主也是任性，郡王妃和側妃都娶了，也不勸勸小郡王好好過日子。」

沈晞道：「她這樣對寶音，我不覺得稀奇，當初她可是恨死我了，遷怒寶音也正常。倒是柳憶白，好歹沾親帶故，她也一視同仁，可見真是從小被寵壞了。」

沈晞這十幾歲的小姑娘說三十來歲的長公主被寵壞了，這話怎麼聽怎麼怪異。

韓姨娘糾結，見周圍的人早已退下，才放開了道：「畢竟是皇上的親妹子。」她心想，趙王殿下不也一樣？有過之而無不及。但趙王跟沈晞的關係好，她才不會說這話惹沈晞不快。

沒想到韓姨娘不提，沈晞倒是自己提了。「恃寵而驕嘛，趙王也一樣。」

韓姨娘乾笑，小心翼翼地說：「王爺跟太妃娘娘可是正在鬧脾氣？這會不會影響二小姐和王爺的來往？」

沈晞笑了聲。「他有皇上撐腰，想做什麼就做什麼，誰也拿他沒辦法。」

韓姨娘放了心，她喜歡沈晞，自然希望沈晞能擁有幸福美滿的婚姻。趙王雖名聲不佳，但對沈晞沒得說，有時候不小心撞見兩人相處，見趙王那個殷勤模樣，她都覺得沒眼看了。

這會兒，她不著急沈寶嵐的婚事了，等沈晞和趙王的事有了著落，今後想跟趙王攀姻親求娶沈寶嵐的青年才俊多的是，她等著就好。

她越發覺得，當初偏向沈晞是做對了，單靠老爺，不知會給沈寶嵐找什麼樣的人家。還是沈晞好，把沈寶嵐當親妹對待，不可能幫沈寶嵐找個不可靠的婚事。

春天很適合出遊，雖然朝堂上各方在暗自較勁，但日子總要繼續過。

最近陽光明媚，沈晞和朋友們約好一道上山遊玩，一群人浩浩蕩蕩地出行。

魏倩和奚扉訂親好幾個月，婚期臨近，兩人的感情越發好了。陶悅然和未婚夫任泓義的婚期也將至，亦是如膠似漆，這恩愛場景看得鄒楚楚滿臉悵然。

她看重的賀知年，還在努力讀書呢，她也聽說賀知年近來寫的話本暢銷，家裡日子好過許多，欣慰的同時，又有些危機感。但當初是她答應會等的，因而沒什麼可說的。

沈晞見鄒楚楚心情不佳，低聲道：「我看賀知年是個不錯的男子，多半會遵守承諾。倘若他違背又如何？妳既叫我一聲姊姊，我就不會讓妳吃虧。」

在鄒楚楚眼中，沈晞灑脫淡然，任何時候都沈穩鎮定，沒什麼事能難倒她，連一向任性妄為的趙懷淵都為她鞍前馬後。有她的承諾，便什麼都不用擔心了。

鄒楚楚心中的陰霾被吹散，柔柔一笑。「謝謝沈姊姊，我曉得的。」

見鄒楚楚終於能享受這次出遊，沈晞看向旁人。

沈寶嵐堅定地聽從她的話，打算晚點再成親，因而對於魏倩和陶悅然的恩愛行徑毫無反應，傻呵呵地跟他們說笑。

陳寄雨低著頭，踢著路邊的小石子，悶悶不樂。

沈晞推開湊過來的趙懷淵，頂著他幽怨的眼神，讓他先去旁邊玩，走到陳寄雨身邊，低聲問道：「怎麼不高興？」

陳寄雨抬頭看她一眼，不吭聲。

沈晞想起陳寄雨被送來京城的目的，了然道：「家裡在幫妳相看了？」

見沈晞猜中，陳寄雨噘嘴，不滿道：「我早跟我娘說過侯府不喜歡我們，又怎會真心替我挑個好夫婿？一個個歪瓜裂棗，還要睜眼說瞎話，把人誇上天，當我沒長眼睛嗎？」

沈晞問：「妳跟侯府鬧了？」

陳寄雨垂頭喪氣。「沒有。我不想讓爹娘為難。」

跟侯府的權勢比起來，她爹只是個小小知縣，她若跟侯府鬧，不是給爹娘惹麻煩嗎？她沒那麼任性。

沈晞想了想，對一直注意著她的趙懷淵招招手，趙懷淵立即顛顛地跑過來。

沈晞低聲問他。「你認識還未成婚的青年嗎？要長得好看，人品也好的。」

趙懷淵當即一臉警覺。「妳問這個做什麼？」

沈晞指指陳寄雨。「她家的人不可靠，我幫她找找看。」

要是有合適的人選，就想辦法牽個線。假如雙方看對了眼，男方上門求娶，陳寄雨又願意，淮陰侯府沒道理不讓她嫁。

趙懷淵這才放下心來，努力回想。

陳寄雨瞪大眼，悄悄對沈晞道：「溪溪姊，這樣行嗎？」

沈晞說：「妳外祖家看不上妳家，大概懶得多花心思。如果妳自己找了個好夫婿，他們沒必要攔著。」

陳寄雨連連點頭，又瞪大了貓似的眼睛，好奇道：「溪溪姊，那我該找怎樣的夫婿？」

沈晞湊到陳寄雨耳邊，跟她咬耳朵。「我們也跟皇帝一樣選個妃。趙王不是在想嗎？等他找出合適人選，讓他把人全叫來，開個宴會，隨便妳挑。」

陳寄雨紅了臉，震驚道：「這……這可以嗎？」

沈晞道：「怎麼不行？我們又不是強買強賣，雙方都看對眼了，才會定下來。」

陳寄雨總覺得這好像不是很妥當，她爹只是個知縣而已，怎麼就輪到她像選妃一樣挑選夫婿了？

但她確實對沈晞的提議很心動，沈晞也不會害她，不可能找些歪瓜裂棗。她來京城，就是等著成親，便希望嫁給一個自己能看得過眼的男人。

陳寄雨赧然道：「那……謝謝溪溪姊了。」

沈晞微笑。「跟我客氣什麼？我們都多少年的姊妹了。」

陳寄雨喜歡聽沈晞這樣說，挽住沈晞的胳膊，嬌嬌地靠上去。「我就知道溪溪姊對我最好了。」

趙懷淵看陳寄雨靠沈晞那麼緊，有點眼熱，發覺他想到的未婚男子都沒什麼好的，怕說了反而讓沈晞不高興，趕緊去找趙良，讓趙良列出一份名單來，要長得好看，人品好，且跟陳寄雨門當戶對的。

趙懷淵的行動力非常強，春遊結束後，隨便尋了個賀春的藉口，在翠微園辦宴會，邀了趙良列在名單上的男子赴宴。

當然，為了掩人耳目，他也邀請了一些姑娘。

宴會開始，沈晞和陳寄雨一道坐在帷幕後，看著男子們在趙懷淵的主持下，各憑本事地表演。

雖然趙懷淵名聲不好，但這些青年也不是什麼世家貴族，能得到趙王邀請，就沒幾個不願意來的，也很樂意在他人面前展現自身才華。

因此，陳寄雨一開始還羞答答的不敢多看，後來跟著沈晞看得津津有味。

臨近尾聲時，沈晞才記起今天的目的，問陳寄雨。「看中哪個了？」

陳寄雨確實有心儀的人，只是有些扭捏，不肯說。

沈晞便道：「這兒可不只妳一個未婚姑娘，看中了卻不及早下手，就被別人搶走了。」

陳寄雨遲疑片刻，到底是對找個合心意夫婿的渴望戰勝了羞赧，低聲指出心儀對象。

那人是八品小官之子，長得眉清目秀，滿身書卷氣，神情溫柔，沒有什麼攻擊性。

接下來的事就好辦了。

沈晞跟趙良說，趙良便安排下去，讓男子在離開翠微園之前，「不小心」走了岔路，跟「迷路」的陳寄雨不慎撞上。兩人因此說上了話，互相表明身分，再戀戀不捨地離去。

沈晞覺得這種「相親」有些草率，奈何這個時代就是如此，多的是連這樣草率的相親都沒有的，真正的盲婚啞嫁。

好歹男方的家庭都被摸清楚了，沒什麼麻煩的人，父母雙全，也好相處。陳寄雨的父母亦是厚道人，哪怕陳寄雨有點小任性，但絕不胡鬧。兩家若能結親，將來的日子多半是無波無瀾。

趙懷淵跟沈晞一起送走雙目含春的陳寄雨後，忍不住低聲問沈晞。「溪溪，我真的一點娶妳的可能都沒有嗎？」

看旁人光明正大地成雙成對，他真的好羨慕啊！

沈晞的答案曾經很堅決，但如今想法已經有所改變。

從前她是自欺欺人，才覺得自己如浮萍，在這個世界沒有歸屬感。可她的養父母、她的弟弟、她認識的所有朋友，以及趙懷淵，都是她的錨。

她與趙懷淵私下確認關係的幾個月來，他的表現，她都看在眼裡，也明白她並非只對他見色起意。

成親也不是不行，婚後她想出去走走的話，趙懷淵非但不會攔她，還會高高興興地跟她到處跑。

沈晞微微一笑。「等你皇兄和母親間的事結束之後再說。」

趙懷淵愣住，隨即忍不住抱起沈晞，轉了兩圈。沒有拒絕就是有希望，他太高興了！

第六十九章

陳寄雨的婚事，在沈晞和趙懷淵的暗中安排下，有條不紊地進行著。

男子回去後沒多久，便請媒人去淮陰侯府。正如沈晞所想，門當戶對的家庭，淮陰侯府懶得多費心，見陳寄雨願意，就答應了。

不過，陳寄雨可不想讓淮陰侯府得了這功勞，寫信告訴爹娘前因後果。淮陰侯府幫她選的都是些亂七八糟的人，還是沈晞對她好，讓她從好男人裡面挑喜歡的。

陳知縣夫妻雖然清楚了來龍去脈，但面子情總要做的，還是得回信感謝淮陰侯府，並備上一份禮。

私下裡，他們送了禮去侍郎府。這禮就實誠多了，感謝沈晞惦記著陳寄雨。

沒幾日，陳寄雨的母親褚菱來了京城。

之前，陳寄雨報喜不報憂，不肯說她的婚事受到怎樣的冷待，硬撐著拒絕不想要的夫婿。如今得了一門好親事，才跟爹娘說實話。

褚菱客套地見過眾人之後，跟陳寄雨單獨在一起時，抹著眼淚把她罵了一頓。

成親對女人來說可是一輩子的事，遇到了委屈，怎麼能藏著掖著呢？還好京中有沈晞幫忙，不然不知會被說給什麼樣的人家。

到底是當母親的，褚菱悄悄打探過男方家，確實是很不錯的人家，才放下心來。

她聽陳寄雨說了淮陰侯府和沈晞之間的齟齬，不好去侍郎府找沈晞。再等了些時日，淮陰侯府沒人注意她了，才悄悄派人送信給沈晞，約在外頭的酒樓見面。

陳寄雨被留下來，褚菱要她好好待嫁。

沈晞受過褚菱的多番照顧，有知縣和知縣夫人當靠山，她才能不暴露自身的武功，在濛北縣安然長大。

褚菱一見到沈晞，便紅著眼上下打量她，見沈晞果真面色紅潤，精神也好，感慨道：「自家親戚還不如溪溪這個外人，幸好寄雨這丫頭不至於太蠢，沒有獨自嚥下委屈。」

沈晞笑咪咪道：「什麼外人，夫人真是不拿我當自己人啊。」

褚菱嗔她。「從前我想收妳當乾女兒，妳幾次三番拒絕，究竟是誰不把我當自己人？」

沈晞忙告饒，她那時候的想法還偏執，不肯與這個世界有太多聯繫。跟養父母是沒辦法，畢竟嬰兒時，她沒辦法自己養活自己，對別人自然是能少牽扯就少牽扯了。

「都是我的錯。夫人若不嫌棄，今後我喊您一聲乾娘可好？」

褚菱詫異地看她。「如今妳可是侍郎府的千金，還要認我當乾娘？」

沈晞笑道：「從前我還是個普通農女時，您就不嫌棄我，今日我自然也不嫌棄您。」

褚菱聽沈晞說得促狹，輕輕拍她一下，望著她的雙眸中滿是慈愛，溫聲道：「妳要是願意，我自然求之不得。」

沈晞為褚菱倒了茶，輕快喚道：「乾娘，喝茶。」

褚菱忙應了一聲，覺得眼中有些熱意，不想叫沈晞這個小輩看見，趕忙壓了下去，才細細問起沈晞來京城後的事。

沈晞挑了些能說的說，關於她和趙懷淵的事，只道是好朋友，畢竟他們的關係於這個時代來說，還是太超前了。除了她從小帶大的沈少陵，其他人怕是都不能接受。

沈晞說起她如何面對旁人挑釁反擊的事，褚菱聽得咋舌，對趙懷淵的事更是表情複雜。

「妳這丫頭，著實有幾分本事。乾娘早知妳本事大，不承想竟這樣大。」

她只以為沈晞上了京城不會吃虧，沒想到還能跟趙王這樣位高權重的人交好。

當初沈晞怕褚菱夫婦多想，沒說是趙懷淵陪她一起上京，褚菱才格外詫異。

兩人說著說著，自然提到了沈晞的親事。沈晞說她不想這麼早成婚，而褚菱雖然成了沈晞的乾娘，也不會自恃是長輩，就對她指手畫腳。沈晞是個極有主見的女子，她不願意做的事，旁人再怎麼勸說都沒有用。

跟褚菱道別之後，沈晞心情很好，親情、友情、愛情交織成一張網，給了她許多落腳點，不再害怕會一腳踩空。

趙懷淵來訪時，看見沈晞格外愉悅的笑容，心軟下幾分，殷勤地湊到她身邊，趁著只有兩人，假裝不經意地牽住她的手。

沈晞看著他，正了正神色道：「你皇兄給你答案了嗎？」指的是先太子死亡的內情。

趙懷淵嘆氣。「每次他都說還沒想好，讓我耐心些。我看得出來，皇兄確實很苦惱。」

沈晞點點頭，她也胡亂猜測了幾種可能，哪一種都令人難以啟齒。而且，要是說出來了，旁人還不信的話，就更難堪了。

沈晞主動摟著趙懷淵的腰，靠過去，柔聲道：「那再給你皇兄一些時間。」

趙懷淵驀地抓住沈晞的手，不肯讓她亂動，嘴上急切道：「溪溪，妳不要亂摸。」

沈晞噗哧一笑。「又沒摸其他地方，腰也不准抱嗎？」

趙懷淵氣惱。「妳這是抱嗎？」

她細嫩的手指在他腰上一寸寸摩挲過去，他的腰眼瞬間就麻了。再不阻止她，他就要出醜了，到時候她一定會嘲笑他，他才不讓她得逞。

沈晞笑倒在趙懷淵懷裡，又仰頭看著他，食指點在他唇上，道：「我們鄉下有句話叫有便宜不占王八蛋，你倒好，端得跟正人君子一樣。」

趙懷淵瞪她一眼。「我當君子不好嗎？」

沈晞眉眼彎彎。「我知道你是尊重我。」

知道沈晞明白他的想法和心意，趙懷淵比真得了便宜還高興，神情瞬間放鬆，如同春日的鮮花綻放，美得不似凡人。

沈晞被蠱惑，摟住他脖子，親吻他的唇瓣，低喃道：「是我想褻瀆你……」

趙懷淵整張臉都紅了，渾身好似被放在火堆上炙烤，腦子昏乎乎的，緊緊抱住沈晞，汲取她口中的芳香。

意亂情迷間，他不無自得地想，幸好自己長了張好臉。

意亂情迷歸意亂情迷，最後趙懷淵還是憑藉不怎麼樣的意志力，停了下來。

他不敢多看面色靡豔的沈晞，整理好兩人有些凌亂的衣裳，趕緊跑了。

沈晞承認自己很有點惡趣味，就喜歡看趙懷淵在理智和慾望間掙扎的樣子，樂此不疲。

又過了一段時日，懿德太妃發覺沈晞這邊說不通之後，又去找了趙懷淵幾次。

但這回他鐵了心不肯原諒，因此太妃那邊無計可施，遂要宴平帝好好說說趙懷淵。

宴平帝沒辦法，把趙懷淵叫去，問清楚趙懷淵的想法後，沒多說什麼。

趙懷淵離宮後跟沈晞說起這件事，沈晞都震驚了。太妃是真的臉皮厚啊，都要反人家的江山了，居然還要人家當和事佬。

沈晞覺得，太妃他們想拉攏趙懷淵，多半只是不想讓趙懷淵壞事而已，趙懷淵本人的力量沒多大用處。

趙懷淵一沒有兵權，二沒有聲望，對於太妃他們的大事並無幫助。不過趙懷淵的離心，大約對拖延太妃他們是有些作用的，但也是有限。

沈晞曾跟趙懷淵推演過，假如他要謀反，會怎麼做？

趙懷淵也是百無禁忌，反正只有沈晞和他兩個人，遂認真地推演起來。

首先，他身為皇室成員，要謀反也是占據了有力身分。假如是別人，名不正言不順，最好的辦法是先在偏遠地方占據一個大本營，再慢慢發展壯大，弄點所謂的神跡出來，說皇帝不義，老天震怒之類的，但這要搭配天災才行得通。這個中央集權的朝代，最近沒什麼大的天災，百姓的日子還過得去，這種造反幾乎不可能成功。

而趙懷淵不同，因為有先太子的事，他只要有兵，便能一次拿下皇宮，控制住宴平帝，當著所有朝臣的面，證明先太子的事是宴平帝幹的，他為兄長報仇天經地義。而且，他還是先太子的嫡親弟弟，繼承先太子的位置名正言順，如此朝臣的反對聲便會小很多，只要文臣不罷工，朝堂就能運轉下去。

趙懷淵若要謀反，走這條路是最穩妥的，趙之廷他們自然也是如此。

京城附近的軍隊分為兩支，一支是京郊大營，近二十萬人，另一支則是皇帝親衛，總共近十五萬人。

這些兵不需要全部掌握在手中，只需要一支可以擊破皇宮的，在其他衛所反應過來前，拿下皇帝，並當著所有朝臣的面「揭發」皇帝罪狀，證明造反合理。若運氣好，不需要流多少血，之後的皇權也會相對穩固。

想到馮太醫和周嬤嬤，沈晞覺得那邊多半是這樣想的，就是不知他們的武力來自哪裡。

趙之廷雖有過領兵打仗的經歷，但他所領的兵遠在邊疆，在京城時，只是個光桿司令，多半會去找曾效忠先太子的舊部。

沈晞覺得她能想到這一點，宴平帝也會想到。當年先太子剛死沒多久，鬧過一陣子，一些比較激進的舊部早已兵敗而亡，其餘的人要麼識時務者為俊傑叛變了，要麼藏得深。

之前永平伯私藏謀反的先太子舊部家人的事，宴平帝並未深究，當年對舊部的清算大概不嚴苛，若非真的謀反起事，也不會追究。在沈晞的印象中，當年的事鬧得不算腥風血雨，沒有牽連太多。

沈晞和趙懷淵討論了下先太子舊部的事，但當時趙懷淵才剛出生不久，哪裡知道這些？要讓趙良查的話，目的又太明顯。

沈晞心想，他們知道得太少了，他們兩個如今就像是無能的旁觀者，只能看著事情發展，卻不能做什麼，怕牽一髮而動全身，引發更不可測的結果。

沈晞嘆道：「要是你皇兄肯說出你兄長當年去世的內情，我們還不至於這麼被動。」

兩邊都是親，只能幫理了。知道了當年事，才好在中間騰挪周旋。

宴平帝若說出來，多半是真相，不然隨便編個理由哄趙懷淵就好，不至於拖著不肯談。

趙懷淵比沈晞更煩惱，兩邊都是親人，他完全被束縛住手腳，除了深入調查，其他的什麼也做不了。

時光流逝，從春日到了夏日。衣衫漸薄，趙懷淵不輕易單獨跟沈晞在一起，生怕哪天把持不住，擦槍走火。

因為沈晞的提醒，沈少陵去國子監讀書後，很少來找沈晞，只在四月上門一次，還是偷偷來的。其餘時日，他老實閉門讀書，沒有鬧出任何事端。

隨著端午臨近，不少門戶掛上艾草和菖蒲。宮中也極重視這個節日，將夏至祭典挪到了這一天。屆時，文武百官會隨皇帝一道在地壇祭祀，以求災消年豐。

沈晞隱隱有種預感，這次的祭祀可能會出事。

她把自己的擔憂告訴趙懷淵，趙懷淵也有同感。本來這次祭祀，她是沒有資格去的，但她決定蹭趙懷淵的身分一起去。

雖然趙懷淵覺得有危險，不肯答應，但沈晞糾纏了兩次，又曉之以理，動之以情，表示只要有他在，不管誰贏了都沒辦法對她下手，她相信他，把趙懷淵誇得迷迷糊糊，答應了。

雖然皇家的熱鬧，她插不了手，但非要在現場觀看不可。而且，萬一發生意外，有她在，至少能保趙懷淵不死。

很快到了端午這一日，沈晞起了個大早，沒跟沈成胥一起，而是坐上趙懷淵的馬車。

趙懷淵面色凝重，欲言又止，似乎不是很想帶沈晞一起去。

沈晞不想跟他做無謂的口舌之爭，反正車廂內沒別人，乾脆摟著他，親了一路，讓他連句完整的話都講不出來。

今日的皇宮格外肅殺，進出的官員察覺到這種氣氛，連寒暄的人都沒幾個。

沈晞和趙懷淵並肩行走，隨著人群，往地壇而去。

沈晞看了看天色，是個好天氣，只希望一切順利。

祭祀有規定的站位，年年參加的官員站在自己的位置上，期間有禮部官員巡視檢查。等吉時到了，就不能走動了。

趙懷淵身為親王，位置很靠前，但沈晞這個三品官的女兒，這次其實是不該來的，更別說混在男人堆裡。因此，她混到了跟趙懷淵的位置差不多平行的宮妃那裡。

如今宴平帝沒有立后，大皇子的母親賢妃和二皇子的母親淑妃都來了，帶著兩個皇子，其餘妃子則沒有資格來。兩位公主跟在後頭，大公主已經十五歲，帶著二公主安靜等待著。再後面，就是一些誥命夫人。

沈晞掃了一眼，不知是不是聽到了什麼風聲，榮華長公主並沒有現身。懿德太妃也沒有出現，韓王妃倒是待在後頭。

韓王打著哈欠，站在趙懷淵身邊，卻懶得看趙懷淵一眼。韓王身後是趙之廷，趙之廷身形挺拔，跟韓王的鬆鬆垮垮形成鮮明對比。

在沈晞觀察時，趙之廷也看到了沈晞，眉頭輕蹙，但並未說什麼。

禮部官員瞧見沈晞，正想喝斥，卻被一直注意這邊的趙懷淵攔住，冷冷地問：「你要她站在我身邊，還是站在那裡？」完全沒有趕沈晞離開的選擇。

禮部官員暗道，趙王這邊都是男子，而宮妃這邊都是女性，沈晞站那邊就太顯眼了。都是不合禮制，自然是越不顯眼越好。

這會兒，吉時近了，若要掰扯起來，以趙王的性情，不達目的不會罷休。到時候誤了吉時，宴平帝怪罪下來，只會怪罪他，而不是趙王殿下。

權衡利弊之後，禮部官員睜一隻眼、閉一隻眼，離開了此處。

沈晞順順利利地站在兩位公主旁邊。

賢妃本來就對沈晞有好感，只當她是為了湊熱鬧，託了趙懷淵想辦法。見禮部官員不管，遂對沈晞柔柔一笑，並未聲張。

淑妃也是溫婉的性子，見賢妃不管，自然不管。兩位公主更是沒多看沈晞一眼。

其餘誥命夫人不是忌憚趙懷淵，就是懶得管閒事。最後，沈晞安然立在那兒，沒人管她。

倒是百官那邊，遠遠注意到沈晞的沈成胥默默低著頭，假裝沒看到。反正壞了規矩的是趙王，跟他有什麼關係，他哪裡管得住這個像祖宗一樣的女兒。

等了好一會兒，連沈晞都覺得累時，終於傳來鐘聲。

內侍唱喏，吉時到了。

沈晞感覺到風雨欲來的平靜。不知是確有其事，還是莊嚴的祭祀本就該是這般模樣。

宴平帝在前，在禮官引導下，帶領文武百官和後宮祭祀土地，祈求來年物阜民豐，國安災消。

就在宴平帝以天子身分代表所有人上香時，一陣凌亂的腳步聲傳來，摻雜著悶哼痛呼和喝斥的打殺聲，突兀地打斷了這場莊重的儀式。

沈晞心道，終於來了，心情微微凝重的同時，也有種第二只靴子落地的放鬆。

已經擔心了數月，不管結果是什麼，總歸要有個答案。

祭祀被打斷，所有人不知所措地望著聲音傳來的方向，不知發生了什麼事。

祭祀莊重，侍衛多半在地壇外守衛，裡面只有一些負責儀仗的錦衣衛，聽見不同尋常的動靜之後，迅速反應過來，要去保護宴平帝。

可比他們更快的是趙之廷，他如一道利刃，風一般往前一躍，清瘦有力的手掐在宴平帝頸下，阻止其餘人的靠近。

尖叫聲此起彼伏，宴平帝對上趙之廷的目光，眼神中卻無被挾持的恐慌，平靜如深海。

趙之廷蹙眉，沒再跟宴平帝對視，揚聲道：「都安靜！」

混亂的人群在見宴平帝被劫持後，猶在如熱鍋中滴入了一滴油，霎時沸騰，但在趙之廷的喝斥下，不敢再出聲。

在趙之廷行動之後，趙懷淵先是追了一步，但很快就發現他什麼都做不了，遂停下腳步，飛快跑到沈晞這邊，緊緊地抓住沈晞的手。

沈晞拍拍他的手背，安撫他。

在趙之廷的威脅下，錦衣衛如臨大敵地圍著他和宴平帝，不敢有任何動作。

「趙之廷，你做什麼，這是大不敬！」韓王看到兒子這樣做，嚇壞了，忙大聲喝斥，但他也沒有膽子靠過去。

他花天酒地慣了，過了幾十年逍遙日子，除了上回莫名被人打斷腿以外，沒吃過什麼苦頭，今日的陣仗著實嚇到了他。

趙之廷沒有理會韓王，目光落在地壇入口處。

此時，外頭的騷動已經漸漸平靜，不一會兒，一群浴血侍衛衝進來，趙之廷的神情才稍稍放鬆。

侍衛們進來，便分成兩批，一批跟錦衣衛對峙，另一批則將文武百官和女眷趕到一起。

沈晞和趙懷淵混在其中，並無出挑舉動。

趙懷淵望向趙之廷和宴平帝，低聲對沈晞道：「溪溪，趙之廷並未立即動手，是想在百官面前公布兄長死亡的真相，好名正言順得到大多數人的支持。待會兒他們一定會逼我選擇，妳就躲在女眷之間，不要讓人發現了妳。」

沈晞道：「剛才趙之廷看到我了。韓王妃也知道我在這裡，不會讓我這麼悠哉。」

在他們沒注意到的時候，韓王妃已經不在這邊了，在衝進來的侍衛保護下，抿緊唇，似擔憂地望著眼前發生的一切。

趙懷淵懊惱道：「我就該堅決一些，不讓妳跟來。」

沈晞笑道：「不用這麼早就下斷言，說不定我來還是好事。」

趙懷淵不覺得以往沈晞的伶牙俐齒能在這裡派上什麼用場，這樣生死危機，沒人會因為她一句話而放棄。

他低聲說：「趙之廷不會對妳下手，應當也能攔住他母親。等會兒妳儘量少說話，別再招惹他們。」

沈晞看看趙之廷那邊，宴平帝的表情很平靜，似乎對這一切早有預料。

她敷衍道：「我明白。」

此刻，地壇很安靜，除了一些小聲的啜泣，劍拔弩張的侍衛們，誰也不想先動手。

在短暫的慌亂之後，有膽子大的官員站出來，厲聲道：「趙之廷，你怎麼敢以下犯上？還不快放了皇上，束手就擒！」

有幾個官員附和，但趙之廷連眼風都沒掃那幾人一下，只安靜地站著。

終於，地壇入口又有了動靜，一小群侍衛帶著兩個人入內，赫然是周嬤嬤和馮太醫。

趙之廷依然在等待。

在這片靜默之中，宴平帝終於出了聲。「還在等你的祖母嗎？」

這話聽得趙之廷一驚，其餘人表情訝異，趙之廷的祖母不就是韓王的母親？可韓王的母親不是早已病逝了？

此時，地壇旁的房門被打開，何壽帶著懿德太妃出來。

在宴平帝的示意下，何壽扯下堵住太妃嘴巴的布。

太妃揚聲道：「之廷，不必管我！」看向宴平帝，眼裡似淬了毒。「你害我皇兒，我便是死，也要拉你陪葬！」

眾人愣住。二十年前的事，他們不是親歷就是聽說過，但沒人敢討論。既然當年的二皇子當了皇帝，那真相就不重要了。

今日，真相可是要浮出水面了？

第七十章

宴平帝靜靜地看著太妃，終於開口。「是我對不起皇兄，但事情並非妳想的那樣。」

這一刻，沈晞終於明白，不只是趙之廷希望藉由這次機會揭開當年真相，宴平帝也是。但他以身涉險，除了要揭開真相之外，應該還有別的心思。

聽到宴平帝的話，太妃恨聲道：「你少狡辯。當年之事，我有人證！」

太妃雖被控制，卻像是執掌大局一般，目光如炬看向百官，朗聲道：「在那之前，我要先證明一事。趙之廷並非韓王血脈，趙文高這種東西，怎麼可能生出之廷這樣的兒子。之廷不是宴平二年出生，他是宴平元年生的，馮太醫和周嬤嬤可以作證。」

從時間上算，趙之廷正是先太子的遺腹子。

韓王震驚又憤怒，他這是被算計了，替別人養了十幾年的兒子?!

他的目光落在韓王妃身上，怒斥道：「妳這個賤人！我就知道，當初是妳陷害我！」

當初他真以為是自己酒後失德，被宴平帝罵了，不敢還嘴，還因此被奪了封地。他不敢說什麼，老老實實把人娶回家，哪知這一切都是算計。

他就說，當年怎麼孫倚竹非要湊到他跟前，以為是為了生個兒子好站穩腳跟，後來兒子出生了，孫倚竹就對他疾言厲色，他也沒太懷疑什麼。孫倚竹看不上他，他還看不上她呢。

他厲聲道：「難怪妳當初生了兒子，也不肯讓我多看，原來是怕我察覺不對。」

他明白過來，當時孫倚竹應該是找了剛出生的嬰兒騙過他，後來不肯讓他多看兒子，他負氣就懶得看，以為沒別的女人為他生兒育女？後來究竟是什麼時候把孩子換過來的，他也不知道。

走到這一步，再沒有後路可言，韓王妃不必再掩飾對韓王的鄙夷，似乎覺得多看他一眼都是種折磨，對眾人道：「先太子去世那日，馮太醫為我診治，我已有了三個月的身孕。」

周嬤嬤和馮太醫出聲作證。兩人還貼身照料韓王妃，以防止消息走漏。

眾人驚疑不定。有年紀較大的人記得馮太醫，也認得周嬤嬤。只是，這兩人的話真的可信嗎，誰知道他們是不是被收買了？但沒人敢問。

看到這裡，沈晞暗地裡跟趙懷淵咬耳朵。「你皇兄應該不只這一個後手吧？」

宴平帝太冷靜了，除了拿下懿德太妃當人質，大概還有別的佈置。只是，再多的佈置，他都被趙之廷抓住了，怎麼看都覺得不夠穩妥。

既然他早知道今日會出事，為什麼不再多佈置一點呢？落在趙之廷手裡，太過被動了。

趙懷淵望著宴平帝和趙之廷，低聲說：「我不知道……」遲疑了一下，道：「或許，他在賭。」

賭？賭什麼？沈晞也看向宴平帝，微微蹙眉。

此時，太妃厲聲問宴平帝。「趙文誠，你早查過了對吧？當年你老跟在文淵後頭，最清楚之廷有多像文淵！」

宴平帝微微點頭。「我知道之廷是皇兄的兒子。」

太妃本以為宴平帝會反駁，死不承認。他們這邊只要控制住局勢，再拿出這些證據，哪怕有人心底嘀咕，至少他們這方師出有名。不承想，宴平帝這麼輕易就承認了。

如今箭在弦上，哪怕死都要讓趙之廷奪回本屬於他的東西，因此太妃不管宴平帝的異樣，紅著眼，揚聲道：「周嬤嬤，妳來說，文淵死的那一夜，妳看到了什麼。」

周嬤嬤的目光落在韓王妃身上一瞬，隨即斂了神情。

「那一夜，先太子宿在章德殿，老奴奉主子的命令去伺候先太子，哪知到了章德殿，就見那裡著火了，伺候的人都不在附近。老奴急了，衝進去救人，卻被掉下來的房梁砸到，昏了過去。幾日後醒來才知道，當夜先太子就被燒死在裡面了。」

她抬眼，字字有力道：「然而，老奴昏迷前，清楚地看到，當時的二皇子也在章德殿，是他放火燒死了先太子。」

此言一出，眾人駭然。

沈晞感覺到趙懷淵手上的僵硬，多用了幾分力道給他支持。她猜事情還沒完，若真相是這個，宴平帝根本不可能給他們機會說出來。

她看向宴平帝，發現他眼中隱有淚光，似是想到了什麼。

太妃已是淚流滿面，厲聲質問宴平帝。「你還有什麼可說的？文淵對你那麼好，你怎麼能如此殘忍，活活將他燒死。」

韓王妃抹起眼淚。她跟先太子是青梅竹馬，年紀到了便順理成章地成婚，婚後柔情密意，感情甚篤。可新婚不到一年，先太子慘死，若非當時她已有身孕，都不一定會活下來。

她忍受著想吐的痛苦與韓王在一起，正是為了今日，為她先夫沈冤昭雪，讓兒子拿回本屬於他的東西。

憋了二十年，韓王妃忍不住哭道：「文淵哥哥拿你當親弟弟，做什麼都願意帶著你，可你是怎麼對他的？他死的時候，該多痛苦、多絕望，竟是他最倚重的親弟弟害死了他。」

這一對姑姪，懷念著同一個男人二十年，所思所想都是如何為他雪冤，如何為他的兒子籌謀。今日終於走到這一步，她們需要發泄心中埋藏了二十年的痛苦。

沒人說話，只有太妃和韓王妃的啜泣聲。

片刻後，宴平帝才道：「當年確實是我害了皇兄，但我並未燒死他。」

太妃怒斥。「你還想狡辯！」

宴平帝說：「不只你們想念皇兄。那日，我因頂撞父皇被禁足，心中不忿，溜去章德殿找皇兄。皇兄不想讓旁人知道我偷跑出來，才把伺候的人打發走。他陪我喝酒，寬慰我，後來一道睡下。當我被叫醒時，章德殿已經著火，皇兄拉著我要跑，卻被倒塌的橫梁砸中。」

他說到這裡的時候，哽咽了下，似回到那個混亂的，讓他記了一輩子的可怕夜晚。

他穩了穩心情，才繼續道：「我想救皇兄，可是抬不動橫梁，皇兄便趕我走。」

這是宴平帝埋藏了二十年的秘密。之前趙懷淵問起時，他就猶豫著要不要說出來。只是，很多人不會相信他所說的。

當年，他眼睜睜看著皇兄受困而救不得，恰在那時聽到有人喊救火，而屋子內的火越燒越旺，只能跑了。在他跑出去的那一刻，章德殿就塌了。他太害怕別人以為是他害死了皇兄，因為他確實偷偷溜去章德殿，皇兄也確實是為救他而死。

這個秘密被保守二十年，他也痛苦了二十年。對趙懷淵的無限縱容，對懿德太妃私下的小動作不聞不問，正是因為他的愧疚。

他自小崇拜皇兄，那時候一心想著，等皇兄當了皇帝，他就當皇兄的輔臣，兄弟倆一起讓大梁更強大。是他非要去找皇兄喝酒，皇兄才會讓下人都離開，兄弟倆都醉了，身邊沒伺候的人，沒能即時發現殿內失火。是他害死了皇兄，令他多年的夢徹底破碎。

他只要說他去過章德殿，所有人都會認為是他害死皇兄。所以，他一句話都不敢說。

但今日不同。

「你胡說，這是你的一面之詞！周嬤嬤都看到了！」

韓王妃知道，這是她的文淵哥哥會做的事，他就是那樣的人，對每個人都很好。但她不信宴平帝的話，宴平帝只是在推卸責任。

宴平帝看向周嬤嬤，帝王威嚴讓周嬤嬤不由低頭。

「當日我以為沒有人證，才不敢說出實情。周嬤嬤，既然妳在，妳究竟看到了什麼？」

韓王妃嘶喊道：「妳再說一遍，告訴他，妳看到是他燒死了文淵哥哥！」

周嬤嬤目光微垂。「是……老奴確實看到是二皇子放火。」

宴平帝逼問道：「妳看到我放火？那妳為何不叫人，也不阻止？章德殿不是小茅草屋，沒那麼快燒成廢墟。」

周嬤嬤被問住，連忙把話圓回來。「當時我看到太子被壓在梁下，而二皇子正要離開，不是他放的火，又是誰？」

宴平帝冷聲道：「我離開時，章德殿塌了，但凡我晚一步，就會跟皇兄一起死。若是我蓄意放火燒死皇兄，怎會等到最後一刻？」

周嬤嬤沈默一下，深吸口氣，堅持道：「老奴不會看錯。二皇子怎麼想，老奴不知。」

宴平帝不管周嬤嬤，看向正抓著他的趙之廷，目光柔和許多。「之廷，你來告訴我，周嬤嬤說的是真是假。」

雖然今日是為趙之廷正名，為了讓他奪得皇位。可在太妃和韓王妃的襯托下，趙之廷就像是個配角，只是做他該做的，一句多餘的話都沒有說。

在宴平帝的逼視下，趙之廷似有所動搖。

太妃大聲道：「之廷，不要聽他的，他怎可能承認是他殺了你父親？那是弒兄弒君！」

因為宴平帝已先坦蕩承認趙之廷就是先太子的兒子，太妃說了這話之後，百官們自然各有心思。

若宴平帝真的殺了先太子，就不該承認趙之廷的身分吧？

百官們在想什麼，沈晞已從他們面上看出端倪，忽然發現，宴平帝確實老奸巨猾。

她受趙懷淵影響，一開始也以為宴平帝是在賭真相大白之後，趙之廷會放開他。可如今一連串事情下來，她沒辦法那麼想了。

宴平帝承認趙之廷的身分，是因為眾人的心思。大家認為，要是他殺了先太子，就兩件事都不會承認，而他如今承認了，可見問心無愧，那先太子也不是他殺的。這是其一。

另外，她能想到趙之廷這方會如何奪得帝位，並穩住朝堂，宴平帝會想不到嗎？自然也能猜到趙之廷這方會有相關的人證。今日束手就擒，只怕就是為了引人證出來。

當然，這一切的前提是，宴平帝真的沒有殺先太子。他要在這個所有人都在場的情況下，讓身為趙之廷一方的人證，反過來證明他的清白。如此，不管百官，還是史書、野史，都不能再亂說他殺了他皇兄。

二十年前的舊事，誰也不敢提，但心中有想法；而宴平帝百口莫辯，甚至提都不能提。為了一勞永逸，為了自己的名聲，為了皇位的穩固，宴平帝需要今日這一遭。

沈晞在短短時間內想了許多，倒是能理解宴平帝。而且，他不是必贏。正如趙懷淵所說，宴平帝也在賭，賭趙之廷會不會追究那夜的真相。

接下來，就看趙之廷會怎麼做了。

趙之廷的目光從太妃和韓王妃身上掃過，又落在周嬤嬤身上。

他出生前就沒了父親，在他懂事時，便被告知親生父親是誰，又是怎麼死的。他在聽著祖母和母親懷念父親的話中長大，從小就知道這江山本該是他的，他所做的一切，只是在為父親報仇，拿回自己的東西。哪怕他並沒有這樣的野心，祖母和母親也不會讓他退縮。

倘若宴平帝說的是真的，他今日所作所為，不就是與他父親的願望背道而馳？

趙之廷雙眸定定看著周嬤嬤，道：「周嬤嬤，您看著我長大，跟我說過許多關於我父親的事，您說他是端方君子，八德兼備，盼望我能像父親一樣。請您告訴我，那一夜，我父親究竟是怎麼死的。」

周嬤嬤眼中含淚，垂下目光，並未作聲。

趙之廷厲聲喚道：「周嬤嬤！」

周嬤嬤抬頭，韓王妃似是察覺到什麼，激動地喊道：「周嬤嬤，妳不要亂說話！當年妳就是這樣告訴我的！」

周嬤嬤終於哭了。「娘娘，老奴起初說的，並不是這些。是您不肯相信，老奴只好順著您的意思說……」

當年，周嬤嬤昏迷三日後醒來，便將當夜看到的全說了出來。

可是，已經崩潰的孫倚竹不相信她的文淵哥哥就這樣死了，若不是有人謀害，他一定不會死的。

周嬤嬤沒辦法，只能說是二皇子害的。對仇人的仇恨，再加上肚裡的孩子，才讓孫倚竹活下來。

後來周嬤嬤被叫到太妃面前時，想說真話，但太妃的模樣不比孫倚竹好多少。她害怕了，不敢說出所見，只能按照她們的希望，虛構兄弟相殘的戲碼，好讓她們有個人去恨。

如今在趙之廷的逼問下，隱瞞多年，良心不安的周嬤嬤終於說出了當夜看到的事。那些情景時常出現在她的噩夢中，就像前一天才發生過的一樣清晰。

「那夜，我去了章德殿，見到那裡著火，嚇壞了，也忘記叫人，只顧著衝過去看太子。太子被壓在梁下，喊著讓二皇子走……」

「周嬤嬤，妳是不是被趙文誠收買了？妳怎麼能這樣背叛我，背叛太子。」韓王妃哭著打斷了周嬤嬤。

宴平帝不可能讓這一切半途而廢，當即厲聲喝斥。「繼續！」

當了二十年皇帝，一聲簡單的喝斥便充滿威嚴，讓韓王妃噤了聲。

周嬤嬤飛快地說下去。「太子讓二皇子走，但二皇子不肯走。是太子說，要二皇子當個好皇帝，照顧好太子的母親和妻子，二皇子才不得不走了。」

周嬤嬤話音落下，韓王妃站立不住，癱坐在地上哭泣。她一直在自欺欺人，時間久了，好像事情真是她以為的那樣，直到今時今日面對事實。

太妃始終冷著臉旁觀，等周嬤嬤說完，才冷笑道：「趙文誠，你手伸得真長，連周嬤嬤都被你買通，但改變不了你殺害我兒之事。」

不過，這場戲到底沒有白白上演。在場的人也有自己的想法，再加上周嬤嬤的反口是因為趙之廷，因此絕大多數人認為周嬤嬤今天說的才是真相。

宴平帝嘆道：「我確實對皇兄的死有責任，因而這麼多年始終愧疚，想要盡力彌補。但妳說我謀害皇兄，我是絕對不認的。我對皇兄的愛敬之情，不比你們少。」

「住口！」太妃神情激動。「他是那麼好的孩子，卻被你害死，你怎麼有臉提起他！」

真相的揭露對韓王妃是個打擊，可對太妃來說，不過是個小插曲罷了，她嚴厲地看向趙之廷。

「之廷，趙文誠辜負了你父親的信任，卻死不悔改。這樣的人，沒必要再同他囉嗦。殺了他，你才是大梁的皇帝！」

何壽扯住太妃，不讓她再說下去。

太妃的嘴被堵住，神情瘋狂猙獰，要好幾個內侍才能壓制住。

癱倒在地的韓王妃望著太妃的癲狂模樣，突然厲聲道：「之廷，殺了他！你不殺他，母親就死給你看！」只要宴平帝死了，他謀害趙文淵的事就是蓋棺論定了。

趙之廷皺緊眉頭，望著韓王妃的雙眸裡流露出痛苦。

韓王妃一把抽出身邊侍衛的刀，顫抖著橫在脖子下，大聲道：「之廷，快動手，不然母親馬上下去陪你父親！」

趙之廷渾身僵硬。即便被這般教大，心中自有一桿秤，他父親不是宴平帝害死的，他父親甚至還要宴平帝當個好皇帝，而宴平帝也做到了。

宴平帝低聲道：「之廷，我不怨你們，當初我也有錯。我既答應了皇兄會照料你們，絕不會食言。」

然而，韓王妃顫抖的手已握不住刀，脖子流出刺眼的血，趙之廷不知該怎麼辦。

看到事情變成這樣，沈晞一陣唏噓，小聲問趙懷淵。「你幫誰？」

趙懷淵已做出選擇，低聲道：「我相信皇兄。」

若非當年他兄長的叮囑，他皇兄怎會如此寵溺他？又怎會對他母親那樣寬容？

趙懷淵握了握沈晞的手，走出人群道：「表姊，妳何必一錯再錯？妳要趙之廷今後被萬人唾罵嗎？兄長在天之靈，絕不想看到他的親人自相殘殺。」

韓王妃不肯聽，又哭又笑。「你懂什麼？你不記得你兄長了，可我記得我的文淵哥哥。他那麼好，怎麼能未及弱冠就死了呢？他本來能看到之廷出生，本來能跟我白頭偕老。」

趙懷淵道：「可妳們再怎麼想念他，他都已經死了。妳們困在過去，不肯往前走，但我跟趙之廷還年輕，憑什麼要跟妳們一樣困在原地？」

這是趙懷淵一直以來的憤怒。不管是他還是趙之廷，都只是兄長的替代品，那他們自己的人生呢?!

趙懷淵看向趙之廷。「趙之廷，不要再受制於她們了！」

此時，終於掙脫嘴上束縛的太妃怒罵。「懷淵，你不肯幫母親也就算了，怎麼能幫外人？你這樣怎麼配當文淵的兄弟！」

趙懷淵望了太妃一眼，如今她的話已對他沒有太多影響。他不是誰的影子，也不是為了別人而活。

太妃見狀，不再勸說，在被堵上嘴之前，喊道：「倚竹，動手！」

她不在乎孫倚竹的性命，也不在乎自己的，她謀劃了二十年，就是要讓趙文淵的兒子當上皇帝。這是她這一生最後能為趙文淵做的，誰也不能阻止她。

聽到太妃的命令，韓王妃便動了。

一片驚呼聲中，沈晞也動了。

她丟出一塊小石子，將韓王妃手中的刀打落，隨即如同乘風而起，來到趙之廷面前，在他驚訝的目光中，運起內力震開他，接著反剪他的雙手，將他壓制在地，抬頭看向侍衛，挑眉道：「你們的主子已束手就擒，還不快投降？」

她看得出來，趙之廷很難抉擇，那她幫他一把好了。他作為工具人的一生也挺慘的。

趙之廷並未掙扎。

眾人心想，他們看到了什麼？那是沈成胥的女兒吧？她剛剛是不是飛起來了，她怎麼做到的?!

宴平帝反應極快，做了個手勢，只聽到一聲哨響，外頭湧進許多侍衛。趙之廷帶來的人見大勢已去，只好丟下武器投降。

侍衛從沈晞手中帶走趙之廷，趙懷淵這才衝到沈晞身邊，滿臉震驚。「溪溪，妳剛剛怎麼……」

沈晞笑道：「我剛剛救駕了，是不是很棒？」

既然趙懷淵說幫皇帝，那她就幫皇帝。當初要是她喜歡上的是趙之廷，那麼這會兒宴平帝的頭都沒了。會武功的事，她藏了許久，這會兒正是派上用場的時候。救駕這樣的大功勞，不用擔心宴平帝會派人圍剿她。

趙懷淵一直以為沈晞是做多了農活，因此比一般女子強壯些，沒想到她何止是強壯，簡直是武林高手。怪不得很多時候她膽大至極，原來有這樣的倚仗。

趙懷淵雙眼亮晶晶的，聽見一道威嚴的聲音道：「沈晞救駕有功，朕定好好封賞。」

趙懷淵和沈晞轉頭看向宴平帝，宴平帝望著他們的目光很是溫和，也不問沈晞的武功是怎麼回事，只欣慰點頭。

沈晞笑咪咪道：「我是聽趙王殿下的。」

宴平帝的目光落在趙懷淵身上，上前拍了拍他的肩膀，低聲道：「小五，這麼多年，皇兄一直心懷愧疚。你相信皇兄，皇兄很高興。」

趙懷淵紅著眼睛。「皇兄待我如何，我怎會感覺不出來？當年是意外，怪不得你。」

宴平帝抱了抱趙懷淵，溫聲道：「小五，你放心，我說到做到。你母親和趙之廷，我都會寬待，這是我當年對皇兄做下的承諾。」

要善後的事有許多，宴平帝說完，匆匆走了。

沈晞看看沒人攔她，打算離開。趙懷淵也不想在這時去見他母親，跟著沈晞離去。

馬車上，趙懷淵猶豫許久，才問道：「溪溪，過去妳一直藏著，不讓人知曉妳會功夫，今日卻為了我暴露，該不是打算事後就離開京城吧？」如此，也就不怕暴露了。

按照沈晞本來的打算，確實是有這個可能，但現在不是。

看著趙懷淵憂心忡忡的模樣，沈晞湊上去，笑道：「當然不是。我是不是沒告訴過你，我非常迷戀你的人？連便宜都沒占到，怎麼可能離開。」

突如其來的告白令趙懷淵懵了，隨即笑容一點一點在面上綻放，如同冰雪消融，春暖花開。

他歡快地緊緊抱住沈晞，心想：讓她占，隨她占，他求之不得！

第七十一章

謀反事件的後續發展，對很多人來說，簡直是開了先河。

主謀孫瑜容、孫倚竹姑姪被判幽居，不得隨意出入。主謀趙之廷被貶為庶人，發配邊疆。其餘參與者貶謫不一，但無人是死罪。

誰也沒見過謀反大罪被這樣輕輕放下的，有些官員上書抗議。然而此事親歷者多，明白宴平帝如此寬待的原因，也有官員上書讚揚他的仁德。

不管朝堂上如何吵吵鬧鬧，宴平帝都沒有改變主意。在民間，宴平帝的名聲前所未有地好，他知恩圖報，善待兄長妻兒，連謀反大罪都可以不追究。

沈晞明白，宴平帝的目的達成了。沒人再認為他弒兄，他的聲望空前的高。

偶爾，她會有些陰沈地想，周嬷嬷真的沒有被買通嗎？但事情已是如此，宴平帝在得到好名聲的同時，也被架起來了，只能一直對趙懷淵好。

她還是相信人間有真情。宴平帝對趙懷淵可能有算計，但多年的兄弟情應該是真的。

除此之外，她的封賞也很豐厚，得了一個縣主的名號，還有許多真金白銀的好處。

趙懷淵去見過宴平帝後，跟沈晞說，宴平帝在趙之廷走前，跟趙之廷聊過一次。趙之廷雖是被發配邊疆，但可以參軍，能跟以前一樣做他最擅長的事。

沈晞覺得宴平帝的膽子也大，還敢讓趙之廷掌兵，這可能就是皇帝的馭下之術吧。趙之廷會很感激宴平帝的既往不咎，而他母親和祖母都被關在京城，他這樣重情義的人，翻不出什麼風浪來，反而還得繼續替宴平帝打工。

見趙懷淵沒想過宴平帝早知道一切，卻放任趙之廷他們在地壇當眾發難的內在原因，沈晞不會多嘴，還是知道得少一點比較幸福。

比較令她難過的是，她會飛的事已經傳得眾所皆知。再加上她頂著縣主的名頭，又有趙懷淵的偏愛，出門已經完全遇不到主動挑釁她的人，連榮華長公主和竇池看到她都會避讓。

有一回，她暗地裡聽兩個少年討論她，說她連昔日戰神都能制住，想揍他們，用一根手指頭便夠了，可不能招惹，聽得她當時就想用一根手指滿足他們。

如今她的便宜爹看到她就一臉諂媚，家裡的女眷對她一如既往的親近，而朋友們對她親近之外，還多了幾分欽佩。她已陷入想搞事而不得的窘境，很是遺憾。

沈晞在旁人眼中只是個鄉下來的普通農女時，都能不在乎外界眼光做自己，如今有了縣主頭銜，更是隨心所欲，越發不在意被人看到她跟趙懷淵的親密交往。

這件事，最終還驚動了宴平帝。

以宴平帝對朝堂鄉野的掌控，早知沈晞和趙懷淵的關係十分親密，但如今已發展到有官員藉此彈劾趙懷淵，不好完全當作看不到。

趙懷淵被叫到皇宮，宴平帝語重心長地跟他說，既然看中了，就好好求娶，不要讓人家姑娘寒心。

趙懷淵簡直是啞巴吃黃連，有苦說不出。是他不想娶沈晞嗎？是沈晞不肯嫁啊！

但他哪裡會在宴平帝面前說沈晞的壞話，老實認錯。「是我太過輕浮，今後我改。」

宴平帝看著趙懷淵，趙懷淵也看著他，但就是不說娶妻的話。

宴平帝看著趙懷淵長大，這會兒大概懂了，眉頭一挑。「是沈晞這丫頭不樂意？」

趙懷淵連忙道：「不能怪她，她還小，從前吃了好多苦。如今我順著她，是應該的。」

宴平帝本只是擔心趙懷淵一時想岔，沒處理好，如今得知他們自己樂意，遂不多管了。

「隨你們，別弄出孩子來就好。」

血氣方剛的男人跟正當芳華的女人，天天膩在一起，不搞出點事來都不正常，但只要別婚前生子就好，那就太難看了。

趙懷淵頓時臉色爆紅，慌忙道：「皇兄別亂說，我可不會做那種事。」

宴平帝聽了，便知趙懷淵尚未得手，心中稀奇。趙懷淵有多喜歡沈晞，他也清楚，往常看著不顯山露水，不想還有這等定力。

他揮揮手道：「行了，朕懶得管，你回去吧。」

趙懷淵趕緊跑了，跑得老遠後，臉色才恢復正常。

皇兄也太看不起他了，他可不是為了占沈晞便宜，才跟她在一起。他是真心喜歡她，不會亂來！

因為被懷疑了品性，趙懷淵變得格外堅定，當日跑去見沈晞時，還故意跟她保持距離。

沈晞察覺到他的異樣，也沒多問，只道：「我打算過幾日回濛北縣一趟。」

趙懷淵驚得站起來。「妳要走了？」

沈晞說過，她可能會離開京城，但兩人後來並沒有多提這件事，他就覺得她隨時會離開。這會兒聽到這話，就慌了。

沈晞奇怪地看他。「我很久沒見我的養父母，答應過會回去看他們的。如今我弟弟來了國子監讀書，我順便問問他們要不要遷居京城。」

之前宴平帝給她的賞賜裡，包括一座農莊。她養父母若不習慣無所事事，來了還能跟農莊的佃戶一起種田。

趙懷淵這才反應過來，乾笑道：「原來是這樣。」剛剛他嚇得心臟都快停了，怕沈晞一去不回。

他忘了來之前要跟沈晞保持距離的決心，期期艾艾地湊到她身邊。「那我可以跟妳一道去嗎？」

沈晞笑著看他。「你以為，我為什麼要跟你說這個？」

趙懷淵頓時面露笑容，怕沈晞反悔似的，連忙道：「我要去！」

這件事，沈晞也跟沈少陵說過，讓她忌憚的事既已解決，那麼全家遷居京城的問題不大。沈少陵沒有意見，只是總讓她操心不好意思。

這算什麼？她先花點小錢讓他安心讀書，將來他做大官，當她的靠山。

沈少陵感動得當即表示要好好讀書，絕不辜負她的期望。

趙懷淵既打算跟沈晞一起回濛北縣，怕她等不及，趕緊去皇宮跟宴平帝說一聲。

宴平帝沒說什麼，只讓趙懷淵多帶些人，別跟上次一樣讓他操心。

趙懷淵知道沈晞對沈成胥沒什麼父女情，卻對養父母很好，想替他們長長臉，選了相貌堂堂的侍衛隨行。

這一日，天氣不錯，兩人帶上十幾人出發了。

路上不著急，也沒什麼不長眼的傻子，他們邊走邊玩，十多日後才到達濛北縣。

沈晞進了縣城，先去拜見陳知縣。如今緒菱還在京城，為陳寄雨備嫁，但兩邊通信不斷，因而陳知縣早知沈晞為陳寄雨操心的事，對沈晞比過去更多了幾分親切。得知沈晞來此的目的後，說等她養父母決定了，遷移戶籍的事不必操心。

至於趙懷淵，沈晞壓根兒沒讓他來見陳知縣，怕麻煩。陳知縣不知道趙懷淵隨行，還以為縣衙外的侍衛全是沈晞家的。

離開縣衙，沈晞又去買了不少東西，準備當作禮物，送給濛山村的村民們。

離濛山村越來越近，趙懷淵緊張起來，他這算是女婿見岳家吧？跟上次見他們不一樣，這回怕他們會嫌棄他不夠穩重，配不上沈晞。

這麼一大隊人馬入村，頓時引來許多注目。沈晞也不搞神秘，直接下了馬車，跟見到的村民打招呼。

這一年來，濛山村的村民心裡都犯過嘀咕，覺得沈晞回京城過好日子去了，連養大她的養父母都不顧，多少有點令人心寒，還有人到沈大郎和錢翠芳面前說些不好聽的話。

沈大郎和錢翠芳哪裡能讓人這樣說沈晞，只是知道財不外露的道理，只能籠統地說，沈晞走之前，把賺的錢全給他們了。

村裡的人不知沈晞這些年當雨神娘娘賺了多少，因為沈家吃穿用度跟他們相差無幾，頂多是供一個人上學。因此，夫妻倆的話沒有多少說服力，村人們以為沈晞就留個十幾兩。

直到今天，村人看見沈晞以這樣大的排場回來。

沈晞也不隱瞞，聽他們問起，就說她已經在京城安頓下來，是來接爹娘過去的。

這樣大的消息，很快傳遍整個濛山村。等沈晞到了沈家，就有許多人跑來看熱鬧。

要是能在城裡定居，有能賺錢的營生，誰又想在地裡刨食，指望老天爺開恩呢？圍觀的村民們羨慕極了，只恨當初怎麼沒有多去濛溪邊走走，先撿了沈晞呢？

沈大郎和錢翠芳站在門口，看到沈晞走來，不覺濕了眼眶。

畢竟是親眼看著長大的，他們相信沈晞的品性。見她回來找他們，還聽來報信的人說，她要帶他們去京城過好日子，仍然驚喜不已。

她還是他們的溪溪，沒有被京城的繁華迷了眼，她還記得他們。

沈晞叫了一聲爹娘，握了握他們的手，隨後看向圍觀的村民。「我帶了些禮物給大家，你們可以去村口車隊那裡領，我先跟我爹娘說說話。」

聽說有禮物，村民也不圍觀了，不一會兒就跑了個乾淨，只剩下沈晞一家和趙懷淵。

沈大郎夫妻看到趙懷淵，驚了驚。他們還記得當初跟沈晞一起走的趙懷淵，但怎麼好像比記憶中看起來英俊多了？卻不敢多問，在趙懷淵的注視下，手腳都不知道該怎麼放。

沈晞拉二老回屋，對趙懷淵使個眼神，他便殿後將院門關了。

趙懷淵在沈晞身邊坐下，沈晞說道：「爹，娘，這是我幫你們找的女婿。」

趙懷淵頓時精神一震，擺出自認為最妥貼的笑容，道：「雖然我和溪溪尚未成親，但若你們不介意，我也叫你們爹娘，可好？」

沈大郎和錢翠芳震驚得說不出話。他們知道沈晞能這樣回來，必定在京城混得很好，但沒想到會這樣好。

錢翠芳慌忙道：「這、這不好吧？」一個王爺說要叫他們爹娘，可怎麼使得？

趙懷淵急了。「怎麼不行？」他要是哪裡配不上沈晞，他改還不行嗎？

沈晞好笑地按下心急的趙懷淵，看向顯然有些被嚇著的沈大郎和錢翠芳，笑著解釋。

「爹，娘，你們不要慌，別看他是天潢貴胄，人還怪好的，不會嫌棄我們。」

趙懷淵心道，他的紈袴名聲傳遍大江南北了，希望沈晞的爹娘不要嫌棄他才好。他誠懇地說：「感謝二老將溪溪好好養到這樣大，我才能與她相遇。我感激你們還來不及，怎麼會嫌棄呢？」

見趙懷淵果然如沈晞所說的好相處，沈大郎和錢翠芳終於放鬆了些。

看出養父母還是不自在，沈晞對趙懷淵揮揮手道：「你出去玩一會兒。」

趙懷淵挑了挑眉。趕狗呢？但他不想讓沈大郎和錢翠芳覺得他對沈晞不好，一句反對的話都沒說，乖乖起身出去了。

等趙懷淵離開，沈大郎夫妻才真正放鬆下來，連忙問起沈晞去京城之後的情況。

沈少陵在國子監安頓下來，寫信簡單說過跟沈晞相認的事。但他們不識字，信也要別人讀，因此沈少陵沒說更多，他們並不了解沈晞在京城的經歷。

沈晞挑一些能說的跟他們說，等說完了，才道：「我在京城置辦下一份產業，包括一些店鋪和農莊，卻找不到信任的人替我打理，爹跟娘可以幫幫我嗎？」

來之前，她嘴上說隨他們決定去不去京城，但還是忍不住使心機，想讓他們過去，就近照料。這裡到底離京城有段路程，他們年紀逐漸大了，要是有什麼事，她鞭長莫及。

沈晞了解自己的養父母，她這樣一說，即便他們還有幾分遲疑，也沒了。大梁人安土重遷，沒有必要的理由，不會願意去全新的地方重新開始。

沈晞詳細說了農莊的情況，將未來描繪得充滿希望，沈大郎和錢翠芳終於多了幾分心動。在京城，他們有地可種，還能時常見到沈晞和沈少陵，這樣好的日子，他們怎麼會不期待呢？

不過，他們不願賣掉這邊的所有產業，只願將土地賃給旁人種。

沈晞知道他們是想留個退路，心想，她要是有本事把京城的產業全弄丟了，那她犯的罪過只怕大到根本用不上這退路。但她沒說什麼，讓他們安心才重要。

沈晞的動作很快，從勸服二老，到收拾好想拿去的東西，也就一個時辰。

沈大郎和錢翠芳還想多搬些家當去京城，但沈晞說，農莊裡什麼都有，直接過去就好，兩人才勉勉強強帶上一些換洗衣物，拿上早上做的、沒吃完的饅頭。

鎖上院門的時候，錢翠芳的手都在抖。就這麼走了，今後再也不回來了嗎？他們真的只帶上這些東西就夠了？再買豈不是又要花很多銀子？

沈晞看出錢翠芳的顧慮，只好再次解釋農莊什麼都有，多帶也是浪費，路上還不方便。

沈大郎和錢翠芳當了一輩子農民，也老實了一輩子，雖然還是慌，但終於邁出了腳步。

家裡的田地被租給關係最親近的一戶人家，而且不收租，就是要讓他們種著，別把地荒廢了，家裡的鑰匙也給他們一把。糧食自然帶不走，放久了會壞，一併送給這戶人家。多出良田可種，人家哪有不願意的，再加上白得千斤糧食，別人看到，羨慕得不得了。

沈晞帶著二老離開後許久，濛山村的村民才有種作夢的感覺。沈大郎一家這就走了嗎？

他們一家的事，將來注定要成為這村子口口相傳的傳說了。

在縣城遷戶籍果真很方便，住了一晚後，一行人便踏上回京城的路。

一路上，趙懷淵對沈大郎夫妻非常殷勤，弄得他們誠惶誠恐，偷偷讓沈晞勸勸趙懷淵，他們真的有些受不住了。

沈晞笑得不行，笑歸笑，還是跟趙懷淵說了，讓他克制一下。

趙懷淵很委屈，他這不是為了讓沈晞的養父母對他有個好印象嗎？不然將來哪天沈晞終於願意嫁給他，可她養父母卻不答應，那多耽誤啊。

到了京城，沈晞先帶二老逛了逛京城，讓他們看看大城市的繁華，住了好些日子。這期間，沈少陵也請了假出來作陪，之後才送他們去京郊的農莊。

農莊裡原來的管事還算可靠，沈晞叮囑了他幾句。管事早聽說過沈晞的名聲，她可是連戰神都拿下過，不敢招惹，恭敬地應了。

沈晞走後，沈大郎和錢翠芳在管事的帶領下，去看屬於他們的農莊。農莊所管轄的土地很大，他們坐驢車繞了一圈，讓佃戶們見過新來的主人家。

沈晞收到這個農莊之後，就把佃戶要上交的佃租減半，因而他們十分喜歡沈晞這個新主子，對她的養父母自然也很熱情，二老新到一個地方的忐忑終於減輕了些。

晚上，躺在乾淨柔軟的床鋪上，二老都沒有睡意。過了一會兒，錢翠芳才道：「跟作夢一樣。」

沈大郎點點頭。「是啊。」

錢翠芳又道：「床鋪真軟和啊……是溪溪的孝心呢。」

今日她聽管事說，這些用物全是新的，沈晞都關心過。

沈大郎最後道：「好日子還在後頭呢。睡吧。」

滿懷著對未來的期許，兩人終於沈沈睡去。

這一年的秋天，沈晞的友人們相繼成親。先是陶悅然，之後是魏倩，最後是陳寄雨。

婚後，她們仍以翠微園為據點，時常出來聚會，因此沈晞知道她們的婚後生活很幸福，雖然有些雞毛蒜皮的小事，但大體上還是舒心的。

鄒楚楚還在等待著賀知年，最近賀知年已經賺夠能安心讀書的銀子，不太寫話本了，專心讀書。對鄒楚楚來說，等待賀知年就像是開盲盒，最後結果是不可預料的。

但鄒楚楚看起來很鎮定，可能是有沈晞這個都十八歲了還不成親的在前面頂著。

沈寶嵐也是，她見識到沈晞是如何幫陳寄雨選夫婿的，她可是沈晞血緣上的親妹妹，將來沈晞對她一定更好，因而一點都不著急。

沈晞還觀察到，沈少陵偶爾來侍郎府玩，跟沈寶嵐相處時，似乎有那麼點意思。反正兩人都答應她要晚婚，這事便一點都不急，順其自然就好。

王杏兒的身體早已大好，如今跟青青關起門來過日子。她的繡活還不錯，能有些進項。但靠這個肯定不行，沈晞便送了她一間看起來不怎麼起眼的胭脂鋪子，讓王五幫忙照料。

沈晞問過王杏兒，未來怎麼打算，要不要再為她找個可靠的良人？王杏兒考慮了許久才說，想先自己過日子，將來若有想成親的男人，會跟沈晞說。

沈晞見她沒有再執著於感情，心裡也高興。王杏兒一個人在外，她不敢給太多錢財，怕有人算計，反而令王杏兒過不上平靜的生活。但只要她在一日，王杏兒的事就是她的事。

王五有沈晞當靠山，日子過得很舒適，也成功求娶到心儀的妻子。他成親那日，沈晞恰好沒事，便也去了，讓他激動得連話都不會說了。

在京城又過了一個冬天，開春後，沈晞有些待不住了，打算去南方走走。

趙懷淵聽說沈晞的打算，表示他也要去，幾次三番跑去皇宮求宴平帝准許他出門，終於獲得首肯後，樂顛顛地跟著沈晞離開了京城。

第七十二章

這一次，他們帶上不少人，包括閱歷豐富的趙良，十來個功夫不錯的侍衛則偽裝成普通家丁。而趙懷淵的人設是某個不出名山莊的浪蕩少爺，沈晞則是他身邊的美貌婢女。

沈晞終於找回剛到京城的興奮感。當年王不忘可喜歡跟她吹牛了，因此她聽過許多武林舊事。不過，那畢竟是好多年前的事，對於如今武林的情況，她確實不了解。

巧的是，一行人剛進入南方武林的範圍，便聽說將要舉行五年一次的武林大會。這種熱鬧怎麼能不湊呢？一行人興匆匆地前往。

朝廷力量強，武林的勢力自然相對就弱了，多半要躲著官府。因此，武林大會辦在比較、偏遠的隰縣，而且還是隰縣下面的李家村。

這個武林跟沈晞想像得不太一樣，但……管它呢，有得玩就行。

為了迎接即將到來的武林人士，村外原本當作集市的大片空地上搭了一座高臺，旁邊則搭了許多臨時的棚子，用來做買賣。

村裡的房子本就造得又大又多，有空餘的房間便能當客棧居住。不過，屋子到底有限，來晚了只能露宿，或者靠銀票開道。

沈晞一行人來時，李家村的屋子全住滿了，到處是帶著各種武器走來走去的武林人士。

這樣的人多了，難免會發生爭鬥，就有巡邏的人來制止。

沈晞見狀，讓其餘侍衛先待在馬車旁，她和趙懷淵帶著趙良去附近溜達。

沈晞越看越是失望，跟她在前世的電視劇中看到的完全不一樣嘛，那座臨時搭建的高臺很簡陋，讓她有種看鄉村大舞臺的錯覺，這武林大會感覺就是鄉村集市。

但趙懷淵沒沈晞這樣見多識廣，往常被拘束著，如今竟能跑到離京城那麼遠的地方，就夠他興奮的了，好奇地四下張望。

他們在看風景，也成為旁人眼中的風景。

武林人士畢竟風吹日曬，長得好看的不多，沈晞和趙懷淵這兩個金童玉女一來，便吸引了許多人的注意。尤其是趙懷淵，身著錦繡衣衫，一身矜貴氣，模樣又是那樣的絕色，若非在這樣有人管著的地方，早被歹人盯上打劫了。

相較之下，沈晞沒趙懷淵那樣絕色，又刻意低調，說是他的丫鬟也不奇怪。

沈晞感受到周圍的關注，跟趙懷淵咬耳朵。「我們已經被很多人盯上了，害怕嗎？」

趙懷淵一臉坦蕩。「有溪溪在，我怕什麼？」

正因沈晞曾在皇兄面前展露功夫，他才能如願離京。沈晞厲害，就是他厲害，他得意得很。至於她從前的隱瞞，這有什麼，他還不願讓人知道他真正的長相呢，誰都有些小秘密。

這時，一個身材魁梧的大漢走到沈晞等人面前，拱拱手道：「在下流風掌傳人詹虎，不知公子如何稱呼？」

趙懷淵自然不能說真名，也學著對方的模樣，拱手笑道：「我是御劍山莊少莊主沈川，久仰久仰。」

這假名是趙懷淵自己取的，很是得意，用了沈晞的姓，名字也要跟沈晞對應，她是「溪」，那他就是「川」。

這名字當然沒人聽過，武林說大也大，說小也小，哪可能知道每個武林人士的名字，既然趙懷淵說了久仰，詹虎不好說自己沒聽過，只好含糊道：「原來是沈公子，幸會。」

兩邊哈哈哈笑起來，自報家門又笑過，就算認識了。

趙懷淵展現出配得上自己人設的豪氣道：「今日我與詹兄是一見如故，必須喝一杯！可惜這裡沒有什麼好地方喝酒。」

詹虎也豪邁笑道：「人生得一知己，一杯水酒足矣。」

片刻後，兩人進了一間用窩棚搭出來的酒家，讓店家上酒。

趁詹虎不注意，趙懷淵連忙對沈晞使眼色。他知道沈晞不喜歡酗酒的人，這回不想破戒。喝酒後，腦子不清楚，在這種地方，他可不能給沈晞拖後腿。

沈晞收到暗示，一屁股坐在趙懷淵旁邊，故作氣惱道：「公子，上個月你才喝酒喝到吐血不止，還敢喝？老夫人叮囑我要看好你，今日你但凡吃一杯酒，我就不跟你說話了。」

沈晞一向沒什麼偶像包袱，這會兒扮演一個關心主子又使小性子的婢女，也是維妙維肖，看得趙懷淵熱血沸騰。

他都不知道，沈晞還有這一面。往常他可不怎麼能見到沈晞撒嬌嗔怒的模樣，那聲音聽得他身體都酥了，小眼神勾得他渾身沒力氣。

趙懷淵被沈晞悄悄掐了下，才回過神來，一臉為難，故作討饒道：「我只喝一杯可好？今日見到詹兄弟，高興。」

沈晞看向詹虎，肅然道：「想必詹大俠也不想見到我家公子喝酒吐血吧？真正的情義不在乎是一杯茶水，還是一杯酒水，您說是不是？」

原本詹虎覺得沈晞有點煩人，大老爺們喝酒，她一個女子來湊什麼熱鬧？哪知被沈晞這麼一看，到嘴邊的話就說不出來了。

他很是奇怪，難道能怕了這小ㄚ頭不成？再看對面的人，目光直勾勾地落在小ㄚ頭身上，好像她不答應，他真不敢喝，一點公子的樣子都沒有。什麼小ㄚ頭，是放在心尖上的小情人吧，當他看不出來？

他大大咧咧地笑道：「既如此，我也不好不顧沈兄弟的身體，那咱們就以茶代酒。」

趙懷淵故作慚愧道：「讓詹兄見笑了。我家老夫人管得緊，做人子女的，不好違逆。」

詹虎笑著應是。趙懷淵跟詹虎喝茶聊天，沈晞並不插嘴，只在暗中觀察。這個詹虎身上有些內力，看起來大大咧咧，實則粗中有細，趙懷淵跟他東拉西扯好一會兒，沒能從他嘴裡聽到什麼，他反倒在套趙懷淵的話。好在趙懷淵也不蠢，故意裝作聽不懂，岔開了話。

於是，半個時辰後，兩個人喝了一肚子水，半點要緊的事也沒探聽出來。

兩人回過味來，互相看著，又是一陣笑，多少有點心照不宣的意味。

片刻後，詹虎自稱有事先走了。等人走遠，趙懷淵好奇道：「溪溪，他的功夫如何？」

沈晞照實道：「打不過我。」她的外功雖然不怎麼樣，但內功深厚。所謂一力降十會，沒多少人是她對手。

趙懷淵頓時笑得跟小傻子似的，湊過來低聲道：「溪溪最厲害。」

沈晞推了他一下，讓他注意御劍山莊少莊主的人設。

可能是詹虎來打探時有不少人盯著，卻見詹虎探不出虛實，後來便沒人再過來。

沈晞等人找了一圈，終於找到一間挺乾淨的大院子，砸錢勻出五間房，足夠他們住下。

這麼折騰了一會兒，天色漸晚，在分配屋子時，眾人又有了點分歧。

趙懷淵自然是想自己睡一間，但這樣一來，剩下三間房讓十幾個大男人住太擁擠，而這院子也沒有別的房間了。

而沈晞除了考慮侍衛睡覺的問題，還考慮到安全。今天他們這麼招搖，說不定就有膽大的來搞事呢，遂提議她跟趙懷淵住一間。

趙懷淵當即耳朵通紅地反對。「那怎麼可以！」

趙良本是站在趙懷淵身後，被沈晞瞥了一眼後，立刻去分配手下的住宿。

房裡剩沈晞和趙懷淵，沈晞耐心解釋。「住一間又怎樣，在這種地方不可能做什麼。」

趙懷淵急道：「這對妳不好。」

沈晞瞥他一眼。「說得好像你從未夜裡鑽過我房間。」

這下趙懷淵不僅耳朵，連整張臉都紅了。沈晞這話說得太曖昧了，好像他們夜裡做過什麼一樣……而且那是之前，後來他都很注意的好不好。

他爭辯道：「那不一樣。」

沈晞湊過來，小聲道：「可要是不睡一間，我也會因為擔心你而睡不好覺。」

她不過是普普通通闡述事實，趙懷淵卻跟聽了情話一樣上頭。

溪溪說她會擔心他！她擔心他！

於是，趙懷淵暈乎乎答應了沈晞的提議，等沈晞鎖門時才陡然緊張起來，生出後悔。

萬一他晚上忍不住，對沈晞出手了怎麼辦？他也是血氣方剛的男人，當然想更親近沈晞，往常忍住這念頭已經很辛苦，今晚要是一起睡了，豈不是天大的考驗？

轉念一想，沈晞是武功高手，他真想對她怎樣，她兩三下便能制伏他，不用太擔心……

「進去，我睡外面。」

趙懷淵的想法被沈晞的話打斷，呆呆地往床裡挪了挪，隨即忽然反應過來。「睡一間也就算了，怎能睡一張床?!」

沈晞挑眉。「你的聲音可以再大一點。」這兒是農家土胚房，牆很薄，隔音很差。

趙懷淵趕緊閉嘴，小聲道：「那我睡地上。」

沈晞看著趙懷淵，嘆了口氣，坐到床沿望著他。

「懷淵，我不明白你為什麼要這麼在意這些。之前還在濛山村時，我以為我這輩子不會跟任何人在一起。名聲這東西，我全然不在意，你也沒必要為此糾結。難不成，你還想著替我留個清白名聲，將來讓我嫁給別人？」

趙懷淵脫口道：「那當然不行！」說完，便沈默了。

他想對沈晞好，不想讓她受委屈。或許，他也在害怕，怕沈晞以後不要他了，那他如今的克制，便是為她留了一條退路。不管沈晞會不會跟他在一起，他都希望她能幸福安康。

沈晞多少猜到趙懷淵的心思，凝視他半晌，慢慢道：「回京後，我們就成親好不好？」

趙懷淵以為自己聽錯了，反應過來，剛要張嘴，卻被沈晞抬手按住。「別大聲說話。」

趙懷淵連忙點頭，雙眸亮晶晶地盯著沈晞，片刻後又耷拉下眉眼，低聲道：「溪溪，我並不願意讓妳不開心，妳不必為了我勉強答應。」

沈晞微笑，捧著趙懷淵的臉，讓他看向自己。「我這像是勉強的樣子嗎？」

如此近的距離，兩人呼吸糾纏，趙懷淵感覺自己好像陷入了沈晞那雙瀲灩雙眸中，心裡逐漸清晰，原來沈晞真的願意嫁給他。

他呼吸急促，語無倫次。「妳不會反悔嗎？我好高興！我絕不會讓妳受一點委屈！」

沈晞哂笑。「沒關係，受了委屈，我會自己討回來。」

趙懷淵一想也是，自從他認識沈晞以來，她就沒有吃過虧。他傻笑起來，恨不得連夜趕回京城，給沈晞一個最盛大的婚禮，原本很期待的江湖之行忽然變得索然無味。

沈晞拍了拍趙懷淵的手臂。「好了，睡覺吧，明天不知會有什麼好戲看呢。」

趙懷淵連忙點頭，貼著沈晞躺下，又緊緊抓著她的手攥在掌心，側著身，滿臉笑容地盯著沈晞，像是怕她跑了。要是在京城，這會兒他就不必這麼克制了。

沈晞被他貼得難受，白他一眼。「之前恨不得離我十丈遠的人是誰？」

趙懷淵嘿嘿笑著，依然緊抓沈晞的手不放。這會兒他不敢碰別的地方，還是牽手就好。

沈晞用掌風滅了油燈，兩人靜靜地躺在床上。

過了一會兒，寂靜的房間裡傳出沈晞無奈的聲音。「閉眼，睡覺。」

趙懷淵應了聲，但閉眼沒多久又睜開，聲音裡帶著些許不確定。「溪溪，我有點不敢睡，怕醒來發現只是一場美夢。」

沈晞輕嘆一聲，憑藉極好的眼力，在黑暗中準確地親在趙懷淵的唇上，低聲道：「我保證，這不是夢。」

趙懷淵依然憂懼，但沈晞的親吻和安撫到底令他逐漸放鬆，輕輕攬上沈晞的腰，貼著她的耳朵道：「好，我信妳。」

一夜安眠，沈晞剛睜眼，就看到趙懷淵放大的俊顏。

趙懷淵看到沈晞睜眼，立即露出笑容擠過來，期期艾艾道：「溪溪，妳說我們回京城後就成親的話，是真的對吧？」

沈晞露出詫異的表情。「你說什麼？」

趙懷淵一僵。不會吧，那真是他作的美夢？

見他如遭雷擊的表情，沈晞噗哧一聲笑出來。「好啦，不逗你。是真的，不是作夢。」

趙懷淵鬆了口氣，隨即惱怒道：「溪溪，這種事怎麼可以開玩笑，我差點嚇死。」不等沈晞道歉哄他，便貼上來道：「妳親我一下，我才能原諒妳。」

沈晞伸出手掌抵著他的額頭，推開他，笑咪咪道：「牙還沒刷呢，快起來。」

趙懷淵哪裡抵得過沈晞的力氣，只好慢吞吞地跟她一起起床漱洗。

今日是武林大會的正日子，外頭一大早就熱鬧起來。

趙良派出去的人打探到一些情況。武林大會是五年一次，用擂臺賽來重新選舉盟主。首先是自由報名的淘汰賽，最後優勝者去挑戰盟主，贏者就是下一任的盟主人選。

沈晞覺得這盟主選拔挺草率的，但一聽盟主的權利，心想難怪如此。原來盟主就只是個榮譽頭銜，號令不了群雄，只是在各幫派之間有爭執時，作為和事佬出來調解。

既然是不怎麼正經的盟主，一問還能報名，沈晞就有點興趣了，還攛掇趙良下場，大家一起玩才好玩嘛。

趙良原是不想湊這種熱鬧的，但趙懷淵下了命令，只好相陪。侍衛中也有幾個功夫極好的躍躍欲試，最後，御劍山莊有五人報名。

淘汰賽開始時，擂臺周圍圍滿了人。沈晞不想跟他們擠，遂花高價在不遠處買了個簡陋的看臺座。

擂臺正前方的看臺上坐了好些人，沈晞一個個看過去，大致看出他們的內力都不如她。

她想起王不忘曾自得地說過，當初為了圍剿他，各大門派派出許多高手，卻死的死、傷的傷，武林的頂尖之人被他一窩端了。

當時她還對初見王不忘的慘狀記憶猶新，嗤之以鼻，覺得王不忘是在自吹自擂，但今日看來，王不忘的話可能是有一些真實的。

她的內力完全承襲自他，這幾年來有所進步，但不多，她對修行內功上實在沒有天賦。饒是如此，這些一看便是領頭的人物，竟然都不如她，可見武林確實沒落了。

淘汰賽很快開始，比鬥不限制武器，以一方認輸、昏迷、死亡、被打下擂臺作為結束。當個勞心勞力的和事佬，其實沒那麼吸引人，但武鬥難免有意外，上場就要自負生死。

趙懷淵聽完規則，有些擔憂地說：「溪溪，這麼危險，要不妳還是別上了吧？」

沈晞沒理會趙懷淵傻兮兮的言論，只拍拍他的肩膀，說了聲乖。

趙懷淵便不勸了，只低聲道：「妳可要小心。」

沈晞應了一聲。陰溝裡翻船的道理，她不是不懂，當然會小心謹慎。

第一組上臺，是肌肉壯漢對上瘦小老頭。肌肉壯漢一如所有的炮灰，一看到老頭便嘲笑一番，而結果不出沈晞預料，老頭輕鬆將壯漢打趴，反折壯漢的手臂，壯漢疼得哇哇亂叫。

臺下一陣叫好聲。壯漢認輸後，老頭拱手對看臺示意，下了擂臺。

下一對是體型相仿的兩個漢子，武功差不多，你來我往許久，才勉強分出勝負。

過了幾組，終於輪到沈晞這邊的侍衛上場。

侍衛摩拳擦掌，畢竟頂頭上司和上司的上司都看著呢，他可不想丟人現眼。

難得的是，他的對手居然是一位三十來歲的女子。

沈晞發覺，跟她前世看過的武俠小說和電視劇不同，這裡的女俠少得可憐，想想只能龜縮一隅的武林，就不奇怪了。這個社會男尊女卑，女子獨自在外行走，需要極大的勇氣。

侍衛顯然也愣了愣，似有所猶豫，但女俠可是見慣了生死，開始後立時朝他攻去。

侍衛手忙腳亂地應對，失了先機，再加上放不開手腳，很快便敗下陣來。

侍衛灰頭土臉地下臺，被同伴們好一陣嘲笑，自覺丟人，滿臉通紅，躲在一旁不吭聲。

沈晞見侍衛並未辯解說是小看了對方才會失敗，賞了他銀子，勉勵他今後繼續精進。

侍衛頓時不難過了，悄悄藏起崇拜的眼神，在同僚們羨慕的目光下，接過賞賜。雖然他不曾親眼見到夏至祭典那日沈晞的風姿，但這一路南下，她偶爾露的一手已足夠令他崇拜。

接下來另一個侍衛上臺，因為有了前一人的教訓，打起精神應戰，最後贏了。

沈晞同樣賞賜了銀子。

又過了幾場，終於輪到沈晞，她直接從看臺上一躍而起，落在擂臺上，驚起一陣驚呼。

她還記得自己的人設，因而沒太藏拙，等到對手上臺，就一掌把人拍下擂臺。

她說了會小心謹慎嘛，絕不會讓他們近身。

年輕貌美又武功高強的女子自然引人注意，沈晞回到看臺後，依然有許多雙眼睛或明或暗地盯著她。

趙懷淵得意道：「溪溪好厲害！」

沈晞一行人來得張揚，昨日就引來一些窺伺。在得知趙懷淵這個少莊主並不上臺比試，只讓婢女上之後，這會兒看向他的目光裡，已多了些鄙夷。

趙懷淵一個個瞪回去，一副輕蔑又高高在上的樣子。沈晞厲害就是他厲害，這些人就是在嫉妒他。

第一輪結束後，一個上午便過去了。短暫的中場休息後，開始第二輪。

第二輪，沈晞依然一掌將人拍下臺，乾脆俐落。趙良和另一個侍衛也成功晉級。

第三輪，沈晞對上晉級的侍衛，侍衛直接棄權。趙良跟別人對上，也晉級了。

回去的路上，沈晞引來不少人的注意，其中有些人還上前攀談，不過都被心疼沈晞，覺得她累著的趙懷淵擋回去。

沈晞遂配合地做出元氣大傷的樣子，隨他進了屋。

這一夜，或許是沈晞在白天出盡風頭，引來了不懷好意的傢伙。

本就沒有完全睡著的沈晞察覺到有人靠近，身旁的趙懷淵睡得正香，沈晞幫他拉了拉被子，隨即悄無聲息地來到門邊。

有人戳破窗戶紙，一根麥稈探進來。

沈晞心想，是她想的那種東西嗎？

這房間的門開關沒什麼動靜，她悄悄開門出去，就見兩個人正頭對頭，緊張地弓著腰，並未察覺她已經出來了。

沈晞站在一旁看了一會兒，突然出聲。「你們幹麼呢？」

她的聲音如同平地一聲驚雷，嚇得兩人一屁股坐在地上。他們自詡偷竊手藝高超，以前連頗有名聲的高手都成功偷過，哪怕沈晞在淘汰賽上展現出實力，他們也未曾放在心上。財帛動人心，看沈晞一行人個個穿著錦衣，出手大方，貪心便超過了理智。

看到他們驚恐的模樣，沈晞面露失望。「怎麼嚇成這樣，我很可怕嗎？」都敢盯上她了，怎麼就這種膽色？

沈晞並未放低聲音，在隔壁房裡和衣而睡的侍衛們當即魚貫而出。

他們本來是想守在沈晞和趙懷淵門外的，卻被沈晞拒絕了。這兒隔音這麼差，她和趙懷淵要是晚上說點什麼悄悄話，鬧出動靜來，那多不好意思？

侍衛看一眼便明白了狀況，上前逮人。這兩個賊靠的是旁門左道，沒能抵抗幾招便被五花大綁，侍衛們還從他們身上搜出許多奇奇怪怪的東西。

沈晞好奇地翻看，托著下巴，為難道：「這不方便送官，不然還是按照江湖規矩吧。」什麼是江湖規矩？那就是殺人償命，偷東西剁手。

兩個賊聞言，當即磕頭求饒。沈晞皺了皺眉，遂有兩個侍衛上前，將他們的嘴堵住。

沈晞搖頭嘆息，有膽子找上她，怎麼就這麼輕易求饒了呢？好歹再硬氣一點啊。轉頭對趙良道：「明日問問別人，這兩個賊都幹過什麼事。若曾傷人性命，就地殺了。」瞥了兩個賊一眼，灰敗青白，滿面恐懼，多半是害過人命了。

兩個賊被押走，沈晞回到屋內，趙懷淵已經醒來，一臉後怕。「這江湖也太危險了。幸好我有妳，倘若我一個人住，早被他們害了。」

沈晞笑咪咪道：「我早說了嘛，不然你以為我非要跟你一起睡，是為了占你便宜嗎？」

趙懷淵臉又紅了，心想沈晞怎麼老這麼說，說得好像那種事是他吃虧一樣。哼，等成親後，他要讓她好好見識見識他的厲害。

他悄悄摸了摸自己的腰，很好，很有力量，到時候吃虧的一定不會是他！

第七十三章

第二天早上，淘汰賽繼續。

這次沈晞運氣很好，趙良也成功晉級，不過畢竟越往後越難，這一次他受了些輕傷。

沈晞道：「趙統領，我們只是來玩，不是來拚命的。下一輪要是情況不妙，乾脆認輸，沒人會看低你。」

沈晞看出來，趙良不想在趙懷淵面前表現得太弱。

趙懷淵附和道：「溪溪說得沒錯，我們只是來玩的。」

趙良忙低頭應下。「是，小人明白。」

趙懷淵又對沈晞道：「溪溪也是，等會兒要是有比較難打的，千萬不要逞強。」越到後頭的人，功夫越強，難以靠一掌把人打下擂臺了。

沈晞笑道：「你當我傻？」

這回，沈晞遇到一個強手，對方是年富力強的中年人，一派宗師的模樣。他是新崛起的青山門門主，為了替自己門派造勢，因而想要奪下盟主之位。

青山門門主面對沈晞，並無任何輕敵之意，擺出起手式，朗聲道：「小友，請賜教。」

「前輩，冒犯了！」沈晞說完，以小輩的身分先動了手。

王不忘自稱博採眾長，教給沈晞的外家功夫裡，包括劍法、掌法、拳法、腿法等等，沈晞不說全部學會，七、八成總有的。

數招掌法過後，兩人各自往後退開，青山門門主面色複雜道：「自古英雄出少年，小友年紀輕輕，掌法卻精湛。」

看臺上，有人忽然站起來，厲聲道：「忘憂掌！妳師承何人？」

沈晞心中哎喲一聲，沒想到王不忘看起來粗魯，替掌法起的名字還挺有氣質。當年他沒說掌法的名字，只吹噓這是他自創的。

沈晞看過武林的現狀之後，就不怕人家會認出她的師承了。而且，她還有皇帝親封的縣主身分，他們對她動手之前，也要好好掂量能不能承受來自朝廷的報復。

沈晞大大方方地說：「教我的人自稱王不忘。怎麼，你們有仇呀？」

她輕描淡寫的話讓看臺上的人青筋直冒，他怒聲道：「真是那個惡人！他殺死我師兄，卻逃了，如今他在何處？」

沈晞笑道：「你要找他？那我送你去好不好呀？」說完才發覺自己一副惡人架勢，但也不準備改口。

看臺上的人從沈晞的話裡聽出未盡之意，道：「當年王不忘重傷逃離，命不久矣。如今即便還活著，只怕也是苟延殘喘。」又勸男人。「閔兄，先坐下，等他們打完再說。」

男人滿臉憤怒地坐下了。

沈晞的目光從在場眾人面上掃過一圈。可能真是時過境遷，提到王不忘，記得的人多，但表現憤怒的沒多少，那畢竟已是十年前的事。

青山門門主此刻的神情，比剛才凝重多了。王不忘那一戰，他還只是個無名小卒，根本沒跟王不忘交過手，因此並未認出沈晞的掌法。

王不忘的威名至今仍在江湖上流傳，見沈晞是王不忘的傳人，他自然要嚴陣以待。

剛才沈晞用掌法時，沒使上太多內力，靠的多是巧勁。這會兒她決定速戰速決，等等下了擂臺，方才那人可能還要找她的麻煩呢，遂多用了幾成內力。

剛剛還覺得自己能應付的青山門門主頓時覺得好似小溪變大海，洶湧壓力迫得他喘不過氣，躲避一記掌風，卻沒能避開隨之而來的另一掌，整個人像是被巨石砸中，跌下擂臺。

沈晞道：「承讓。」連氣都沒多喘一下，轉身望向看臺上的男人，微微一笑。

男人當即大怒，從看臺上躍下，直奔沈晞而來。

趙懷淵等人也趕來站在沈晞身旁，冷冷地望著她。

「王不忘呢？」男人怒聲道。

沈晞笑咪咪地回答。「剛剛不是說了嗎，你想見他，我可以送你去見。」

看臺上的人也追過來，拉住男人道：「閔兄，你稍等。」看向沈晞。「這位小友，可能告知王不忘是否還在人世？」

他客氣，沈晞便也客氣，道：「他已在數年前病逝。」

對方露出鬆了口氣的樣子，對男人道：「閔兄，你也聽到了，當時是咱們技不如人，沒什麼可怪的。況且他已死，你該放下了。」

男人怒聲道：「江湖中人，師債徒償，天經地義。」

沈晞打斷了他。「哦，老子打不過，就去欺負兒子呀？當初你要是能追到王不忘，我還高看你一眼。如今嘛……嘖嘖。」斜眼看人的神情，好像面前的人只是不入眼的垃圾。

男人暴跳如雷，王不忘是他藏在心底多年的恨，若非好友在一旁拉著，可能已經動手。

沈晞兀自上前一步，冷冷地望著他。

「順便跟你說一句，王不忘的內功已全部傳給了我。當年你們那麼多人都打不過他，如今你隻身一人，還想對付我？」

她輕嗤一聲，又擺出輕蔑的表情。「我奉勸你一句，不要被仇恨裹挾了人生，好好過自己的日子。我今日來，不是為了報仇。王不忘死前只惦記被他辜負的親人。」

王不忘的過去，沈晞是當奇聞軼事來聽的，王不忘也不曾說過得了他的武功就要為他報仇的話。當年之事，究竟誰對誰錯，又怎麼說得清呢？反正王不忘都不在意了，沈晞就更不可能為此復仇，開開心心搞點樂子，做該做的事不好嗎？

男人被拉走了，沈晞也回到看臺上，眾人時不時看過來的目光充滿了敬畏和羨慕。

既然已經放開手腳，後來的淘汰賽，沈晞沒再收斂，每一次都以最快的速度解絕對手，直到她成為最後剩下的那人，望向看臺。

男人冷冷地望著她，忽然一躍而起，落在看臺上。

「今日之戰，若妳贏，我自廢武功；倘若我贏，妳要帶我去找王不忘的墳！」

此時沈晞已經知道，男人是上一屆的武林盟主，姓閔。心中嘀咕，這些所謂的武林人士真是暴力，動不動就要自廢武功、挖墳，難怪不敢去北方，不然一定會被朝廷盯上圍剿。

沈晞本來是不想贏的，她只是來玩，不想真當什麼武林盟主，但聽閔盟主這麼一說，她只好贏了。

「你贏了，隨你的意。但我贏了，我不需要你自廢武功，你繼續當你的盟主，但你跟王不忘之間的恩怨一筆勾銷。」

閔盟主不覺得自己會輸，聽到沈晞答應，也不管什麼為老不尊的，率先攻去。

沈晞也不怕他賴帳，在這樣的場合賴帳，臉都丟盡了。很多時候，武林人士要的就是個臉面。

閔盟主是上屆贏家，功夫自然很高。沈晞先謹慎地防守，小心地探看他的底細。

閔盟主擅長掌法，腿法也很有一套，多年練習令他技巧精湛，比沈晞這個三天打魚，兩天曬網的功力深厚多了。

但沈晞單單在內功上就能壓制對方，再加上她的外功天賦也不是白誇的，一時間兩人打得難解難分。

圍觀的人看得十分專注，時不時爆發出驚呼聲。

除了部分看熱鬧不嫌事大的，自然都希望閔盟主贏。沈晞到底是個外來者，還是個漂亮的年輕姑娘，要是她壓過一眾有名有姓的高手，他們臉面上過不去啊。

然而，這世上很多事不是靠著願望就能成的。在眾目睽睽之下，閔盟主被沈晞一掌打下擂臺，噴出一口血。

趙懷淵在看臺上歡呼。「好耶，溪溪贏了！」哪怕眾人對他怒目而視，也渾然不覺。

擂臺上，沈晞客客氣氣地拱手道：「承讓。按照我們先前約好的，我贏了，閔盟主繼續當盟主，自此之後，你與王不忘之間的恩怨一筆勾銷。」

閔盟主沒想到自己會輸，大受打擊，一口氣上不來，昏了過去。

沈晞傻了，好歹先應承她的話再暈啊！

然而，不等沈晞找個能管事的人出來解決，就察覺到周圍的情況似乎不太對勁。

與此同時，有人高呼。「不好，官兵來了！」

民不與官鬥，武林人士更是不想跟朝廷扯上關係，原本還興致盎然的眾人紛紛離開，場面頓時變得亂糟糟的。

沈晞知道這回沒人會聽她說話了，只好趕緊下了擂臺，跟趙懷淵一行人會合。

說起來，他們也是官方人士，照理說是不必跑的。為了一路上的方便，他們出門前不是沒有準備，趙懷淵早從宴平帝那裡要來了一份文書，若真有事，給當地的官員看，讓對方知道他們是身負皇命就行，不必暴露自己的身分。

然而這會兒很混亂，官兵能不能聽他們說話還未可知，別人都逃開，就他們跑向官兵，也太顯眼了。

因此，沈晞一行人跟著人群一起跑，還往人少的地方去。

孰料，這次官兵是有備而來，想圍剿武林人士，他們在村外被攔住去路，一桿桿黑洞洞的槍指著所有人。

沒人敢再亂跑，誰都知道槍的威力。

沈晞和趙懷淵對視一眼，跟著站住。

官兵上來拿走他們的武器時，趙良才低聲說出他們是京城來的，遞上文書，同時要對方不得聲張。

官兵不敢怠慢，趕緊拿著文書去找頂頭上司。回來時，客氣地請沈晞一行人過去。

在其他武林人士的眼中看來，趙良遞過去的是銀票，靠著賄賂官兵才得以網開一面。

文書上寫得模糊，但偏偏派兵來圍剿的千戶曾在京城待過，一看到趙懷淵就認出了他，差點當場跪下行禮，到底記得他們要求不聲張，才生生忍住。

直到領著他們離得遠了些，千戶才有些惶恐地說：「屬下可是壞了王爺的事？」他是被人排擠才遠調的，要是再被調走，不知會調到什麼鬼地方去。

趙懷淵擺擺手。「沒事，我們就是隨便逛逛，你們辦你們的事就好。」

反正沈晞已經贏過所有人，他們在這裡也玩夠了。

千戶這才長舒了口氣，忍不住偷偷打量一旁的沈晞一眼，暗暗猜測這位就是傳聞中的沈二小姐吧？果然明豔美麗，難怪趙王鍾情不渝。

趙懷淵看向沈晞，神情裡帶著一點期待。「溪溪，我們回京城嗎？」

沈晞自然知道他的心思，不再逗他。「行。」

她望向遠處，那些武林人士在槍炮的威脅下，只能乖乖束手就擒，不知這一回會對整個武林造成多大的影響。

反正不是她端了他們，跟她沒關係。

沈晞收回目光，她也只是心中有一點感慨罷了。

江湖還是只存在於書或戲劇中比較好，打打殺殺的多殘忍啊，大家好好種田或做生意賺錢，過好日子不好嗎？

在趙懷淵的催促下，一行人快馬加鞭往京城趕。

花了差不多兩個月，眾人終於回到京城。

一路風塵僕僕，沈晞先回侍郎府休息，趙懷淵卻一晚都等不得，直接跑去皇宮找宴平帝，請宴平帝為他賜婚。

宴平帝早知道趙懷淵想成親而不得，若非趙懷淵不許他過問，他早找沈晞談一談了。

如今見沈晞鬆口，他也高興，不用趙懷淵操心，親自操辦趙懷淵和沈晞的婚禮。

於是，當宴平帝煩惱趙懷淵婚宴上該用哪道菜時，趙懷淵在跟沈晞遊湖；宴平帝煩惱要擺幾桌時，趙懷淵在跟沈晞爬山；宴平帝煩惱婚禮儀式是否要精簡時，趙懷淵和沈晞在跟朋友們玩。

如此數月過去，終於到了婚禮這一日。

這無疑是一場萬眾矚目的婚禮，這一對鬧出諸多風波的名人終於要成親了。

天還未亮，沈晞就被叫起床梳妝打扮，沈寶嵐比沈晞還興奮，圍在沈晞身邊笑嘻嘻地說：「總算可以光明正大叫姊夫了。」

沈晞望著鏡中已經梳妝好的自己，感覺有一點陌生，她沒想到自己會有結婚的一天。

韓姨娘和朱姨娘一個在旁邊陪著沈晞，一個進進出出地忙碌。沈晞的養母錢翠芳也被沈晞接來了，雖然有些拘束，但看著親手養大的女兒出嫁，忍不住偷偷抹了抹眼淚。

沈晞彎起嘴角，眼裡慢慢染上喜色。自己答應的，就不要有任何不確定了。要是將來後悔了，還能和離不是？和離不了，她還能直接跑，她在這個世界是自由的。

這種篤定，讓她不怵於將自己裝入婚姻這座圍城，更何況趙懷淵是能跟她一起玩鬧，極度合拍的人。

到了出門的時辰，沈少陵揹著沈晞上轎，沈晞聽到韓姨娘和她養母她們在哭，其中數沈寶嵐哭得最大聲，好像要沒了她這個姊姊一樣。

沈晞想，婚後幾天她和趙懷淵一起搬回侍郎府住時，沈寶嵐一定會驚呆的。她已經跟趙懷淵說好，婚後在這家住一段時間，那家住一段時間，就是要任性。

沈少陵放下沈晞時，低聲說：「姊，若姊夫對妳不好，就來找我，我一定為妳出氣。」

聽到沈少陵聲音裡的哽咽，哪怕沈晞不需要，還是接受他的好意，低低應了一聲。

今日趙懷淵一身新郎官的大紅衣袍，襯得那張絕色面容更如同神祇下凡一般。一路打馬過來，讓路上的人全看呆了，只覺得是神仙要娶親。

他的笑一直沒停過，等沈晞坐上轎子，低聲叫了她一聲，才去跟韓姨娘他們說了幾句。今日是他的好日子，所以他也不吝應付沈成胥。

太妃和韓王妃被幽居在別的地方，如今趙王府只有趙懷淵這一個正經主子。趙王府距離侍郎府不算太遠，但趙懷淵太高興了，反正不用沈晞走路，遂讓迎親隊伍繞了一大圈，讓所有人看到他如願以償娶到了心愛的女子，這才心滿意足地去趙王府。

沒人注意到的街角，王杏兒和青青一起祝福地看著這迎親隊伍。其實沈晞叫過王杏兒，但王杏兒不想替沈晞招惹麻煩，稱病不肯過去。

趙王府中，皇帝親臨，因而裡三層、外三層都是侍衛，將趙王府圍得水泄不通。迎親隊伍一出現，侍衛們便如潮水般讓開。

花轎入趙王府之後停下，趙懷淵牽著沈晞的手，與她一起走進他們共同的家。

兩人先拜了天地，長兄如父，高堂自然是宴平帝。至於沈成胥，他哪裡敢跟皇帝坐一起，這個岳父做得毫無地位，但面上也是得意的笑。

宴平帝面上浮現難得的慈和笑容，看著志得意滿的趙懷淵，好像回到了二十多年前。他的皇兄成親，他身為弟弟也忙前忙後，真心為皇兄成家而高興。

但他清楚，他們是不同的人。趙懷淵看似不著調，卻有著一顆赤忱之心，不然沈晞這個很有主意的小丫頭，怎麼可能被他打動？

哪怕他不在了，有沈晞在旁，趙懷淵下半輩子算是無憂了。

婚宴很熱鬧，皇帝親臨，自然會引來許多高官。宴平帝也沒阻止他們來，趙懷淵好不容易成親，這些官員送點小禮物怎麼了？

等到送入洞房，饒是沈晞，也有些累了。

她耳朵靈，偷吃東西不怕被人發現，還對有些慌張的小翠笑得像偷腥的貓。等鬧洞房的人簇擁著趙懷淵來了，她早已戴回蓋頭，坐得端端正正。

趙懷淵緊張得掌心冒汗，挑開蓋頭後，看著沈晞嬌美的面容，一顆心怦怦狂跳起來。此時此刻，他的心才算是落回原位。沈晞真的嫁給他了，不是他作夢，沈晞也不會突然反悔。

旁邊的人起鬨讓他們喝交杯酒，趙懷淵只覺得腦子一片空白，跟沈晞一起喝了交杯酒。

喝完酒之後，他終於鎮定下來，轉身把還想鬧的人全趕出去。

趙懷淵輕聲道：「溪溪放心，我不讓他們鬧妳。」

沈晞笑著說：「他們還敢鬧，就等著哪天莫名被套麻袋吧。」

趙懷淵只覺得沈晞促狹的笑容也美得不可思議，可惜他還得出去招待賓客。

他讓沈晞先休息，戀戀不捨地出去了。還叫上趙良，好替他擋酒。

今天可是他的新婚夜，他期待那麼久了，誰敢灌他酒，讓他晚上無能為力，將來他就套對方的麻袋去！

在小翠的伺候下，沈晞脫掉沈重喜服，洗過澡後，換上輕便寢衣，跟小翠聊了許久，才等到趙懷淵回來。

趙懷淵身上的酒氣挺重，並未靠近沈晞，解釋道：「溪溪放心，這都是我故意灑在身上的酒，喝下去的酒也兌了水，我沒喝多少。」

沈晞擺擺手道：「快去洗。」

趙懷淵美滋滋地去，把自己搓得乾乾淨淨，換上白色寢衣，雙眸迷離地走出了浴房。

他覺得他是醉了，但不是因為酒，而是因為面前只穿著寢衣，已經是他妻子的沈晞。

小翠悄無聲息地退下，將新房還給新婚夫妻。

沈晞見趙懷淵腳步還很穩，就知道他確實沒喝多少，可又忍不住逗他，故作關切道：

「今天累了吧，快過來睡覺。」

趙懷淵聞言，頓時垮下臉，沈晞怎能這麼狠心，他都期待今天多久了，她居然讓他睡覺？他就算睏死了，也睡不著啊。

他立即道：「我不睏！」

沈晞疲憊地打個哈欠。「可我睏了。有什麼事，明天再說吧。」兀自背對趙懷淵躺下。

趙懷淵懨懨地跟著上了床，盯著沈晞的後背半晌，不甘心地湊上去。「溪溪，妳真的那麼累嗎？一點點時間都不能給我？」

沈晞心中發笑，小夥子真的只要一點點時間呀？

她到底不忍趙懷淵繼續難過，轉過身，鑽進他懷裡，笑咪咪道：「騙你的。」

趙懷淵完全不在意沈晞的逗弄，當即揚起大大的笑臉，緊緊摟住沈晞，尋到她的唇，便急切地吻了上去。

今日，他完全不用再克制了，他和沈晞已經是夫妻，可以做夫妻之間能做的任何事！

一會兒後，沈晞望著頭頂的紗帳，心想這次趙懷淵倒沒說錯，確實只需要一點點時間。

趙懷淵脹紅了臉，辯解道：「溪溪，我就是太激動了，以前不是這樣的……」

沈晞轉回目光，盯著他。「以前？跟誰？」

趙懷淵大驚，立即解釋。「沒有，就我自己。」怕沈晞不信，也不怕在她面前丟臉了，當即道：「就是我拿著妳送我的帕子，想著妳……的時候。」

沈晞看他慌張的樣子，沒忍住，噗哧一聲笑了，主動摟住他。「我相信你，不用解釋了。想再來一次嗎？」

趙懷淵聞言，鬆了口氣，期期艾艾地問：「可以嗎？妳沒事？」

回答趙懷淵的，是沈晞主動獻上的吻。

再一段時間後，沈晞滿意地靠在趙懷淵懷裡睡去。果然是身強力壯的小夥子，很厲害嘛，還很聽話，以她的感受為先。

趙懷淵也心滿意足地摟著沈晞閉上眼。雖然他還能再來，但沈晞的身體重要，以後他們的日子還長著呢。

婚後的日子對沈晞來說，沒什麼太大的改變，只是如今出門不再被稱為沈二小姐，而是趙王妃。

她想享受熱鬧生活時，就住到侍郎府，與朋友們一起聚一聚，不然就回趙王府。偶爾會去城郊農莊，跟養父母過上幾日，趙懷淵也隨她。

因為兩個人都喜歡往外跑，還喜歡找樂子，趙懷淵便向宴平帝討差事，難辦又會得罪人的事，全給他好了，他和沈晞都不麻煩。

宴平帝樂得有人去做一些難辦的事，交給趙懷淵和沈晞，他也放心。

沒有差事的日子，沈晞會以教授武功的方式跟兩位皇子聯絡聯絡感情。這件事，不管宴平帝，還是兩位皇子的母親，都沒有意見。

大皇子因為救命之恩，跟沈晞更親近。但兩位皇子，沈晞都不放過，不管將來誰當皇帝，上位的都能對她有那麼幾分師徒情。畢竟將來的事變故那麼多，誰知道會如何呢？

之前趙懷淵靠著跟宴平帝的兄弟情橫行京城，之後就看她的師徒情了，但願那兩個小崽子也有他們父皇的情義吧。

如今每天起來，包圍她的都是善意，她不會再想起穿來前的世界，覺得真正歸屬於此。

她會珍惜這個世界的親情、友情、愛情，但她同樣會尊重自己，在這樣的時代依然自由地做自己。

這樣也很好。

——全書完

2024年1月出版

長嫂好會算

文創風 1227～1228

穿到這個奇特的朝代，身為女子倒不是一件壞事，
只是原主被父母嫁到這窘迫的紀家，弟妹幼的幼、小的小，
她攤上這一家子，能用現代的會計長才發家致富嗎?!

女子有才更有德，
攜幼顧小拚發家／藍輕雪

穿越就算了，沒想到她衛繁星穿到一個如此奇特的朝代——
在這個乾元朝，沒有主僕制度、沒有三妻四妾，
更重要且關鍵的是，女子也可以出門做事，不必依附家人或婚姻！
而原身便是考上了酒坊女帳房，正要展開新人生之時，
親生父母為了弟弟的前途，硬是把她嫁到毫無家底的紀家……
於是她一穿來，面對的便是夫君成親次日就趕回邊關，二弟妹離家；
紀家幼小如今全仰賴她這個大嫂，看著空空的家底，真是頭大無比～～

2024年1月出版

藥堂營業中

文創風 1224~1226

在末世橫著走的異能者，穿越成破落農家的孤女，
帶著兩個年幼的弟妹，還得防著惡鄰來欺壓，簡直負屬性疊加……
崩壞的末世她都能活下去了，古代生活應該也沒那麼難吧？
摘摘草藥，煉煉藥材，救人又能賺錢，這新人生才正要精彩！

細火慢熬，絲絲入扣／朝夕池

手擁火系異能，瀟箬憑藉著堅強實力，在末世殺出一條血路。
為了守護手中擁有的機密，最終卻落入叛軍手中……
沒想到睜開眼卻不是想像中的地獄，而是穿越到破落農戶家裡，
父母雙亡，還有一對年幼的雙胞胎弟妹等著她拉拔長大。
只是她下田不行，煮飯不會，加上如今這細胳膊細腿的小身板，
上山採野菜、摘野果，挖坑抓兔子，就累得差點去了半條命，
結果兔子沒逮著，卻撿到了個活生生的人……
這怎麼看，好像都是她坑了他，害他跌破頭、摔斷腿的？
為了表示負責，也只能把這眼神好像小狗崽的少年帶回家養，
她替失去記憶的他取了一個新名字——林荀，
從今以後他們就是一家四口，要一起努力活下去。
為了求醫，瀟箬拖家帶口到鎮上藥堂打工換宿，
憑藉對炮藥火候的精準掌控，讓藥堂生意蒸蒸日上，
在小小的鋪子裡，她實踐了讓家人過上好日子的承諾！

娘子安寧，閨房太平／途圖

2024年1月出版

小虎妻智求多福

她的婚事是不能輸的賭注，押錯寶都得贏，
且夫妻同船而渡，她絕不允許這條船翻了！
既嫁之則安之，以後請夫君多多指教嘍～～

文創風 1220 1

為讓東宮成為家人的靠山，寧晚晴決定嫁給草包太子趙霄恆，
孰料備嫁時又起風波，前世身為律師的她連上山燒香都能遇到案件，
她當場戳穿神棍騙局，再搬出太子的名號，將犯人送官嚴辦！
這些大快人心的事全傳到趙霄恆耳裡，他挑著眉問她一句——
「還沒入東宮就學會拉孤墊背，以後豈不是要日日為妳善後？」
趙霄恆不呆耶！她幫百姓主持公道，他替她撐腰豈不是剛剛好～～

文創風 1221 2

嫁進東宮後，寧晚晴迎來春日祭典最重要的親蠶節，
她奉命依古禮採桑餵蠶，代表吉兆的蠶王卻被毒死在祭臺上。
幸好趙霄恆及時請來長公主鎮場，助她揪出幕後黑手，才還她清白。
他分明是稀世之才，又穩坐太子之位，為何要偽裝成草包度日？
接下來，因趙霄恆改革會試的提議擋人財路，禮部尚書率眾鬧上東宮，
不過身為賢內助的她沒在怕的，當然要陪著夫君好好收拾這些貪官啦！

文創風 1222 3

「別的人，孤都可以不管。但妳，不一樣。」
趙霄恆的偽裝和隱忍，是想暗暗查清當年毀掉外祖宋家的冤案，
她豈能任他獨自涉險？兩人抽絲剝繭下，真相即將水落石出，
但一道難題又從天而降——皇帝公爹要太子削去當朝太尉的兵權！
寧晚晴滿頭黑線，太尉跟此案亦有牽連，這差事可是燙手山芋，
而且皇帝公公只傳口諭，連聖旨都不肯頒，如何讓太尉乖乖就範呢？

文創風 1223 4 完

朝堂之事塵埃落定，可寧晚晴和趙霄恆的閨房不太平了——
「妳不能一生氣就離宮！妳走了，孤怎麼辦？」
她只是要回娘家探親，忙於政務的他居然以為她是負氣出走，
這誤會大了，可他的在意讓她心中泛甜，他在的地方才是她的家。
但北僚來使又讓大靖陷入不安，還要求長公主和親換取休戰，
北僚狼子野心，這婚約分明是個坑，他倆要怎麼替長公主解圍啊……

風 文創 1243

千金好本事 3 完

國家圖書館出版品預行編目資料

千金好本事 / 青杏著. --
初版. -- 臺北市 : 狗屋出版社有限公司, 2024.03
冊 ; 公分. --（文創風 ; 1241-1243）
ISBN 978-986-509-506-2（第3冊 : 平裝）. --

857.7　　113000937

著作者　青杏
編輯　安愉
校對　陳依伶
發行所　狗屋出版社有限公司
地址　台北市104中山區龍江路71巷15號1樓
電話　02-2776-5889～0
發行字號　局版台業字845號
法律顧問　蕭雄淋律師
總經銷　知遠文化事業有限公司
電話　02-2664-8800
初版　2024年3月
國際書碼　ISBN-13　978-986-509-506-2

本著作物由北京晉江原創網絡科技有限公司授權出版

定價290元
狗屋劃撥帳號：19001626
網址：love.doghouse.com.tw　E-mail：love@doghouse.com.tw